Dans les bras du Dr Glenn Bartlett

*

Pour le bonheur d'une famille

ABIGAIL GORDON

Dans les bras du Dr Glenn Bartlett

Traduction française de
CAROLINE JUNG

BLANCHE

HARLEQUIN

Collection : Blanche

Titre original :
HIS CHRISTMAS BRIDE-TO-BE

Ce roman a déjà été publié en 2016

HARPERCOLLINS FRANCE
83-85, boulevard Vincent-Auriol, 75646 PARIS CEDEX 13
Service Lectrices — Tél. : 01 45 82 47 47 - www.harlequin.fr
ISBN 978-2-2804-6476-5 — ISSN 0223-5056

Composé et édité par HarperCollins France.
Imprimé en octobre 2021 par CPI Black Print (Barcelone)
en utilisant 100% d'électricité renouvelable.
Dépôt légal : novembre 2021.

FSC www.fsc.org
MIXTE
Papier issu de sources responsables
FSC® C159065

Pour limiter l'empreinte environnementale de ses livres, HarperCollins France s'engage à n'utiliser que du papier fabriqué à partir de bois provenant de forêts gérées durablement et de manière responsable.

1.

Dans le taxi qui la ramenait de l'aéroport, Emma Chalmers scrutait avidement la ville qui l'avait vue naître, où elle avait passé des années heureuses et insouciantes et qu'elle n'avait jamais imaginé devoir quitter un jour.

Il lui semblait être partie depuis une éternité, mais rien n'avait changé à première vue. Les collines verdoyantes du Gloucestershire et les élégants immeubles Regency qui faisaient la renommée de Glenminster étaient toujours là. Les promenades et les restaurants étaient comme toujours bondés, preuve que la ville n'avait rien perdu de son attrait pour les promeneurs et les gourmets.

Elle se revit s'enfuir, le cœur en miettes, abasourdie par ce qu'on venait de lui apprendre, et elle eut soudain l'impression d'être partie la veille, comme si les années qu'elle avait passées à l'étranger n'avaient jamais existé.

Elle avait perdu sa mère aimante et douce à l'âge de vingt-deux ans et s'était retrouvée avec pour unique famille celui qu'elle croyait être son père. Le Dr Jeremy Chalmers était un médecin passionné de golf, et qui n'était pas insensible non plus aux charmes du brandy, comme elle avait pu s'en rendre compte le soir où il lui avait demandé de se trouver un autre port d'attache parce qu'il s'apprêtait à se remarier.

Il avait visiblement bu, ce soir-là. Somme toute, elle n'était pas contre le fait de se trouver un endroit à elle. Mais au ton sur lequel il lui avait dit qu'*elle* devait déménager pour laisser la place à l'autre femme qui allait faire partie de sa vie, elle s'était indignée.

— Je suis ta fille, tout de même !

C'est à ce moment qu'il lui avait annoncé d'une voix pâteuse :

— Justement, tu te trompes. J'ai épousé ta mère pour sauver son honneur, mais tu n'es pas ma fille.

— Quoi ? s'était-elle écriée, incrédule. Tu dis n'importe quoi !

— Non, Emma. C'est la vérité.

Puis il s'était mis à monter les marches conduisant à l'étage et s'était retourné à mi-hauteur.

— Au fait, ta mère n'a jamais dit qui était ton père. Donc, pas la peine de chercher à te réfugier chez lui.

Elle était restée immobile, anéantie, avec l'impression d'être dépossédée de son identité, de ne plus savoir qui elle était. En quelques secondes, son « père » avait transformé la vie heureuse qu'elle menait depuis vingt-six ans en un vaste et cruel néant. Et comme si ça ne suffisait pas, il lui avait jeté à la figure qu'il avait épousé sa mère par pitié, pour donner un père à un bébé issu d'une vulgaire passade !

A bien y repenser, il n'avait jamais manifesté à son égard qu'une affection très modérée. Et elle l'avait souvent entendu rappeler sèchement à sa mère tout ce que celle-ci lui devait. Elle s'était toujours demandé pourquoi. Elle avait la réponse, à présent !

Jusque-là, elle avait travaillé comme interne dans un grand cabinet médical du centre-ville. Dès qu'elle avait eu son diplôme, elle avait rejoint l'équipe soignante du cabinet. Elle partageait son temps entre son travail passionnant et ses amis, ce qui compensait l'ambiance un peu froide de la maison, dans laquelle son « père » et elle vivaient la plupart du temps dans deux univers différents.

Mais ce soir-là, le besoin de partir loin de Glenminster l'avait emporté. Il lui fallait trouver un endroit où repartir de zéro. Le cœur ravagé, elle s'était concentrée pendant quelques minutes sur sa destination.

Elle souhaitait se rendre là où la maladie et la souffrance étaient criantes, où ses compétences médicales seraient le plus utiles. L'Afrique, peut-être ?

Elle avait bouclé ses valises et claqué la porte, bien décidée à commencer une nouvelle vie pour remplacer celle que Jeremy Chalmers venait de souiller à jamais. Son dernier geste avait consisté à passer chez Lydia Forrester, la directrice du cabinet, pour y déposer un petit mot expliquant sa décision de partir travailler pour une organisation médicale humanitaire comme elle avait toujours rêvé de le faire. Elle n'avait pas donné de détails.

Depuis son départ précipité, elle n'avait plus eu aucun contact avec l'homme qu'elle avait autrefois pris pour son père. Les années qu'elle avait passées en Afrique s'étaient révélées à la fois gratifiantes et épuisantes, enrichissantes et solitaires. A l'annonce de la mort de Jeremy Chalmers, la douleur avait refait surface, implacable.

Elle avait reçu la nouvelle de son décès un mois après l'accident. L'organisation pour laquelle elle travaillait l'avait appelée au fin fond de la brousse africaine. On lui avait expliqué qu'elle était attendue en Angleterre afin d'organiser une cérémonie funéraire pour le mort, parce qu'elle était sa seule héritière et qu'il l'avait désignée comme exécutrice testamentaire.

Emma avait demandé au chauffeur de taxi de s'arrêter d'abord au cabinet d'avocats où l'attendaient les clés de la maison dont elle était désormais l'unique propriétaire. Là, on lui fixa rendez-vous dès le lendemain pour ouvrir le testament du Dr Chalmers.

En réintégrant le taxi, les clés à la main, elle donna au chauffeur l'adresse de la maison.

Elle ignorait si elle serait en mesure de vivre dans cette maison après en avoir été chassée de façon aussi brutale. Si elle revenait vivre et travailler à Glenminster, serait-elle soulagée de retrouver la terre qui l'avait vue naître et qu'elle connaissait tellement bien qu'elle ne s'y sentirait jamais seule, ou le souvenir de cette horrible soirée allait-il la hanter ?

Vu les circonstances, la dernière hypothèse était la plus probable, car la maison où le drame de sa vie s'était déroulé était située tout près de la clinique dans laquelle celui qu'elle ne pouvait plus appeler que son beau-père avait été médecin chef. Mais, pour l'instant, cela constituait un pied-à-terre commode, le temps qu'elle se retourne. Car, avant toute autre démarche, il lui fallait organiser une cérémonie d'adieu pour l'homme dont elle avait cru qu'il était son père. Jeremy Chalmers était connu dans toute la ville, et ceux qui souhaiteraient lui rendre un dernier hommage étaient nombreux.

Dix minutes après, le taxi disparaissait au coin de la rue, la laissant seule au milieu de ses bagages. Il ne lui restait plus qu'à ouvrir la porte de la maison de son enfance.

Elle prit une profonde inspiration, repoussant les souvenirs douloureux.

Le grincement de la porte d'entrée la ramena à la réalité présente. Elle rentra ses bagages, referma la porte et arpenta lentement les pièces familières.

Etonnamment, rien n'avait changé. Tout était resté tel quel. La nouvelle épouse de Jeremy n'avait pas dû être très exigeante. D'ailleurs, qu'était-elle devenue depuis l'infarctus de son mari sur un terrain de golf ? Avait-elle déménagé en apprenant que sa belle-fille était désormais propriétaire de la maison ? C'était bizarre.

Elle poserait la question au nouveau médecin chef qui avait repris le poste de Jeremy Chalmers au centre médical. Là, elle retrouverait probablement aussi des ex-collègues susceptibles de la mettre au courant.

Il faisait frais en cet après-midi d'automne. L'hiver pointait son nez. Elle posa la main sur un radiateur et se réjouit de constater qu'il était chaud. Ses années passées dans la chaleur tropicale lui avaient fait oublier la sensation de froid.

Elle commença à défaire ses bagages dans son ancienne chambre. Elle fouilla dans ses affaires en quête de vêtements chauds, mais ce n'était pas gagné : tout ce qu'elle possédait désormais protégeait davantage de la chaleur tropicale que du froid de l'hiver britannique.

Sentant son estomac se contracter sous l'effet de la faim, elle descendit dans la cuisine et ouvrit machinalement le réfrigérateur.

A sa grande surprise, celui-ci était empli d'un tas d'aliments alléchants que son séjour africain avait transformés en lointains souvenirs.

Quel réconfort ! Quelle personne prévenante avait fait en sorte que son arrivée dans cette maison vide, dans ces circonstances sinistres, soit moins cafardeuse ?

Après un goûter substantiel, elle jeta un coup d'œil par la fenêtre à la rue déserte, luisante d'une courte averse.

Elle n'avait croisé personne en arrivant. On était vendredi soir. Le week-end s'annonçait long et ennuyeux. Que ferait-elle, une fois qu'elle se serait rendue à son rendez-vous chez l'avocat le lendemain matin ?

Le cabinet médical devait être encore ouvert à cette heure-ci. Peut-être y croiserait-elle quelqu'un qu'elle connaissait ?

Décidant de s'en assurer coûte que coûte, elle s'affubla de plusieurs couches de vêtements fins et sortit.

Lorsqu'elle arriva au cabinet, l'obscurité était tombée. Un panneau lumineux situé à l'entrée informait le public des heures d'ouverture et des numéros à composer en cas d'urgence, mais la porte était fermée.

Alors qu'elle s'apprêtait à rebrousser chemin, le claquement d'une portière la fit se retourner.

A la lumière des vitrines des magasins encore ouverts, elle vit un homme en pardessus sombre avancer à grandes enjambées vers la porte du cabinet, un trousseau de clés à la main. Il s'arrêta en l'apercevant.

— Le cabinet médical est fermé, dit-il. Il rouvrira demain samedi, de 8 h 30 à midi. Mais peut-être puis-je vous aider ?

— Heu… Non, merci, répondit-elle sous le coup de la surprise.

Le visage de l'homme ne lui était pas familier. Il ne faisait pas partie du personnel du cabinet à l'époque où elle y travaillait.

— Bien. Veuillez m'excuser, je suis pressé, maugréa-t-il. J'étais simplement venu récupérer des papiers pour préparer l'arrivée de la fille prodigue de notre ancien médecin chef — ce qui ne m'arrange pas parce que c'est bientôt l'heure de faire dîner mon père.

Elle écarquilla les yeux.

— J'ignore qui vous êtes, dit-elle, mais vous semblez bien connaître ce cabinet médical. Je vais vous épargner la corvée dont vous parlez. Je m'appelle Emma Chalmers. Ce nom doit vous dire quelque chose ? J'arrive tout juste à Glenminster, où j'ai hérité la maison que mon… que mon père m'a léguée, et où je vais probablement travailler comme médecin — si toutefois je décide de rester.

L'homme la fixa, interloqué.

Elle tourna les talons et reprit la direction de la maison.

Il était 21 heures lorsqu'on sonna à la porte.

Qui cela pouvait-il être ?

Emma glissa la chaînette de sécurité dans son rail avant d'ouvrir doucement la porte.

Sur le seuil se tenait l'homme en pardessus qu'elle avait rencontré quelques heures plus tôt devant le centre médical.

— Vous vous doutez des raisons de ma présence, j'imagine, dit-il.

Elle secoua la tête en le dévisageant.

— Je suis venu vous présenter des excuses pour la façon dont je me suis comporté tout à l'heure. Je suis désolé. Mais mon père est chez moi en ce moment et il aime bien que le repas soit servi à l'heure. Manger est un de ses grands plaisirs dans la vie.

— Euh… Je comprends. Mais pourquoi êtes-vous censé préparer mon arrivée, alors que vous ne me connaissez pas ? Il y a sûrement quelqu'un au cabinet qui aurait pu le faire à votre place. Quelqu'un qui se souvient de moi.

— Sans doute. Mais il se trouve que c'est moi qui remplace votre père au cabinet. En cette qualité, j'ai été désigné pour vous accueillir. Mais tout le monde sera ravi de vous retrouver, je n'en doute pas.

Elle hocha la tête en pensant au problème de la veuve disparue.

— Nous avons reçu il y a quelques jours un message de l'avocat du Dr Chalmers expliquant que vous arriveriez demain. Il ne m'a pas traversé l'esprit que vous puissiez être déjà là et déjà installée dans cette maison. Ça va, vous avez trouvé vos marques ?

— Quand je suis arrivée, le chauffage était allumé et le réfrigérateur plein. Une personne adorable a dû se dire que je serais gelée et affamée par le voyage et le changement de latitude et a pensé à ces détails. J'ai eu de la chance !

Il sourit.

— Comment c'était, l'Afrique ?

— Chaud, difficile, magnifique, dit-elle tandis que des images de son séjour lui traversaient l'esprit.

L'homme hocha la tête.

— Il faut que j'y aille. Au fait, je m'appelle Glenn Bartlett, dit-il en tendant la main.

— Vous habitez loin ?

— Non, juste à la sortie de la ville. J'ai acheté une maison dans les collines, une ancienne grange.

— C'est super !

— Si on veut, répondit-il sans grand enthousiasme.

Il la salua et s'éloigna.

Emma Chalmers ne ressemblait pas du tout à son père, se dit Glenn en roulant dans la nuit froide. Du moins, pas à la photographie de lui qui était accrochée au mur du cabinet. Peut-être avait-elle hérité ses yeux noisette et ses cheveux bruns de sa mère ?

De toute façon, quelle importance ?

Il s'en voulait de l'avoir traitée de « fille prodigue ». Mais comment aurait-il pu se douter qu'elle arriverait avec vingt-quatre heures d'avance ? Il ne savait pas grand-chose d'elle, à part qu'elle était la seule famille de Jeremy Chalmers, s'il avait bien compris. Comment avait-il osé lui dire qu'il était débordé et qu'il devait préparer le repas pour son père ? Elle avait dû le trouver ridicule. Elle était en deuil, et il n'avait rien trouvé de mieux à faire que de lui faire part de ses lamentations mesquines !

Cela dit, c'est vrai qu'il n'avait pas arrêté de la journée. Aussi incroyable que cela puisse paraître, il avait trouvé le temps le matin de passer allumer le chauffage dans la maison du Dr Chalmers, d'aller faire quelques courses au supermarché du coin afin qu'elle ne trouve pas le réfrigérateur vide en débarquant, et même de faire un crochet pour aller glisser un plat dans le four pour le dîner avec son père.

Emma trouva des draps propres à leur place habituelle dans le placard et fit son lit tout en repensant à l'homme qui venait de frapper à sa porte.

Qui était Glenn Bartlett pour reprendre le poste de son beau-père ? En tout cas, d'où qu'il vienne, cet homme avait de l'allure. Apparemment, il s'occupait de son propre père.

Il n'avait pas mentionné d'autres personnes présentes dans sa vie…

Le lendemain matin, elle se réveilla avec le sentiment que la journée allait être longue. Les rayons pâlots d'un soleil d'hiver baignaient la chambre d'une lumière blanche. A part la visite chez l'avocat prévue dans la matinée, elle n'avait rien à faire de particulier. D'ailleurs, que pouvait-elle attendre de bon de ce rendez-vous, si ce n'est, peut-être, quelque éclaircissement au sujet de l'épouse de son père.

Au cabinet d'avocats, elle apprit que la voiture de Jeremy Chalmers était désormais la sienne.

De toute évidence, la personne assise face à elle ignorait qu'elle n'avait pas de lien de sang avec le médecin décédé. Elle lui devait une explication.

L'homme l'écouta attentivement puis conclut que, effectivement, dans ces circonstances, aucun des biens de Jeremy Chalmers ne lui revenait, à l'exception de la maison, qu'il avait mise à son nom du vivant de son épouse.

— Cela dit, sa voiture est tout ce qu'il a laissé, ajouta l'homme. Il n'avait aucun patrimoine financier.

— Mais il s'est remarié, non ? Et, dans ce cas, c'est à sa femme d'hériter ce qu'il reste.

L'avocat la scruta, l'air surpris.

— Non, le Dr Chalmers ne s'est pas remarié, pour autant que je sache. Son infarctus l'a peut-être empêché de mener ce projet à bien. Aussi, si personne ne vient réclamer son véhicule, vous pouvez le considérer comme vôtre.

Elle ressortit du cabinet, l'esprit confus.

Que faire, maintenant ?

Le centre médical allait fermer pour le week-end, mais elle avait encore le temps d'y passer pour saluer ceux qui s'y trouveraient. Et si le Dr Bartlett en faisait partie, elle aurait l'occasion de le voir autrement qu'en pardessus sombre à la nuit tombée.

Il n'était pas là, mais elle retrouva des membres du personnel qu'elle connaissait. Lorsqu'ils l'aperçurent, ils la saluèrent avec un grand sourire et lui firent signe d'attendre quelques minutes, le temps qu'ils terminent leur service.

Elle jeta un coup d'œil circulaire.

Le cabinet médical avait été rénové depuis son départ pour l'Afrique. Les sièges et les rideaux avaient été remplacés, et il régnait au sein du personnel une ambiance studieuse mais détendue, ce qui n'avait pas toujours été le cas au temps où Jeremy Chalmers était à sa tête.

— Emma ! cria une femme dans son dos.

Elle se retourna et vit Lydia Forrester, la directrice, venir à sa rencontre, un grand sourire illuminant son visage.

— Tu m'as tellement manqué ! s'exclama celle-ci. J'espère que tu vas rester avec nous, maintenant ! J'ai été triste que tu disparaisses de la circulation du jour au lendemain. Quand j'ai entendu les avocats de ton père dire que tu allais revenir, je n'en croyais pas mes oreilles. Ton père a été très abattu après ton départ, tu sais.

— Il s'est remarié, non ? rétorqua d'emblée Emma. Je me suis toujours demandé quelle tête sa nouvelle femme pouvait bien avoir.

— Remarié ?! s'exclama Lydia. Qu'est-ce qui t'a fait imaginer une chose pareille ?

Elle jeta un coup d'œil autour d'elle.

— Viens, je vais te faire un café. Descendons dans mon bureau, nous serons plus tranquilles pour parler. De toute façon, la matinée tire à sa fin et le cabinet va bientôt fermer.

— D'accord, acquiesça Emma avant de la suivre dans l'escalier conduisant au sous-sol.

Sans parler, Lydia prépara du café et disposa des biscuits sur une assiette. Puis elle s'assit à son tour et la regarda d'un d'air grave.

— C'est moi que ton père devait épouser, Emma, dit-elle. Quand tu es partie, cela faisait quelques mois que nous nous fréquentions, et il m'avait demandé ma main. J'avais dit oui sans me douter un instant qu'il te jetterait à la rue. Quand il m'a avoué qu'il t'avait demandé de quitter la maison et que tu étais partie du jour au lendemain, j'ai été horrifiée. J'ai annulé le mariage. Voilà, tu as donc devant toi celle qui a failli devenir ta belle-mère.

— Toi ? s'écria Emma, incrédule. Tu as gâché des années de bonheur à cause de moi ? Si j'avais su que c'était toi qu'il avait l'intention d'épouser, jamais je ne serais partie comme ça !

Elle n'osait pas en révéler davantage à Lydia. Elle ne pouvait pas lui expliquer qu'elle s'était enfuie, meurtrie et humiliée, dans l'urgence de s'éloigner de l'homme qu'elle avait toujours considéré comme son père et dont les paroles cruelles lui trottaient encore dans la tête.

En revanche, jamais elle n'en avait voulu à sa mère de s'être mariée avec lui en étant enceinte d'un autre. Combien de femmes et de jeunes filles avait-elle reçues en consultation, qui se trouvaient dans la même situation qu'elle à l'époque ? Son histoire ne la rendait que plus compréhensive à leur égard.

Curieusement, Lydia la regardait en souriant.

— Ça n'a rien gâché du tout, ne t'en fais pas. Au contraire, ta disparition m'a empêchée de faire une grosse bêtise, reprit-elle. Je ne m'étais jamais mariée avant de rencontrer Jeremy. Je n'en avais jamais éprouvé l'envie. Quand nous sommes tombés amoureux, j'avais déjà quarante ans, et je crois que je craignais de finir ma vie seule. Mais pour moi, le bonheur ne s'obtient pas en blessant les autres. Maintenant, chaque fois que je repense à cette période, je me dis que, finalement, j'ai pris la bonne décision.

— Merci de m'avoir raconté tout cela, dit Emma. Dès que j'ai posé le pied dans la maison, je me suis demandé pourquoi elle était aussi vide et triste. Je doutais de pouvoir y revivre de nouveau. Mais maintenant que je connais le fond de l'histoire, j'ai l'impression que je pourrais changer d'avis, au cas où je déciderais de rester à Glenminster.

Il était un peu plus de midi, le centre médical venait de fermer. Des voix et des pas se firent entendre dans l'escalier.

En quelques minutes, une petite foule composée d'anciens collègues se massa autour d'elle. On l'embrassa, on lui présenta les nouveaux. Pour la première fois depuis son retour d'Afrique, elle eut l'impression de véritablement rentrer chez elle.

— Glenn n'est pas là, ce matin ? demanda quelqu'un dans l'assistance.

— On m'a appelé ? dit une voix grave depuis l'étage supérieur.

Le médecin chef les rejoignit en souriant.

— Alors, où va-t-on emmener le Dr Chalmers fêter son retour à Glenminster ?

— On allait justement en parler, répondit Lydia. Mais d'abord, il faudrait demander à la principale intéressée si elle est libre et si elle a envie de sortir ce soir avec nous.

— Cela me ferait très plaisir, répondit Emma en jetant à Lydia un coup d'œil reconnaissant.

Celle-ci n'imaginait probablement pas à quel point c'était important pour elle.

— Dans ce cas, que dites-vous de nous retrouver dans un des restaurants de la Promenade où l'on peut aussi danser ? demanda Mark Davies, un jeune stagiaire en médecine générale qu'elle ne connaissait pas. Comme ça, on pourra s'amuser sans changer d'endroit.

L'idée sembla convenir au groupe. On se donna rendez-vous au Barrington's à 20 heures, puis on se sépara, chacun allant profiter du week-end qui commençait.

L'accueil chaleureux de ses ex-collègues, auxquels s'étaient joints les membres du personnel qu'elle ne connaissait pas, mettait du baume au cœur à Emma.

L'image du nouveau médecin chef lui traversa l'esprit.

Il n'avait plus du tout l'air maussade qu'il arborait la veille, lorsqu'il lui avait parlé sans savoir à qui il s'adressait, mais plutôt l'apparence d'un séduisant spécimen du sexe opposé.

C'est lui qui avait lancé l'idée d'une fête de bienvenue. Y assisterait-il ? A en juger par l'élégant pardessus qu'il arborait la veille au soir, il devait être du genre à s'habiller pour sortir.

Et elle, comment s'habillerait-elle pour la soirée ?

Au cours de son séjour africain, elle n'avait eu ni le temps ni l'occasion de faire des frais de toilette. Elle portait essentiellement des pantalons larges et des T-shirts tout aussi amples en coton, ainsi qu'un chapeau à large bord pour se protéger le visage des rayons ardents du soleil. Quant aux affaires qu'elle avait laissées à Glenminster dans le placard de sa chambre, elles lui rappelleraient trop cette funeste discussion avec son beau-père. De toute façon, elles devaient sentir le renfermé.

C'était décidé, elle irait faire les boutiques après avoir mangé un morceau dans un café !

Quel drôle d'effet d'enfiler des vêtements près du corps, après des années d'habits informes… Il ne fallait pas oublier qu'elle était rentrée à Glenminster avant tout pour la cérémonie d'adieu de son beau-père. Par chance, les vêtements de couleur sombre ne manquaient pas dans les vitrines à cette période de l'année.

Elle rentra donc avec une tenue d'hiver noire assortie de quelques accessoires en prévision de la cérémonie, ainsi que, dans un tout autre genre, une minirobe bleu turquoise à porter avec des chaussures argentées et une veste en fausse fourrure blanche pour la fête organisée en son honneur par l'équipe du cabinet médical.

Elle se sentait soudain joyeuse et insouciante. La perspective de s'amuser toute la soirée l'emplissait d'une gaieté bienvenue après ces journées sans répit sous un soleil implacable, au contact permanent de la détresse humaine. De plus, elle avait résolu le mystère de l'épouse disparue qui la préoccupait. Et tous les collègues qu'elle avait retrouvés semblaient contents qu'elle soit revenue.

Depuis combien de temps ne s'était-elle pas sentie autant appréciée, sinon aimée ?

Le Barrington's était l'un des endroits les plus en vue de la ville. Le restaurant avait une carte appétissante, et il s'ouvrait sur une piste de danse animée par des musiciens particulièrement doués.

Elle jeta un coup d'œil autour d'elle en entrant.

Certains collègues étaient venus avec leur conjoint, mais ce n'était pas le cas de Glenn Bartlett, qu'elle vit se lever avec courtoisie à son approche.

— Alors, vous êtes contente d'être revenue ? lui demanda en souriant le nouveau médecin chef.

— Oui, très.

Il se dégageait de lui une impression d'indépendance, voire de solitude. Cela dit, depuis leur première conversation malencontreuse, il s'était montré plutôt amical. Vivait-il seul dans la maison qu'il avait évoquée la veille ? Quand ils étaient tous réunis dans le bureau de Lydia, elle avait entendu un infirmier dire que le Dr Bartlett avait l'intention de ramener son père chez lui dans l'après-midi.

James Prentice, un généraliste fraîchement arrivé au centre médical, la sortit de sa rêverie en l'invitant à danser.

Elle posa sa main dans la sienne en souriant.

De son côté, Glenn Bartlett prit la direction du bar. Quelques instants plus tard, elle le vit s'asseoir avec son verre à une table déserte, le regard dans le vague.

Glenn considéra son verre avec ennui.

Pourquoi était-il venu ? Il aurait pu se contenter d'avoir allumé le chauffage et rempli le réfrigérateur de cette affreuse maison, sans se sentir obligé de faire acte de présence au Barrington's pour cette soirée de bienvenue. Si Emma Chalmers n'était pas rentrée au pays pour une occasion aussi douloureuse, il se serait certes abstenu de sortir avec tout le centre médical ce soir.

Mais il avait voulu s'assurer qu'elle ne se retrouvait pas

seule et démunie dans sa grande maison vide et endeuillée. Elle semblait fatiguée et déprimée le jour de son arrivée, ce qui, vu les circonstances, n'avait rien d'anormal. Aussi l'idée d'une soirée de bienvenue lui avait-elle semblé opportune, afin qu'elle se sente entourée et se change les idées.

Il vida son verre et se leva, salua les collègues qui se trouvaient près de lui. Emma était toujours en train de danser, il lui fit un petit signe de la main quand elle tourna la tête vers lui. Après quoi, il prit le chemin de sa maison, heureux de profiter de la paix qui y régnerait maintenant que son père était rentré chez lui.

Une fois rentré, il s'assit en silence dans le salon et scruta l'obscurité en repensant une fois de plus aux derniers instants du Dr Chalmers sur le terrain de golf.

Jeremy Chalmers et son père s'étaient rencontrés autrefois à la faculté de médecine. Jeremy avait invité Glenn à passer un week-end à Glenminster, notamment pour qu'il se familiarise avec le cabinet médical dans lequel il souhaitait qu'il le remplace une fois qu'il aurait pris sa retraite. Après le déjeuner, ils étaient allés frapper quelques balles de golf. C'est là que Jeremy avait succombé à un infarctus. Glenn avait désespérément tenté de le sauver. En vain. Pendant un répit de quelques instants, Jeremy était parvenu à articuler ses dernières volontés

— J'ai une fille, lui avait-il dit d'une voix hachée. Emma. Elle est médecin. Nous nous sommes disputés il y a quelques années, et elle est partie vivre à l'étranger, je ne sais même pas dans quel pays. Fais en sorte qu'elle revienne, Glenn. Elle était heureuse ici, avant qu'elle n'entende les horreurs que je lui ai dites. C'est moi qui l'ai fait fuir.

Ses lèvres étaient devenues bleues, son regard, flou. Tandis que le hurlement d'une sirène d'ambulance approchait, il avait prononcé ses derniers mots.

— Promets-moi de la faire revenir.

— Je vous le promets, Jeremy, avait-il répondu.

Voilà, c'était fait.

A présent, assis dans le joli salon de la vieille grange restaurée qu'il avait achetée en venant s'installer à Glenminster, il se remémora le temps passé et les efforts déployés pour retrouver la fille de Jeremy Chalmers.

La retrouver n'avait pas été une mince affaire, mais il avait tenu la promesse qu'il avait faite à Jeremy, à un détail près. Il serait là pour Emma Chalmers jusqu'à ce que la cérémonie ait eu lieu. Puis il s'éclipserait et la laisserait décider de la suite à donner à son existence.

Une fois ce détail réglé, il pourrait, lui aussi, reprendre le cours de sa vie.

Il s'en voulait de n'avoir pas compris que c'était à elle qu'il s'était adressé de façon aussi grossière la veille. Heureusement qu'il avait rendu la maison accueillante — du moins autant qu'elle pouvait l'être en l'état. Au moins Emma avait-elle pu trouver de quoi se restaurer en arrivant et se coucher dans une maison où la température était décente.

Il se leva pour tirer les rideaux et gravit lentement les marches de l'escalier en colimaçon qui conduisait à l'étage. Lorsqu'il fut allongé, ses dernières pensées furent pour la jeune inconnue qu'il avait prise bien malgré lui sous son aile.

Qu'est-ce qu'Emma Chalmers était allée faire en Afrique ? Qu'est-ce qui l'avait incitée à partir aussi loin ? A en croire Jeremy, c'est lui qui avait été la cause de son départ, et il semblait l'avoir amèrement regretté par la suite.

Depuis qu'elle était arrivée à Glenminster, Emma n'avait jamais prononcé le nom de son père. Etrange. Quelle avait été sa relation avec celui-ci ? Et qu'en était-il de la mère qu'elle avait perdue peu de temps avant son départ précipité pour l'Afrique ?

2.

Lorsque le personnel du Barrington's annonça que l'établissement s'apprêtait à fermer, Lydia s'inquiéta de savoir comment Emma allait rentrer chez elle.

— J'ai ma voiture, Emma, et je n'ai pas bu. Je te raccompagne ? C'est sur ma route. Et si quelqu'un d'autre est intéressé, il reste deux places.

La proposition fut acceptée par deux collègues, une infirmière et une réceptionniste qui habitaient non loin de là. Une fois que Lydia les eut déposées et qu'elles se retrouvèrent seules dans la voiture, elles reprirent la conversation commencée le matin même.

— Alors, comment s'est passée cette première journée à Glenminster ? lui demanda la directrice du cabinet.

— C'était bizarre, et en même temps très agréable. Je ne m'attendais pas à un accueil aussi chaleureux. Cela dit, la fête ne va pas durer. Il faut que je m'attelle à la préparation de la cérémonie pour Jeremy.

— Ce doit être douloureux pour toi de ne pas avoir revu ton père avant sa mort, non ?

Emma hésita.

Lydia s'était confiée à elle, peut-être était-il temps qu'elle lui raconte elle aussi sa vérité sur Jeremy Chalmers.

— Savais-tu que Jeremy n'était pas mon père ? dit-elle d'un trait.

Lydia, qui venait de se garer devant la maison, écarquilla les yeux.

— Jeremy n'est pas ton père ? s'exclama-t-elle, incrédule. Mais qui t'a dit ça ?

— Lui-même, le jour où il m'a demandé de me préparer à quitter la maison pour laisser la place à sa nouvelle femme, quand il m'a montré à quel point notre relation était insignifiante à ses yeux.

— Tout ça parce qu'il voulait qu'on se marie ! Imaginait-il vraiment que je le laisserais te mettre dehors simplement parce qu'il voulait vivre avec moi ? Quelle bêtise ! J'ignorais qu'il n'était pas ton père biologique. Pour moi, le fait qu'il ne veuille plus de toi sous prétexte qu'il refaisait sa vie avec moi n'avait aucun sens. J'ai refusé catégoriquement. Malheureusement, tu t'étais déjà envolée pour des contrées lointaines, et personne ne savait lesquelles…

Lydia se tourna sur son siège pour lui faire face.

— Ton départ ne l'a pas rendu heureux, tu sais. Quand il a eu son infarctus, Jeremy se trouvait avec Glenn, au golf. Il lui a fait promettre de te retrouver et de te ramener à Glenminster, comme s'il voulait réparer le mal qu'il t'avait fait. Il savait que ta vie était ici, que tu y étais heureuse avant qu'il n'ait ces paroles malheureuses. Il faut croire qu'il avait une conscience, malgré tout. Glenn Bartlett est du genre à n'avoir qu'une parole. Alors il s'est mis à ta recherche. Cela lui a pris des semaines, mais il y est arrivé ! Il sera soulagé quand toute cette histoire sera terminée.

Emma opina. Elle sortit de la voiture et, avant de claquer la portière, se pencha vers son amie.

— Est-ce lui qui a pris soin d'allumer le chauffage et de faire des courses avant que j'arrive ?

— Oui, répondit Lydia. Une chance qu'il s'y soit pris tôt, parce que tu es arrivée avec un jour d'avance ! Et, une dernière chose : tu t'es amusée, ce soir ?

— Oui, c'était une super soirée ! Elle l'aurait été encore plus si j'avais pu remercier le Dr Bartlett pour ce qu'il a fait. Je ne savais pas que c'était lui qui avait préparé mon arrivée jusque dans les moindres détails ! Mais je trouverai une occasion de le faire.

Le dimanche matin, Glenn était encore en train de prendre son petit déjeuner lorsqu'il aperçut Emma qui marchait d'un pas décidé sur son chemin.

Que voulait-elle encore ?

Il n'eut pas à attendre longtemps la réponse.

— Je voulais vous remercier pour ce que vous avez fait pour moi, dit-elle dès qu'il l'eut invitée à entrer et offert une tasse de café. Je ne savais pas que mon père vous avait demandé de me retrouver. C'est Lydia qui me l'a expliqué. Elle m'a dit aussi que c'est vous qui étiez passé à la maison avant mon arrivée pour allumer le chauffage et remplir le réfrigérateur. C'est grâce à vous que j'ai pu jouir d'un peu de confort en arrivant. Tout cela a dû vous prendre beaucoup de temps et d'énergie.

Il sourit, en partie parce qu'il était soulagé qu'elle n'ait rien de plus à lui demander, et aussi parce qu'elle semblait vraiment contente de ce qu'il avait fait pour elle.

La jeune femme assise devant lui dans le fauteuil près de la cheminée n'était plus l'âme blessée qui s'était enfuie au fin fond de la brousse et que son père lui avait demandé de ramener dans sa ville natale. Aussi compliquée qu'ait été cette tâche, il ne regrettait pas d'avoir tenu sa promesse.

— C'était pour la bonne cause, Emma. Maintenant que vous êtes là, je me dis que ça en valait la peine. J'ignore ce que Jeremy vous avait fait, mais il est certain qu'il l'a profondément regretté. Cela a pesé lourdement sur sa conscience. En tout cas, si vous avez besoin de moi pour organiser la cérémonie, n'hésitez pas.

Elle hocha la tête en souriant, les yeux brillants de larmes contenues.

— Merci pour la proposition. Je vais essayer de ne pas

vous solliciter davantage. Vous avez déjà fait beaucoup pour moi, dit-elle en reposant sa tasse vide.

— Mes parents assisteront à la cérémonie. C'est un couple un peu bizarre, mais ils ont un grand cœur, et je les aime profondément. Mon père connaissait le vôtre. C'est d'ailleurs ce qui explique que je me sois trouvé avec lui le jour où il a eu cet accident cardiovasculaire : Jeremy savait que j'étais médecin et que je venais de quitter un cabinet dans le nord du pays. Il m'avait demandé si cela m'intéresserait de reprendre son poste à Glenminster quand il partirait à la retraite. Il m'avait fait visiter les lieux, présenté au personnel, et j'avais accepté. Mais il n'était pas censé partir si tôt. Maintenant que ses dernières volontés ont été accomplies et que sa fille est revenue, j'espère qu'il va reposer en paix.

Il marqua une pause et dévisagea Emma.

— Vous ne lui ressemblez pas beaucoup, dit-il.

Surprise par la remarque de Glenn, Emma retint un léger sursaut.

— Je ressemble beaucoup à ma mère, dit-elle en se levant. Merci encore, docteur, pour tout ce que vous avez fait, à la fois pour moi et pour lui…

Elle regarda autour d'elle.

— Vous avez une maison magnifique, s'entendit-elle dire.

— Merci. C'est vrai que, avec ces collines et la vue sur la ville, je suis content de vivre ici.

— Vous vivez seul ?

Elle vit une lueur indéfinissable traverser le regard bleu de son hôte et regretta aussitôt d'avoir posé la question.

— Oui, répondit Glenn sans détour. J'aime la vie en solitaire. C'est plus simple.

Pour elle, la solitude avait plutôt tendance à ôter les couleurs de la vie.

— Sur ce point, je ne suis pas d'accord avec vous. Je

suis restée seule au cours des dernières années, et je n'ai pas trouvé ça simple du tout, plaisanta-t-elle en lui tendant la main pour prendre congé.

Sur ce, elle sortit, inspira profondément l'air frais du matin et reprit d'un pas alerte le chemin de chez elle.

Etait-ce chez elle, cette maison qu'un homme qui n'était pas son père lui avait léguée pour des raisons qui lui échappaient ? Et l'homme dont sa mère était tombée enceinte, qui était-ce ? Etait-il au courant qu'il avait une fille ?

Ces pensées la tourmentaient depuis qu'elle était revenue, mais le bon sens reprit peu à peu le dessus.

Son père n'était pas son père, et alors ? Elle avait eu une mère merveilleuse, qui l'avait adorée. Quant à Jeremy Chalmers, n'avait-il pas le droit de trouver la paix après avoir passé sa vie à s'occuper de la santé des autres ?

Glenn avait réservé ce dimanche au jardinage. En montant dans sa chambre pour se changer, il jeta comme d'habitude un coup d'œil à la photographie posée sur la table de chevet.

Depuis la disparition de Serena, il ne vivait plus que pour deux choses : son travail et ses parents. Et, certains jours, son travail n'était pas la tâche la plus fatigante des deux.

La description de sa vie qu'il avait faite à Emma avait dû lui paraître bien terne. Que penserait-elle si elle savait pourquoi il préférait être seul ?

Une fois de plus, il se remémora le drame.

Alors que Serena et lui passaient des vacances dans un des endroits les plus magnifiques du monde, elle avait été emportée par un tsunami soudain et furieux. S'il avait survécu, c'est parce que, ce jour-là, il était installé sur la plage avec un bouquin dont la lecture l'absorbait littéralement. Quand l'énorme mur d'eau s'était abattu, balayant tout sur son passage, il avait été emporté comme des centaines d'autres personnes, mais il était parvenu à sortir la tête de l'eau et, en s'accrochant à une pièce de bois flotté, à regagner tant bien que mal le rivage non loin des ruines de ce qui constituait quelques minutes plus tôt leur hôtel. Serena, elle, était partie nager jusqu'à un petit îlot sur lequel elle aimait s'allonger pour prendre le soleil. Elle s'était trop éloignée du rivage, on n'avait jamais retrouvé son corps. Quelques semaines plus tard, ayant perdu tout espoir de la retrouver, il était rentré en Angleterre. Mais apprendre à vivre seul dans l'appartement où ils avaient vécu heureux ensemble s'était révélé impossible. Il avait besoin de changer d'air. C'est pourquoi il avait quitté son poste et vendu pour déménager à Glenminster, la ville où vivaient ses parents, en les prévenant qu'il ne tenait pas à ce que le drame qu'il avait vécu soit divulgué.

Il avait survécu en s'attelant au travail, en se dédiant corps et âme à la santé de ses patients et en s'isolant dans la maison qu'il avait achetée et où il poursuivait son deuil.

Le jour où Jeremy Chalmers l'avait persuadé de le rejoindre sur le terrain de golf, il s'y était rendu un peu à reculons, toujours réticent à quitter le silence et le calme de ses collines. C'est là que le médecin s'était effondré sous ses yeux au beau milieu de la partie et que, avant de succomber, il avait eu le temps de le supplier de retrouver sa fille et de la faire revenir à Glenminster.

D'abord effaré par la mission qui lui incombait, il l'avait consciencieusement menée à bien : Emma Chalmers, dont personne ne savait alors sur quel endroit de la planète elle se trouvait, était à présent rentrée à Glenminster. Et dès que la cérémonie d'adieu aurait eu lieu, il comptait retrouver ses soirées et ses week-ends solitaires et silencieux.

Certes, c'était la moindre des choses de faire en sorte qu'elle se sente accueillie en débarquant à Glenminster. C'est pourquoi il était allé faire des courses et allumer le chauffage, de sorte qu'elle trouve une maison accueillante en ces temps humides et froids. C'est aussi la raison pour laquelle il avait suggéré la soirée au Barrington's. Il s'y était même rendu, bien que ce genre de sortie soit aux antipodes de ses envies du moment. Mais dès qu'il avait pu partir sans paraître impoli, il s'était éclipsé pour regagner le calme dont son cœur meurtri avait besoin.

Elle n'était revenue que depuis trois jours, mais elle lui avait déjà rendu visite chez lui... Pourvu que ça ne devienne pas une habitude !

Cela dit, elle avait une bonne raison. Quand elle avait appris de la bouche de Lydia Forrester que c'était lui qui avait organisé personnellement son retour, elle ne s'était pas contentée de l'appeler pour le remercier mais avait fait le déplacement jusque chez lui.

Alors, pourquoi sa visite l'avait-elle rendu si nerveux ?

Allait-elle revenir travailler au centre médical ? Certes, ils avaient besoin d'un médecin supplémentaire. Mais avait-il envie que la fille de Jeremy Chalmers travaille dans les mêmes locaux que lui ?

Il passa le reste de la journée à ratisser les feuilles mortes. Quand la lumière commença à décliner, il jeta un coup d'œil satisfait au jardin impeccable et rentra.

Il était sur le point de déposer un steak sur le gril lorsque le téléphone sonna. Il retint un soupir en entendant la voix d'Emma à l'autre bout de la ligne.

— Je suis navrée de vous déranger encore une fois, docteur, dit-elle, mais je viens de parler avec le responsable des pompes funèbres pour fixer la date de la cérémonie. Il m'a fait remarquer que mon... que mon père était connu dans Glenminster et qu'il serait peut-être opportun d'organiser la cérémonie dimanche prochain afin que les gens puissent y assister plus facilement.

Elle aurait pu attendre le lendemain pour lui faire part de cette conversation !

— Oui, ça me semble pertinent, acquiesça-t-il, soulagé tout de même de voir approcher la conclusion de ce triste épisode, aussi bien pour lui que pour elle. Passez demain au cabinet, si vous voulez, je vous aiderai pour la suite des démarches à effectuer.

Emma ne répondit pas d'emblée.

— Vous êtes sûr ? Je n'ai pas envie de vous déranger. J'ai déjà occupé pas mal de votre temps.

De toute évidence, elle avait perçu son agacement et sa hâte d'en finir avec toutes ces démarches.

— Non, pas du tout, répondit-il d'un ton radouci. C'est bien normal. Après cette épreuve, la vie reprendra son cours, mais pour l'instant je tiens à vous aider. Vous pouvez compter sur moi jusqu'à la cérémonie.

Le steak grésillait sur le gril, et les légumes étaient chauds. Mais Emma n'avait manifestement pas terminé.

— Encore une chose, après quoi je vous laisse profiter tranquillement de votre soirée. C'est au sujet des courses que vous avez faites pour moi avant que j'arrive. Combien vous dois-je ?

— Rien du tout, répondit-il. Cela fait partie de la promesse que j'ai faite à votre père.

— Dans ce cas, répondit-elle du tac au tac, permettez-moi de vous inviter à dîner demain soir. Cela vous épargnera de prendre sur votre pause-déjeuner pour discuter de l'organisation de la cérémonie de dimanche.

— Non ! Emma, je vous l'ai dit, vous ne me devez rien. Passez demain midi au cabinet.

Elle acquiesça et raccrocha promptement.

Avait-elle compris qu'il lui tardait d'en finir avec les promesses faites à Jeremy Chalmers ?

Il s'attabla, satisfait de pouvoir enfin déguster son repas. Mais en repensant à la façon dont il avait coupé court à la conversation alors qu'elle ne cherchait qu'à le remercier, il faillit avaler sa bouchée de travers.

Il repoussa son assiette, se servit un peu de vin et alla s'asseoir près de la cheminée, les yeux rivés sur les flammes dansantes.

Il était injuste de reporter sa douleur et sa frustration sur cette jeune femme qui n'y était pour rien. Elle devait organiser une cérémonie pour un homme qui, apparemment, n'avait pas été tendre avec elle. Il ne pouvait pas ajouter sa mauvaise humeur à ce qu'elle traversait déjà. Il se comportait comme un abruti. Elle allait finir par se poser des questions auxquelles il serait de plus en plus difficile de répondre. Qu'est-ce qui le retenait de lui expliquer les raisons de son comportement ? S'il avouait à Emma qu'il venait de perdre sa femme dans des circonstances atroces et qu'il avait besoin de solitude et de calme le week-end après une semaine de travail, elle comprendrait. Il lui expliquerait que son attitude était l'expression de la douleur qui l'habitait jour et nuit.

Il devait se rattraper. Le lendemain, si elle ne venait pas au cabinet à midi, il passerait chez elle après son service pour lui prouver qu'il n'y mettait pas de mauvaise volonté.

Une fois la cérémonie funéraire passée, l'atmosphère s'allégerait, ce serait le début d'une nouvelle phase.

Au cabinet, il faisait ce pour quoi il était le plus doué : être à l'écoute de ses patients et tenter de les soulager de leurs maux. Le personnel du centre médical se composait de Lydia, la directrice, de six généralistes dont lui, le médecin chef, de deux généralistes-stagiaires et de quatre réceptionnistes incroyables qui assuraient la cohésion de l'ensemble.

La « fille prodigue » allait-elle se joindre à eux ou l'aurait-il définitivement refroidie avec ses manières peu affables ?

Après le coup de téléphone à Glenn Bartlett, Emma s'était mise à table dans sa cuisine, des pensées moroses se succédant dans son esprit.

Ses relations avec le médecin qui avait remplacé Jeremy au cabinet n'étaient pas très harmonieuses. Elle ne savait que penser de cet homme, car la gentillesse et la prévenance dont il faisait preuve en général contrastaient avec une attitude parfois brusque, à la limite de la grossièreté.

D'évidence, il n'était pas très sociable. Dans l'hypothèse où elle réintègre le cabinet médical, il serait important de comprendre quel genre d'homme il était dans le fond. Car si elle revenait à Glenminster, c'était autant que possible pour y être heureuse et épanouie.

De toute façon, elle ne retournerait pas en Afrique tant qu'elle n'aurait pas rechargé ses batteries. Elle était contente de retrouver l'endroit où elle avait grandi et espérait bien s'y ressourcer.

Elle était préoccupée par un autre détail : elle n'avait pas très envie de prendre place seule dans le premier véhicule du convoi funéraire. Pourtant, elle ne voyait pas qui pourrait se joindre à elle. Elle ne connaissait à peine les anciens amis de sa mère, et elle était encore moins proche de ceux de Jeremy. Quant à son père biologique, elle ignorait tout de lui, à commencer par son nom.

Mais peut-être Lydia accepterait-elle de l'accompagner ?

Le lundi, quand elle se présenta au cabinet à midi comme Glenn le lui avait suggéré, il était encore en consultation, mais elle croisa Lydia dans le couloir et bavarda avec elle, le temps que le dernier patient du Dr Bartlett soit parti.

Puis elle entra dans son bureau, dans lequel il l'invita à s'asseoir.

— Comment allez-vous, ce matin ? Avez-vous une idée plus précise de la façon dont vous voulez que la cérémonie se déroule ?

Elle jeta un coup d'œil autour d'elle et se sentit tout à coup faible et désorientée.

La dernière fois qu'elle était venue dans ce bureau, c'était Jeremy qui y était assis. Sans pouvoir s'en empêcher, elle revit celui-ci gesticulant et vociférant ses horreurs le fameux soir où elle l'avait vu pour la dernière fois.

Glenn la dévisagea et fit le tour de son bureau.

— Ça va ? demanda-t-il, l'air inquiet.

Elle se ressaisit, chassa de son esprit les images du passé et parvint à afficher une esquisse de sourire pour donner le change.

— Oui, ça va. C'est juste un peu bizarre de me retrouver ici. Pour répondre à votre question, j'ai demandé à Lydia si elle voulait bien monter avec moi dans le cortège. Je n'ai pas de famille à qui je pourrais le demander.

— Elle a accepté ?

— Oui.

— Je n'avais pas compris que vous étiez seule à ce point, dit-il. Si Lydia n'avait pas pu, je vous aurais accompagnée moi-même. Même si j'ai conscience que nous nous connaissons à peine et que ce genre de circonstances est plus facile à affronter avec des proches.

Il jeta un bref coup d'œil sur l'horloge murale.

— Je suis désolé, je n'ai pas beaucoup de temps à vous consacrer. Mon premier patient de l'après-midi arrive d'ici une demi-heure.

— Je comprends. Je vais faire vite. J'ai prévu de publier une annonce dans la presse locale pour annoncer que la cérémonie se tiendra dimanche à 15 heures au crématorium et qu'elle sera publique. Tous ceux qui souhaitent y assister seront bienvenus. Je prévois aussi un repas pour le personnel du cabinet et ses amis les plus proches.

— Cela me paraît bien. Des fleurs ?

— Non. Je préférerais des dons à la fondation de cardiologie ou à l'hôpital Horizon. C'est un hôpital spécialisé en ophtalmologie. Qu'en pensez-vous ?

Elle se leva, consciente que la pause-déjeuner de Glenn était déjà bien entamée et qu'il aurait à peine le temps d'avaler quelque chose. Puis elle se remémora la façon dont il avait coupé court à leur conversation la veille, et ses scrupules s'amoindrirent. Après tout, c'était lui qui lui avait demandé de passer à midi, refusant son invitation à dîner. Elle avait suffisamment de problèmes pour ne pas avoir à se préoccuper de surcroît de son emploi du temps à lui. Il ne serait pas le premier médecin à devoir sauter une pause-déjeuner !

— Je pense que c'est faisable, répondit-il. Et… avant que vous ne partiez, j'ai une question à vous poser. Pensez-vous réintégrer notre équipe ?

— Oui, probablement, acquiesça-t-elle, la gorge serrée.

Peut-être en avait-il sa claque de la famille Chalmers. Il l'avait cherchée, retrouvée au fin fond de l'Afrique, fait en sorte qu'elle revienne là où Jeremy souhaitait qu'elle soit, mais il ne souhaitait peut-être pas la voir tous les jours sur son lieu de travail.

Tant que la cérémonie d'adieux à Jeremy n'aurait pas eu lieu, elle pouvait difficilement savoir ce qu'elle ferait de son avenir, si Glenn Bartlett ne voulait pas d'elle au cabinet. Dimanche soir, une fois qu'elle serait achevée, l'ardoise serait effacée, et elle y verrait probablement plus clair.

Elle brûlait d'impatience que ce moment arrive.

Elle se leva, salua le médecin chef et quitta promptement le bureau pour rejoindre Lydia qui lui avait proposé de boire un café en sa compagnie.

Les jours suivants, elle eut l'impression de vivre dans les limbes. Elle déambula en ville, en quête de vêtements appropriés au pays et à la saison, tout en essayant d'ignorer les prémices des fêtes de fin d'année qui se profilaient.

Elle n'avait pas envie de passer Noël dans cette maison restée en l'état depuis des décennies. Elle s'était souvent demandé comment sa mère avait pu vivre là sans avoir envie d'y apporter des modifications. Maintenant, elle comprenait : Jeremy avait dû considérer qu'elle devait lui être reconnaissante d'avoir trouvé, grâce à lui, un toit et un nom pour son enfant.

Elle pourrait procéder à quelques travaux. A moins qu'elle

ne la mette en vente, pour acheter quelque chose de plus petit et de plus moderne. Et pourquoi pas un peu plus loin du centre-ville bruyant et agité ?

De toute façon, ce n'était pas la peine d'envisager quoi que ce soit avant dimanche.

Ouf, c'était fini ! L'événement qu'Emma redoutait tant avait eu lieu. Avec Lydia auprès d'elle et Glenn Bartlett non loin, elle était parvenue à traverser l'épreuve.

Beaucoup de monde avait assisté à la cérémonie, comme elle s'en doutait. A présent, le personnel du cabinet médical et quelques amis de Jeremy, tous golfeurs comme lui, étaient attablés dans un restaurant du centre.

Elle avait le sentiment que l'avenir s'ouvrait enfin devant elle, même si elle ignorait encore ce qu'elle en ferait. C'était comme si sa vie flottait dans un brouillard d'incertitude.

Elle jeta un coup d'œil à l'homme qui l'avait fait revenir d'Afrique et sentit son cœur se serrer à l'idée de lui demander de récupérer son poste au cabinet.

A en juger par les quelques signes qu'il avait émis jusque-là, il semblait plutôt pressé de mettre un terme à leur relation inopinée.

Lui arrivait-il de sourire ? Si son visage était moins fermé et moins sombre, ce serait l'homme le plus séduisant qu'elle ait jamais rencontré, avec ses cheveux bruns aux reflets roux et ses yeux bleus comme un ciel d'été. Mais jamais la joie ne s'y reflétait.

Si elle avait bien compris, il menait presque une vie d'ermite. Il habitait seul dans sa magnifique maison, où ses parents venaient de temps à autre lui rendre visite. C'était comme s'il lui manquait quelque chose, ou qu'il n'avait pas trouvé le moyen de réaliser son plein potentiel.

Comme elle.

A moins que partager sa vie entre son travail et ses parents âgés ne lui convienne ?

Glenn observait discrètement Emma.

Elle était si jolie, avec ses longs cheveux bruns et ses grands yeux noisette. Qu'avait fait Jeremy Chalmers pour blesser sa charmante fille, comme il le lui avait confessé lors de ses derniers instants ?

En tout cas, cela avait suffi pour qu'Emma quitte l'Europe et n'y revienne que pour enterrer son père. Elle n'avait pas l'air d'être du genre à se plaindre. Quelle que soit la souffrance qu'elle avait endurée, elle ne la portait pas sur elle, contrairement à lui.

Sans doute ne souffrait-elle pas autant que lui, qui avait vu l'amour de sa vie disparaître à jamais. S'il avait eu un enfant avec Serena, peut-être affronterait-il mieux la situation…

Les convives se préparaient à quitter le restaurant. Tandis qu'Emma leur serrait la main en les remerciant de leur présence, il s'approcha à son tour.

— Emma, voulez-vous que je vous raccompagne chez vous ?

— Non, merci, Glenn. Lydia me ramène. Merci pour la proposition. Et merci aussi, une fois encore, pour tout ce que vous avez fait pour moi dans ces circonstances peu réjouissantes, alors que vous ne me connaissiez même pas.

Un sourire imprévu illumina son visage.

— Je vous promets de ne plus venir vous importuner, désormais.

Il n'eut pas le temps de lui expliquer que sa morosité était liée à la disparition de sa femme et à la tristesse incommensurable dans laquelle il vivait depuis. Emma avait déjà rejoint la directrice du cabinet qui l'attendait pour la raccompagner.

Elle allait regagner sa grande maison vide, et lui, son bastion dans les collines…

Pour la première fois depuis qu'il était venu habiter là, il n'avait pas envie de rentrer chez lui. Lorsqu'il tourna la clé dans la serrure et entra, au lieu de la paix qu'il y recherchait, une sensation de vide et de froid l'assaillit.

3.

Quand Emma se réveilla aux premières lueurs du jour le lendemain de la cérémonie, elle jeta un coup d'œil par la fenêtre à la grisaille hivernale.

Elle aurait mieux fait de revenir à Glenminster en été, lorsque les journées sont longues et lumineuses !

La veille, elle avait eu l'impression qu'un chapitre se terminait. Mais à présent, l'avenir ne lui semblait pas aussi radieux qu'elle l'avait espéré. Elle avait l'impression que si elle décidait de rester à Glenminster, l'ombre de l'homme qui l'avait élevée avant de la renier planerait toujours au-dessus d'elle.

Néanmoins, deux perspectives la réjouissaient : d'abord, l'occasion — à condition que Glenn Bartlett donne son aval, bien sûr — de se porter candidate pour le poste vacant de médecin généraliste au cabinet où elle avait malgré tout beaucoup de bons souvenirs. Ensuite, la recherche d'un logement à son goût, une fois qu'elle aurait vendu cette maison qu'elle n'était pas sûre de vouloir habiter en fin de compte.

Glenn ne pouvait pas l'empêcher de postuler au cabinet médical, mais son empressement à se débarrasser de ses obligations envers son père et elle était manifeste. L'idée de continuer à la voir tous les jours ne devait donc pas l'enthousiasmer. Le seul moyen d'en avoir le cœur net serait de lui en parler franchement, et qu'il lui donne son avis en retour avec la même franchise.

Mais avant toute autre chose, elle allait se rendre sur la tombe de sa mère pour y déposer des fleurs. Elle avait cela en tête depuis son arrivée à Glenminster, mais elle avait voulu se débarrasser d'abord de tout ce qui concernait Jeremy avant de redonner à son existence un cours normal.

Elle trouverait certainement la tombe négligée, voire à l'abandon. Elle imaginait mal Jeremy Chalmers nettoyant et fleurissant la tombe d'une femme dont il avait fini par renier l'enfant. Et à part lui, qui serait susceptible d'accomplir cette tâche ?

Quelques heures plus tard, alors qu'elle avançait entre les tombes, un bouquet à la main, elle s'arrêta net.

La tombe de sa mère était impeccablement soignée et ornée d'un gros bouquet de roses qui semblaient avoir été déposées là récemment.

Elle pensa aussitôt à Lydia. Celle-ci était une amie proche de sa mère, et elle avait renoncé à son mariage en découvrant comment Jeremy avait traité leur fille.

Elle avait apporté un vase. Après avoir arrangé les fleurs et posé le vase près de l'autre sur la tombe, elle demeura debout, à les contempler.

Pour la première fois depuis qu'elle avait quitté Glenminster, choquée et perdue, elle éprouvait un sentiment de paix. Tout cela grâce à un inconnu qui l'avait cherchée par monts et par vaux pour tenir sa promesse à un mourant !

Elle quitta le cimetière et prit la direction du garage dans lequel était entreposée la voiture de Jeremy en attendant qu'elle vienne la chercher.

Il s'agissait d'une grosse voiture noire, cossue mais sans charme particulier à ses yeux, qu'elle échangea avec l'accord du garagiste contre un modèle plus petit, plus gai et moins cher. Elle repartit même avec une petite somme et le sentiment que, pour une fois, tout allait bien.

Il ne lui restait plus qu'à remercier Lydia d'avoir pris soin de fleurir la tombe de sa mère en son absence.

Elle passerait par le cabinet en rentrant et en profiterait pour discuter avec Glenn du poste vacant.

Lorsqu'elle arriva, elle tomba sur eux au sortir d'une

réunion. A sa grande surprise, et pour la deuxième fois depuis qu'elle le connaissait, Glenn lui sourit en la voyant arriver.

Probablement le soulagement d'en avoir terminé avec la famille Chalmers. Dans ce cas, comment allait-il réagir en apprenant qu'elle souhaitait postuler pour travailler dans son équipe ?

— Bonjour ! Je suis venue pour vous parler à l'un et à l'autre de sujets différents. Mais dans les deux cas, ce ne sera pas long.

— Passez me voir quand vous en aurez terminé avec Lydia, dit Glenn, prenant les devants. Je serai en salle de consultation.

— C'est grave ? demanda Lydia, l'air inquiet, en refermant la porte de son bureau.

— Non, pas du tout. Je viens d'aller sur la tombe de ma mère au cimetière, et quand je suis arrivée, il y avait déjà des fleurs fraîches. De magnifiques roses couleur crème. Je m'attendais à trouver l'endroit à l'abandon, alors j'ai été surprise. Tu es la seule à avoir pu y penser en mon absence. Je voulais te remercier.

Lydia la regarda, perplexe.

— Ce n'est pas moi. Pas cette fois, du moins. C'est vrai que je passe de temps en temps nettoyer la tombe d'Helena, mais il y a un moment que je n'y suis pas retournée.

— Ah bon ? Mais alors, qui cela peut-il bien être ?

— Je n'en ai aucune idée.

— C'est bizarre. Il va falloir que je mène ma petite enquête… Je te tiens au courant.

Sur ce, elle sortit du bureau et alla frapper à la porte de la salle de consultation.

— Que se passe-t-il ? On dirait que vous avez vu un fantôme ? demanda Glenn en la voyant entrer.

— Il ne s'agit pas vraiment d'un fantôme, mais il s'est passé quelque chose d'étrange, en effet.

— Puis-je vous aider en quoi que ce soit ?

— Non, ce n'est pas pour cela que je voulais vous voir. En fait, je voulais vous parler du poste de généraliste ici, au cabinet.

— Je vois. J'ai un peu de temps, je vous écoute. Quand nous avons notre réunion mensuelle, je ne prends pas de rendez-vous en début d'après-midi.

— Voilà. Je souhaiterais postuler pour reprendre un poste dans l'équipe, si cela ne vous pose pas de problème. En fait, je suis partie brusquement après avoir eu une discussion houleuse avec Jeremy. Je n'ai pas eu d'autre choix que de partir pour digérer ce qu'il m'a dit ce soir-là. J'ai pris le premier avion le lendemain matin après avoir prévenu Lydia. C'est pourquoi tous les autres m'ont vue disparaître du jour au lendemain sans dire au revoir. Rassurez-vous, je ne vais pas vous exposer mes problèmes familiaux, mais je voulais vous expliquer les raisons de mon départ, que vous soyez au courant.

— Vous n'avez pas à vous justifier, Emma, dit Glenn d'une voix égale. Votre vie privée ne regarde que vous. La mienne est enfouie dans un abîme si profond que je me demande si je réussirai jamais à l'en sortir. Si nos échanges précédents vous ont donné l'impression que votre candidature pourrait me poser problème, j'en suis désolé. J'en suis ravi, au contraire. Il faut simplement que je fasse les démarches administratives nécessaires…

Il la dévisagea.

— Vous connaissez le cabinet, la proximité du centre-ville génère une affluence constante qui nous met parfois sous pression. Peut-être devriez-vous vous accorder un peu de temps avant d'enchaîner ? Votre santé est aussi importante que celle de vos patients. Le stress peut être épuisant, je suis bien placé pour le savoir.

Elle sentit des larmes de soulagement lui gonfler les paupières.

Elle s'attendait tellement à ce qu'il émette des doutes sur sa candidature ! Au lieu de cela, il se montrait enthousiaste et prévenant. Mieux valait partir vite, sans quoi elle allait fondre en larmes.

— Ça ira, dit-elle d'une voix rauque. Le contact avec les collègues me fera du bien. De toute façon, ce que je vivrai ici ne me stressera jamais autant que ce que j'ai affronté en Afrique. Et merci pour votre prévenance ! J'ai l'impression que l'on n'avait plus fait attention à moi depuis longtemps.

Elle ne lui laissa pas le temps de répondre. Elle le salua avant de sortir du bureau puis traversa promptement le cabinet, la tête basse.

Sur le point de quitter le cabinet exceptionnellement désert cet après-midi-là, Lydia croisa Glenn dans le couloir.

— Je peux vous parler un instant ? demanda-t-il.

— Oui, bien sûr, répondit-elle avec un grand sourire.

Elle appréciait les qualités de ce médecin, à la fois réservé et vraiment fiable. Après les allées et venues aléatoires et les après-midi au golf de Jeremy, il faisait bon travailler avec Glenn Bartlett.

— J'ai une question à vous poser. Je viens de parler avec Emma Chalmers au sujet de la possibilité qu'elle revienne travailler ici. Il se peut que cela se fasse rapidement.

— C'est une bonne nouvelle, dit-elle. Emma en a bavé, ces dernières années. Elle a perdu sa mère qu'elle adorait, et elle s'est retrouvée à vivre seule avec Jeremy dans cette maison lugubre. Jusqu'au jour où ils ont eu des mots et où elle s'est enfuie. Sans vous, on ne l'aurait peut-être jamais revue. Je suis contente qu'elle ait envie de rester. Je suis sûre que tout va bien se passer, maintenant.

— Je le souhaite. Quand je lui ai proposé de prendre un peu de temps pour se remettre des événements et se requinquer avant de reprendre le travail, elle a paru très émue, au point que j'ai presque regretté d'avoir dit cela. A votre avis, qu'est-ce qu'il lui arrive ?

— Je crois qu'elle a été très seule pendant des années, et que votre considération l'a touchée.

Elle ne pouvait pas dire explicitement à Glenn qu'Emma s'était sentie très seule à la mort de sa mère avant d'être brutalement rejetée par celui qu'elle avait toujours pris pour son père. Cela pouvait expliquer qu'elle se sente démunie face à sa sollicitude.

L'une des raisons pour lesquelles elle-même avait accepté la proposition de mariage de Jeremy Chalmers avait été la perspective de se rapprocher de la fille de son amie Helena. Elle se réjouissait à l'idée de ne plus rentrer le soir dans une maison vide, d'avoir une famille. Mais elle avait jugé la réaction de Jeremy vis-à-vis d'Emma d'une cruauté et d'une bêtise sans nom. Il ne lui avait même pas révélé avec qui il comptait se remarier ! Et quand il lui avait demandé de trouver un autre logement et qu'elle avait protesté, il l'avait pratiquement dépossédée de son identité, sous l'effet de la colère et de l'alcool !

Glenn reprit la parole, la sortant de ses pensées.

— Je ne la connais pas, dit-il. Elle était déjà partie depuis longtemps quand j'ai commencé à travailler ici. J'ai fait ce que Jeremy m'a demandé de faire, je l'ai retrouvée et fait revenir. Maintenant, je comprends mieux. Merci, Lydia. Désolé d'avoir pris de votre temps.

— Je suis contente d'avoir parlé avec vous, dit-elle en sortant de son sac ses clés de voiture. A demain !

Glenn fut le dernier à quitter le cabinet. Après avoir verrouillé la porte, il se dirigea vers sa voiture en repensant au soir où il avait vu Emma et où il l'avait prise pour une patiente retardataire.

Sur le moment, il n'avait pas imaginé qu'elle aussi était médecin, et encore moins qu'ils travailleraient un jour ensemble ! Il n'y voyait aucun inconvénient, du moment qu'il n'avait plus à s'occuper d'elle comme il l'avait fait depuis que Jeremy le lui avait demandé dans un dernier souffle.

Il faudrait remanier le planning en fonction de l'attribution des salles de consultation. Il pourrait installer un médecin dans la salle vacante à côté de la sienne et proposer à Emma la salle de consultation au bout du couloir…

Elle avait semblé si émue, si vulnérable, tout à l'heure. Ne devrait-il pas aller s'assurer qu'elle allait bien ?

Il monta dans sa voiture et prit la direction de chez elle. Mais en arrivant, il aperçut la voiture de James Prentice garée devant la maison.

Avec ce bleu aussi tape-à-l'œil, il ne pouvait pas la confondre !

Prentice était aux aguets dès qu'une nouvelle femme apparaissait dans son champ de vision. Déjà, au Barrington's, le soir de la fête de bienvenue organisée en l'honneur d'Emma, il avait passé son temps à l'inviter à danser et à lui tourner autour.

Mais après tout, ce n'était pas parce que lui menait une existence sinistre que les autres ne pouvaient pas profiter de la vie ! De plus, cela signifiait qu'Emma n'était pas en train de déprimer, seule dans sa grande maison. N'était-ce pas pour s'en assurer qu'il était passé ?

Il reprit la route, mais en arrivant chez lui, il ressentit malgré tout le besoin de prendre des nouvelles d'Emma.

Que Prentice soit là ou non n'y changeait rien.

Il fit demi-tour, souriant à l'idée qu'il accomplissait décidément les dernières volontés de Jeremy avec beaucoup de zèle.

Il ressentit une pointe d'agacement en voyant la voiture de Prentice toujours garée au même endroit, et l'idée que celui-ci ait pu s'imposer chez Emma lui effleura l'esprit.

Après l'avoir vu manœuvrer au Barrington's l'autre soir, cela ne l'aurait pas étonné de sa part.

Il se gara et se posta devant la porte de la maison. Il sonna et adopta une attitude décontractée en attendant qu'on vienne ouvrir.

— Glenn ! s'écria Emma en le voyant. Tout va bien ?

— Heu… Oui. Je voulais juste m'assurer que *vous* alliez bien. Mais je me rends compte que je n'avais pas à m'en inquiéter, puisque Prentice est avec vous.

Elle le regarda d'un air perplexe.

— Prentice ? James Prentice ? Qu'est-ce qui vous fait dire qu'il est là ? demanda-t-elle. Je suis seule. Je n'ai pas vu James depuis la soirée au Barrington's.

— C'est pourtant sa voiture, là, insista-t-il en indiquant le véhicule trop coloré à son goût.

— Ça ? Non, c'est *ma* voiture. Je l'ai prise au garage, en échange de la grosse voiture que mon père m'avait léguée. J'avais envie de quelque chose de plus… joyeux. Je ne savais pas que James avait la même.

— Je vois, dit-il, mal à l'aise. Je suis désolé de vous avoir dérangée.

Emma devait se demander pour quelle raison il se mêlait encore de sa vie, comme s'il n'avait rien de mieux à faire de son temps libre. D'ailleurs, ne lui tardait-il pas de reprendre le cours de sa vie, maintenant qu'il avait mené sa mission à bien ?

Il se détourna pour partir.

— Vous avez dîné ? demanda-t-elle doucement.

— Euh… Non, pas encore.

— Venez, je suis en train de préparer quelque chose. Je vous dois bien ça, Glenn.

— Vous ne me devez rien, je vous l'ai déjà dit. A part, peut-être, de profiter de tout votre cœur de la vie. Tout peut fiche le camp à n'importe quel moment, surtout quand on s'y attend le moins, vous savez.

Emma regarda Glenn marcher jusqu'à sa voiture puis referma la porte, perplexe.

La description qu'il avait faite de sa vie lui revint alors en mémoire.

Pourquoi tenait-il des propos aussi mélancoliques ?

Elle aurait aimé connaître la cause de l'abîme auquel il avait fait allusion quelques heures plus tôt. Mais Glenn Bartlett était un homme très secret. Tout ce qu'elle pouvait faire, c'était respecter sa vie privée. Et s'adapter à sa nouvelle vie à Glenminster et, bientôt, au travail à ses côtés.

Elle se dirigea vers la cuisine et se prépara un dîner léger.

Pourquoi avait-il refusé son invitation ? C'était à croire qu'il ne la laisserait jamais le remercier pour tout ce qu'il avait fait pour elle !

De retour chez lui pour la seconde fois en moins d'une demi-heure, Glenn leva mentalement les yeux au ciel en s'entendant dire à Emma que Prentice était chez elle.

Elle avait dû le prendre pour un enquiquineur ! Si elle venait effectivement travailler au cabinet, il faudrait qu'il veille à ne plus s'immiscer dans sa vie privée et à garder une certaine distance. Cela lui épargnerait de se ridiculiser.

Il n'avait pas envie de cuisiner, aussi se prépara-t-il un sandwich et une tasse de café, qu'il apporta sur la table du salon devant la cheminée. Il alluma un feu et attendit que le silence l'enveloppe, tel un cocon confortable.

Mais la paix intérieure que lui procurait d'ordinaire le silence de la maison ne le gagna pas. Les événements de la journée continuaient de tourbillonner dans son esprit. Impossible de se détendre.

Décidément, Emma Chalmers commençait à occuper une place trop importante dans sa vie, ça n'allait pas du tout. D'ailleurs, était-il vraiment judicieux d'accepter qu'elle revienne travailler au cabinet ? Il existait à Glenminster d'autres cabinets médicaux qui seraient sûrement prêts à l'accueillir à bras ouverts vu son parcours professionnel…

Mais elle, aurait-elle envie d'aller postuler ailleurs ? Et lui, l'avait-il ramenée à Glenminster pour l'envoyer travailler dans un autre cabinet ?

Il était celui qui la connaissait le moins, et pourtant c'était à lui qu'elle avait le plus affaire depuis son retour. Quelle ironie ! Jamais il n'aurait imaginé que les choses prendraient une telle tournure.

Il repensa à ce que lui avait dit Lydia.

Emma avait souffert, probablement à cause de son père, qui l'avait regretté au point de vouloir la faire revenir. Comment pourrait-il refuser qu'elle réintègre le cabinet ?

Il monta lentement les marches, l'esprit toujours bouillonnant. Dans sa chambre, il prit le cadre posé sur la table de chevet et se mit à parler à la femme qui souriait sur la photographie.

— Pourquoi n'es-tu pas restée avec moi sur la plage, Serena ?

Le lendemain matin, Emma décida de retourner sur la tombe de sa mère dans l'espoir de comprendre l'origine des fleurs.

Le bouquet de roses était toujours là, à côté du sien.

Peut-être était-ce la première fois que quelqu'un d'autre que Lydia déposait des fleurs sur cette tombe ? Peut-être même s'agissait-il d'une erreur ?

Elle s'en revint sans avoir résolu l'énigme. Le centre-ville fourmillait de gens venus faire leurs achats de Noël. N'ayant rien d'autre à faire tant que le jour de sa prise de poste ne serait pas fixé, elle se mit à étudier le prix des appartements proposés dans les vitrines des agences immobilières et en conclut qu'elle ferait peut-être mieux de rénover la maison dont elle avait hérité.

Elle entra dans un café, se commanda un thé, un sandwich et craqua pour une part de cheese cake, qu'elle dégusta en imaginant de quelle façon elle pourrait redonner vie à la maison.

Oui, elle pourrait employer les longs mois d'hiver à la transformer en un logement plus agréable et plus à son goût. Et elle était aussi impatiente de recommencer à travailler…

Comme si Glenn avait lu dans ses pensées, elle découvrit

alors sur son répondeur un message lui demandant si le lundi suivant lui semblait une date convenable pour sa prise de poste.

Pour la première fois depuis des années, son cœur bondit de joie.

Elle empoigna son téléphone.

— Avec plaisir ! s'exclama-t-elle sans même le saluer.

Et, pour la première fois depuis qu'elle connaissait Glenn Bartlett, elle l'entendit rire.

— Parfait. Dans ce cas, à lundi, si l'on ne se voit pas avant.

Puis il raccrocha.

Emma passa le reste de la journée à feuilleter des revues de décoration.

C'était fascinant de voir comment on pouvait transformer une vieille maison !

Totalement absorbée par sa lecture, elle entendit à peine lorsque Lydia vint sonner à sa porte. Elle n'avait pas vu la nuit tomber.

— Devine un peu ! s'exclama son amie. Je suis passée au cimetière pendant ma pause-déjeuner : il y a de nouvelles fleurs.

— J'y suis passé ce matin de bonne heure. Les roses y étaient toujours.

— C'est bizarre, quand même ! Pourquoi maintenant ? Il ne s'est rien passé de tel pendant que tu étais en Afrique. J'allais déposer des fleurs de temps en temps sur la tombe d'Helena, mais je n'ai jamais vu d'autres bouquets. Il faudrait demander à Glenn. Je sais qu'il traverse parfois le cimetière quand il rend visite à Mme Benson. Peut-être qu'il a vu quelque chose ?

— Ce n'est pas la peine, se récria Emma. Il s'est déjà suffisamment occupé de moi. Je préfère continuer à chercher par moi-même…

Elle hésita.

— Lydia, sais-tu quel genre d'existence il mène ? Il n'a pas l'air de s'amuser beaucoup dans la vie.

— Je n'en sais rien. Je ne connais pas sa vie privée. En revanche, c'est le meilleur médecin chef que j'aie jamais connu. Et pourtant, j'en ai vu passer un certain nombre dans ma carrière ! D'ailleurs, as-tu toujours envie de changer de nom, ou vas-tu garder celui de Chalmers pour éviter qu'on te pose des questions ?

— Je pourrais prendre le nom de ma mère, mais c'est vrai que tout le monde me connaît sous celui de Chalmers. Quant à mon père biologique…

Lydia hocha lentement la tête.

— Je vais rentrer. On s'appelle si on a du nouveau au sujet du mystérieux livreur de fleurs.

— C'est peut-être une erreur, tout simplement. Quelqu'un qui se trompe de tombe et qui finira bien par s'en apercevoir.

Dès que Lydia eut quitté la maison, Emma se replongea dans ses brochures de travaux et de décoration. Mais elle ne parvint pas à se concentrer, repensant à ce que Lydia lui avait dit de Glenn.

Elle avait hâte de commencer à travailler le lundi suivant. D'ici une semaine, elle occuperait de nouveau le poste où elle avait été si heureuse, avec « le meilleur médecin chef » que son amie ait connu. Que demander de plus ?

La semaine s'écoula sans qu'Emma ait d'autres nouvelles de Glenn.

Elle se surprenait parfois à se demander ce qu'il était en train de faire et l'imaginait au cabinet ou dans sa superbe grange. En fait, il lui manquait. Et, lorsque vint le lundi matin, elle prit conscience qu'il lui tardait de le retrouver.

Mais elle fut déçue. Lorsqu'elle arriva au cabinet, Glenn ne s'y trouvait pas.

Elle fut accueillie par Lydia, qui lui expliqua qu'il avait

pris une semaine de congé. Cela tombait bien qu'elle arrive en renfort ce jour-là ! Elle lui indiqua la salle de consultation qui lui était attribuée, au bout du couloir.

C'était la salle la plus éloignée de celle de Glenn. Aussi ne risquaient-ils pas de se croiser trop souvent quand il serait de retour…

Mais ce n'était pas le moment de spéculer. A peine eut-elle pris possession de sa salle que les patients commencèrent à affluer. Elle reçut un accueil chaleureux de la part de ceux qui la reconnurent. Le temps passa vite, et avec lui le regret que Glenn ne soit pas là. Mais la déception se manifesta de nouveau à 18 heures, dès qu'on éteignit les lampes et qu'on ferma les portes du cabinet.

Elle prit le chemin de la maison dans la nuit glaciale en se demandant pourquoi Glenn, qui savait qu'elle prenait son poste au cabinet ce matin-là, ne s'était pas présenté.

Où était-il ? Et avec qui ?

Personne au cabinet n'avait paru s'émouvoir de son absence. Tout le monde sauf elle devait être au courant. Et, après tout, pourquoi aurait-il dû la prévenir ? Elle n'était qu'un nouveau membre de l'équipe, un médecin parmi les autres, ni plus ni moins important.

Dans le souvenir de Glenn, il n'y avait que ce gigantesque mur d'eau balayant tout et tout le monde, et détruisant tout ce qui se trouvait sur son passage.

Pourtant, la mer était calme, incroyablement calme, transparente et turquoise. Le rocher sur lequel Serena était allée se faire bronzer trônait toujours aussi majestueusement au milieu de la baie, comme le jour où sa vie avait volé en éclats. La reconstruction de l'hôtel dans lequel ils avaient séjourné était achevée. Il avait fallu trois ans pour redonner vie au complexe dans lequel son épouse et lui avaient adoré passer leurs vacances.

Lorsqu'il avait entendu dans un bulletin d'informations que les travaux de reconstruction de l'hôtel étaient terminés, il n'avait pas résisté au besoin de s'y rendre. Sur le moment, sa première pensée avait été que jamais il ne retournerait là-bas. Puis d'autres pensées s'étaient succédé dans son esprit, parmi lesquelles l'idée que cela l'aiderait à avancer sur son chemin de deuil, tout en apportant des devises aux populations locales auxquelles la mer avait tout pris ce jour-là. Et il pourrait dire au revoir à la femme qu'il n'avait jamais retrouvée.

Il était déjà revenu depuis le drame, cherchant en vain la paix et des réponses susceptibles de lui donner une raison de continuer à vivre, mais pour la première fois depuis la disparition de Serena, il commençait à se faire une raison au sujet de ce qui lui avait semblé être une terrible injustice, à savoir l'existence vide de sens qui lui avait été brutalement imposée.

Il se remémora le conseil de son père, qu'il avait été incapable d'entendre à l'époque : « Laisse-la partir, Glenn. Serena n'aurait pas souhaité que tu mènes une existence triste et solitaire. »

Il l'avait ignoré. Mais à présent, en scrutant la mer paisible et immobile, les bâtiments reconstruits et les jardins qui avaient retrouvé leur luxuriance passée, il avait enfin compris, et décidé de lâcher prise.

D'ici quelques heures, il prendrait la route du retour.

L'étrange relation qu'il avait nouée récemment avec Emma Chalmers lui avait en fait permis, avec ses hauts et ses bas, de se distraire de son chagrin. Elle aussi avait perdu un être cher. Après tout, le décès de son père était la cause de son retour à Glenminster — même si elle ne paraissait pas en être très affectée, pour ce qu'il pouvait en juger.

Il se sentait un peu honteux de n'avoir pas été là pour l'accueillir comme prévu le jour où elle était revenue travailler au cabinet, mais il allait se rattraper.

Ses parents l'attendaient à l'aéroport.

— Tu as laissé en plan la fille de Jeremy pour son premier jour au cabinet ! C'est un oubli ? ne put s'empêcher de lui demander son père deux minutes après son arrivée.

— Non, ce n'est pas un oubli. Mais quand j'ai appris qu'ils avaient reconstruit le complexe hôtelier, j'ai su qu'il fallait que j'y aille. Tout le reste ne m'a semblé être que du détail. J'ai pris le premier vol. J'irai voir Emma demain matin, je suis sûr qu'elle comprendra.

— Alors ? dit doucement sa mère. Quel effet cela t'a fait de voir l'île reconstruite ?

— C'était bizarre. J'ai revu le rocher… Etrangement, cela m'a fait du bien. Ça m'a permis de dire enfin au revoir à Serena.

— Alors, n'oublie pas d'aller parler à la fille de Jeremy demain, insista son père.

— Je n'oublierai pas, répondit-il en levant mentalement les yeux au ciel.

Même s'il aimait profondément son père, celui-ci était tout de même lourd. De toute façon, Emma avait d'autres chats à fouetter que de s'inquiéter de son absence. Ce qui l'intéressait au cabinet, c'était de s'occuper de ses patients, pas d'un pauvre veuf morose comme lui !

Il avait bien fait de retourner dans cet endroit qu'il pensait maudit et qui faisait désormais partie de son passé. Il était prêt à présent à accepter la situation, aussi injuste qu'elle paraisse, et il accomplissait en cela un pas de géant. Dommage que son père ne soit pas capable de le comprendre et qu'il s'arrête uniquement au fait qu'il ait manqué de courtoisie envers une relative inconnue.

Le vieil homme expliqua alors qu'il était passé au cabinet pour récupérer une ordonnance et qu'il avait vu l'expression d'Emma quand celle-ci avait compris qu'il serait absent ce jour-là ainsi que la semaine qui suivrait. Voilà pourquoi il s'était mis en tête de prendre sa défense, tel un chevalier.

Glenn sourit.

C'était oublier la présence de Lydia. Et James Prentice n'était vraisemblablement pas bien loin non plus.

Lorsque le taxi s'arrêta devant la maison de ses parents, il régla la course et descendit aussi. Parcourir à pied les quelques centaines de mètres qui séparaient sa maison de celle de ses parents lui ferait le plus grand bien.

Il passa devant la maison d'Emma et ne put s'empêcher d'y jeter un coup d'œil.

Il était minuit passé, mais il y avait de la lumière à l'étage.

Que faisait-elle à cette heure-là ? Et avec qui ?

Peut-être avait-elle moins de mal que lui à faire son deuil. Elle était jolie, pas étonnant qu'elle ait du succès. Et puis, après des années de solitude, on ne pouvait pas lui en vouloir d'avoir envie de passer du bon temps.

Mais il était étonnant, pour le peu qu'il connaissait d'elle, qu'elle se lie avec quelqu'un du genre de Prentice, si jamais c'était avec lui qu'elle se trouvait.

Il passa son chemin et, pour la première fois depuis une éternité, s'endormit dès qu'il eut posé la tête sur son oreiller.

A minuit passé, Emma était encore en train d'éplucher fébrilement les premiers devis que des entrepreneurs en bâtiment lui avaient fait parvenir.

Lorsque le sommeil eut raison de son excitation, sa dernière pensée fut pour l'homme qui avait disparu du cabinet pendant une semaine, au moment même où elle commençait à y travailler.

Cela l'avait un peu désappointée, mais n'avait pas gâché son plaisir de revenir exercer le métier qu'elle adorait, dans cet endroit qui lui plaisait tant.

4.

Glenn avait beau s'être couché tard, il était déjà assis à son bureau lorsque Emma arriva au cabinet le lendemain. Ayant laissé la porte de sa salle de consultation ouverte, il l'appela dès qu'il la vit passer dans le couloir.

— Comment s'est passée votre première semaine au cabinet, Emma ? demanda-t-il une fois qu'elle se fut assise face à lui. Je suis désolé, j'avais prévu d'être là, mais une urgence m'en a empêché. J'ai dû partir à l'étranger, et je n'en suis revenu qu'hier soir.

— Tout s'est bien passé, merci. J'ai eu l'impression de n'avoir jamais quitté mon poste, tout en ayant gagné en professionnalisme grâce à mon expérience africaine.

— Bonne nouvelle ! Je suis passé devant chez vous cette nuit. Il y avait de la lumière au premier étage.

— J'ai étudié des devis toute la soirée.

— Des devis ? Pour votre maison ?

— Oui, j'ai l'intention de faire quelques travaux. Ce sera mon cadeau de Noël.

Il hocha la tête.

Il y avait encore quelques semaines à passer avant les fêtes de fin d'année. Quelques semaines pendant lesquelles leurs situations respectives allaient changer. La sienne parce que ce voyage l'avait transformé intérieurement, et celle d'Emma parce que, d'ici là, elle aurait commencé à s'intégrer, à faire rénover sa maison et à se faire des amis.

A en juger par ce qu'il avait compris le jour des obsèques

de Jeremy Chalmers, elle n'avait plus de famille. D'ailleurs, où comptait-elle passer les fêtes ?

Le brouhaha qui provenait de la salle d'attente le tira de ses réflexions : il était temps de commencer les consultations.

Il tendit la main à Emma.

— Je suis là, désormais. Si vous avez besoin de quoi que ce soit, n'hésitez pas.

Pour seule réponse, elle afficha un petit sourire. Il lui sembla aussi que ses joues avaient rosi.

Une fois seul, il se demanda s'il n'avait pas commis un impair en lui proposant son aide. Pourvu qu'elle n'ait pas compris qu'il minimisait ses compétences ! Ce n'était absolument pas le cas. Elle semblait être un médecin efficace, et qui savait ce qu'il voulait.

Il reçut un appel pour une visite à domicile chez une personne habitant dans les collines. Pendant la pause-déjeuner, il chercha Emma pour lui demander si elle souhaitait l'accompagner. Mais il ne la trouva ni dans sa salle de consultation ni dans les couloirs. Aussi en conclut-il qu'elle était allée prendre l'air, jusqu'à ce que Lydia lui explique qu'elle s'était rendue au cimetière attenant à la petite église, non loin du cabinet, où reposait Helena Chalmers.

Jeremy, lui, reposait désormais au grand cimetière à l'extérieur de la ville. C'était étrange que tous deux ne soient pas enterrés au même endroit !

Ne voulant pas poser davantage de questions à Lydia, il sortit et prit la direction de l'église.

Emma était là, arrangeant un bouquet sur une tombe abondamment fleurie. Elle sursauta en l'apercevant.

— C'est déjà l'heure ? demanda-t-elle, surprise.

— Non, pas du tout, répondit-il, un peu gêné de l'avoir interrompu dans un moment de recueillement. Je voulais vous proposer de m'accompagner cet après-midi lors d'une visite à domicile. Je dois voir un patient qui vit dans les collines.

J'ai pensé que cela pourrait vous remettre en mémoire le territoire autour de la ville.

— Je vous accompagnerai avec plaisir cet après-midi, dit-elle en se relevant.

Elle jeta un dernier coup d'œil à la tombe de sa mère, et ils reprirent ensemble le chemin du cabinet.

— Cela vaut la peine, rien que pour la beauté du paysage, reprit-il. Ma mère est née au cœur de ces collines, elle y a toujours été attachée. Elle en est partie pour suivre mon père qui avait un poste dans le Yorkshire. C'est là qu'ils m'ont eu. Elle m'a appelé Glenn en hommage à sa ville natale, et ils sont revenus vivre ici dès que l'occasion s'est présentée. Moi, entre-temps, j'avais rencontré ma femme à la faculté de médecine. Nous nous sommes mariés et sommes restés dans le Nord. Jusqu'à ce que le sort en décide autrement…

Emma l'écoutait avec intérêt, visiblement étonnée.

Il s'étonnait lui-même. Voilà qu'il était en train de lui raconter sa vie et, sous peu, les raisons de la fin de son mariage ! Etait-ce bien le même homme que celui qui tenait plus que tout au respect de sa vie privée et déclinait toute invitation à dîner ?

— Pensez-vous pouvoir être prête à partir d'ici vingt minutes ? demanda-t-il, une fois qu'ils furent arrivés. Vous avez déjeuné ?

— Oui, répondit Emma. Je suis retournée au cimetière parce que j'ai découvert que quelqu'un dépose des fleurs sur sa tombe, certainement par erreur. J'aimerais savoir de qui il s'agit, ne serait-ce que pour lui dire qu'il y a erreur. Au début, je pensais que c'était Lydia, qui connaissait bien ma mère. Mais elle a démenti. Elle est aussi curieuse que moi de découvrir qui va fleurir cette tombe, étant donné que je n'ai plus de famille.

Etrange, en effet.

Mais tout chez cette jeune femme l'intriguait. Quelque chose en elle lui donnait envie de l'aider, de prendre soin d'elle. Mais quoi ? Ce n'était pas le besoin de rencontrer quelqu'un, maintenant qu'il avait fait ses adieux à Serena et recouvré un peu de sérénité.

Peu après, ils prirent ensemble la direction des collines.

— Pour en revenir à cette histoire de fleurs au cimetière, dit-il, c'est étrange.

— Pour le moins. Peut-être n'est-ce qu'un malentendu… En tout cas, j'aimerais bien qu'il soit dissipé. J'aimais tellement ma mère… Mais ne parlons plus du passé. Aujourd'hui, je veux profiter de ces beaux paysages qui m'ont tant manqué ! Comment s'appelle le patient que nous allons voir ?

— Vous le connaissez peut-être, c'est Jack Walsh.

— Oui, je le connais de nom. Son fils était dans ma classe. Que lui arrive-t-il ?

— Il s'est blessé pendant les moissons. Depuis, il se retrouve régulièrement avec le dos bloqué. Il doit aller suivre un traitement à l'hôpital, mais il faut vraiment insister pour qu'il s'y rende. Sa femme nous a appelés pour nous dire qu'il pouvait à peine marcher.

— Qui s'occupe de la ferme, alors ?

— Toute la famille, répondit-il en garant sa voiture devant le grand bâtiment en pierres blondes typiques de la région.

Lorsqu'ils entrèrent, Jack Walsh était en train de regarder la télévision, allongé sur le canapé.

— Oh ! mais vous êtes la fille de Jeremy Chalmers ! Vous avec décidé de revenir, maintenant qu'il a passé l'arme à gauche ?

Emma blêmit, et Glenn sentit la colère monter en lui.

— Rien ne vous autorise à insulter le Dr Chalmers, dit-il avec véhémence. Montrez-nous plutôt comment vous vous déplacez. C'est pour cela que nous sommes venus. D'après votre épouse, l'état de votre dos a empiré.

A l'aide de sa canne, l'homme se leva et fit quelques pas. Sa femme entra dans la pièce et leur sourit, manifestement soulagée par leur présence. Glenn réitéra ses recommandations concernant les séances de kinésithérapie, sans lesquelles Jack risquait de ne pas être en mesure de profiter des fêtes de fin d'année en famille.

— Votre contrôle musculaire est très faible, par manque de pratique plus qu'autre chose, dit Emma tandis qu'ils l'examinaient.

— Le Dr Chalmers a raison. Il est important d'aller faire ces séances.

— Si vous le dites, rétorqua Jack avec agacement.

Ils quittèrent la ferme vers 15 heures. D'ici peu, la nuit serait tombée.

— Qu'avez-vous envie de faire, maintenant ? demanda-t-il en scrutant le ciel.

— Nous ne retournons pas au cabinet ?

— Pas tout de suite. Mon père m'a ordonné de m'occuper de vous, il est très contrarié à l'idée que je n'aie pas été là pour votre premier jour, dit-il en souriant.

— Dans ce cas, allons admirer le paysage !

— D'accord. Que diriez-vous d'une tasse de thé dans un endroit avec une belle vue ? suggéra-t-il en déverrouillant la voiture.

Emma lui adressa un sourire éloquent.

Ils se rendirent dans un pub de village qui disposait d'une vue magnifique sur les collines et dans lequel les pâtisseries étaient délicieuses. Au bout d'un moment, ils bavardaient avec animation comme de vieux amis.

Il observa Emma tandis qu'elle admirait le soleil qui descendait vers la ligne d'horizon.

Elle semblait vraiment heureuse.

D'une manière générale, un rien semblait lui faire plaisir. Elle ne formulait pas d'exigences particulières, se laissait porter par le courant de la vie qu'elle avait choisi de retrouver à Glenminster. Pourtant, il percevait derrière sa joie de vivre une faille, une vulnérabilité.

Il repensa à Jeremy, qui n'était manifestement pas étranger

à cette vulnérabilité. Puis l'image de son propre père lui traversa l'esprit.

Jonas voulait toujours « faire le bien », il s'occupait de tous ceux qui avaient eu, selon lui, moins de chance que lui. C'était la principale cause de friction avec sa mère, qui estimait qu'il en faisait trop et que sa préoccupation constante des autres prenait toute la place. Elle rêvait d'une retraite paisible, mais lui passait son temps à résoudre les problèmes de tout le voisinage.

Lui-même avait du mal à prendre parti pour l'un ou pour l'autre, comprenant les deux points de vue. Parfois, il regrettait de ne pas avoir eu d'enfants. La vie de ses parents aurait été différente. Mais comment aurait-il pu prévoir le cataclysme qui avait mis un terme définitif à ce rêve ?

— Je suis impressionné par ta décision de faire faire des travaux dans ta maison, Emma, dit-il, les yeux rivés sur le paysage. C'est une vaste entreprise. Mais il est vrai que la maison a besoin d'un coup de neuf. C'est bizarre que Jeremy n'ait jamais envisagé lui-même de la rénover, lui qui était toujours si élégant, avec sa belle voiture, ses beaux costumes, ses parties de golf.

— Je crois qu'il la considérait simplement comme un endroit pour dormir, expliqua-t-elle. Je ne sais pas si ma mère a émis un jour le souhait de la faire arranger. Si c'est le cas, ils n'en ont rien fait.

— En tout cas, si tu as besoin d'aide pendant les travaux, demande-moi, s'entendit-il proposer.

Emma se tourna vers lui, les joues roses.

— Je ne risque pas de t'impliquer dans ce genre de chantier, Glenn. Tu en as déjà fait suffisamment pour moi.

— Nous verrons cela plus tard. En attendant, prends ton temps, une étape après l'autre.

Ils regagnèrent la voiture et reprirent la route de la ville.

— Merci de m'avoir emmenée, Glenn. J'aime tellement

cette région et ses collines. Ce qui aurait dû être une simple visite à domicile s'est transformé en un après-midi magique !

— Je peux donc dire à mon père que je me suis racheté après avoir manqué à l'appel, lundi dernier ? dit-il en riant.

— Tu le peux. Cela fait une éternité que je ne m'étais pas sentie aussi bien !

Combien de temps allait-elle se sentir bien à ses côtés, bien à l'abri derrière les barrières qu'elle avait érigées autour d'elle ?

Pour la première fois, l'idée qu'ils puissent être autre chose que des collègues lui traversa l'esprit.

— Reste à découvrir qui se cache derrière ces magnifiques bouquets de roses sur la tombe de ma mère.

— J'ouvrirai l'œil quand je passerai par là. Il m'arrive souvent de traverser le cimetière pour aller voir les patients qui habitent de l'autre côté. Entre Lydia, toi et moi, le mystérieux inconnu sera vite démasqué !

De retour au cabinet, Emma se remit illico au travail. Elle reçut un groupe d'enfants à qui elle administra un vaccin antigrippal en spray.

Elle avait rangé dans un coin de sa mémoire les bons moments passés sur les collines pour les retrouver, le soir, dans le calme de sa maison sur le point d'être rénovée.

Durant les semaines qui suivirent, on ne déposa plus de fleurs sur la tombe de sa mère, si bien qu'elle privilégia la thèse de l'erreur de destinataire qui lui avait traversé l'esprit dès le départ. Les seules fleurs ornant désormais la tombe étaient celles qu'elle continuait à y déposer elle-même.

Elle commençait à oublier cette histoire lorsque les bouquets reparurent comme par enchantement.

Absorbée par ses projets de rénovation, elle n'y prêta qu'une attention distraite. Elle finit par poser les bouquets mystérieux sur une tombe voisine qui ne recevait jamais de visites. Mais de toute évidence, le visiteur inconnu ne s'en trouva pas découragé, car des fleurs fraîches continuèrent à venir orner la tombe de sa mère à côté des siennes.

Noël approchait à grands pas, et elle se réjouit lorsqu'on annonça au cabinet médical qu'une fête aurait lieu le samedi précédant les festivités. Comme celle qui avait été organisée en l'honneur de son arrivée, cette soirée regrouperait le personnel du cabinet et leurs amis. Elle se déroulerait dans un hôtel bien connu des habitués de la vie nocturne de la ville.

Sa première pensée fut pour Glenn : viendrait-il ?

Elle en doutait. Il n'avait pas paru s'amuser beaucoup au Barrington's, et depuis leur escapade dans les collines, il s'était montré plutôt distant vis-à-vis d'elle. Passait-il toujours son temps libre enfermé chez lui ? Il avait conclu son allusion à son mariage par : « Jusqu'à ce que le sort en décide autrement. » Manifestement, il avait divorcé et laissé sa femme dans le Nord.

Elle décida de s'acheter une tenue pour la soirée et eut tout de suite un coup de cœur pour une robe qui mettait en valeur ses cheveux bruns et sa peau laiteuse.

Quelques jours avant la date prévue, Lydia lui proposa de partager un taxi, tout en précisant qu'elle ne rentrerait pas avec elle parce qu'elle comptait passer la nuit à l'hôtel.

— Mais tu pourras rentrer avec Glenn, suggéra-t-elle. En général, il ne dort pas sur place dans ce genre d'occasions. Il fait acte de présence pour le dîner, mais dès qu'il peut, il salue tout le monde et rentre chez lui. A moins que tu préfères rester plus tard. Dans ce cas, il faudra peut-être réserver un taxi.

— D'accord, merci, répondit Emma, en se demandant si elle avait vraiment envie finalement de participer à cette soirée.

Avec tout ce qu'elle avait mis en branle pour la maison, les décisions à prendre afin que les travaux commencent le plus tôt possible, une bonne nuit de sommeil ne serait pas de trop. Mais elle avait acheté sa robe, et elle avait envie que Glenn la voie dedans…

La salle d'attente ne désemplissait pas, et Glenn avait l'impression que les journées passaient à une vitesse folle.

Il n'était pas pressé de voir arriver Noël. Certes, il avait recouvré une certaine quiétude concernant la disparition de Serena, mais cela n'avait pas fait disparaître le sentiment de solitude. La tranquillité de sa maison ne lui procurait plus autant de réconfort. Il était agité, incapable de se détendre.

En tant que médecin chef du cabinet médical, il était censé se rendre à la soirée de Noël organisée par le personnel. L'idée qu'Emma y assisterait suscitait à la fois en lui du plaisir et de l'inquiétude. Il se demandait si elle avait l'intention de fêter Noël toute seule dans sa grande maison triste. Depuis la disparition de Serena, il redoutait les fêtes, mais ce n'était rien en comparaison de ce qu'elle devait ressentir à leur approche.

Lui-même passerait Noël avec ses parents, comme d'habitude depuis qu'il avait perdu sa femme. Il avait déjà acheté les cadeaux qu'il leur offrirait. Sa mère ferait son possible pour égayer l'ambiance, tandis que son père râlerait parce qu'il voulait des petits-enfants et que son fils ne faisait rien pour le contenter.

Emma se sentait toujours embarrassée que Glenn ne lui ait pas laissé l'occasion de le remercier pour sa disponibilité. Peut-être parviendrait-elle à réparer cela au cours des festivités à venir ?

Plus les jours passaient, plus elle sentait la solitude l'envahir, un sentiment qu'elle avait toujours ressenti plus vivement à cette période de l'année depuis la mort de sa mère. Les Noël passés avec Jeremy n'avaient pas été très drôles, car ils avaient des modes de vie différents et ne partageaient pas grand-chose.

Un après-midi de congé où elle se promenait dans les rues commerçantes de Glenminster, en quête d'un cadeau à offrir à Lydia et d'un petit quelque chose de magique pour Glenn — si toutefois il l'acceptait —, elle croisa les parents de celui-ci.

Jonas Bartlett la présenta à Olivia, son épouse, comme « la fille de Jeremy de retour au bercail ». Lorsqu'il lui demanda ce qu'elle avait prévu pour les fêtes, elle hésita. Elle savait qu'il était prompt à s'occuper des autres. Que répondre pour qu'il ne se sente pas aussitôt obligé de la prendre sous son aile ?

A ce moment, la mère de Glenn intervint, expliquant que son mari recherchait toujours des volontaires pour ses bonnes œuvres et qu'ils organisaient le jour de Noël un repas en ville pour les déshérités.

— Je peux venir vous aider, si vous voulez, proposa Emma avec sincérité. Que ce soit en cuisine, pour le service ou pour autre chose.

— J'accepte votre offre, répondit Jonas sur un ton un peu bourru. Mais à une condition : que vous veniez dîner avec nous le soir.

Elle sentit ses joues s'empourprer en imaginant la tête de Glenn quand il apprendrait la nouvelle. Mal à l'aise, elle articula un « merci » timide, tout en cherchant déjà comment elle justifierait la situation la prochaine fois qu'elle se retrouverait face à lui, c'est-à-dire pas plus tard que le lendemain matin au cabinet médical.

Glenn était absorbé par la lecture d'un rapport envoyé par le service d'endocrinologie de l'hôpital central de Glenminster, au sujet d'un patient dont la calcémie avait dangereusement augmenté au cours des derniers mois.

Entendant un léger bruit, il leva la tête et aperçut Emma qui le regardait d'un air grave.

— Que se passe-t-il ? demanda-t-il, aussitôt inquiet.

— C'est à propos de Noël. Tes parents m'ont invitée à dîner chez eux le soir. Je ne veux surtout pas m'immiscer dans vos fêtes de famille, mais je n'ai pas voulu vexer ton père.

— J'ignorais que tu étais proche de mes parents, dit-il platement, dans sa surprise.

— J'ai proposé à ton père de l'aider pour le repas de Noël qu'il organise pour les déshérités, et il a posé comme condition que je vienne dîner chez eux le soir.

C'était donc ça !

— Et alors ? Si tu n'en as pas envie, dis-le-lui. Mon père est très fort pour régenter la vie des autres, avec ou sans leur consentement. Mais il est bien intentionné, et quand il s'agit d'aider en particulier les gens pauvres ou seuls, il se dépasse.

Emma releva le menton, ses yeux lançant des éclairs.

— Ah, c'est ainsi qu'il me voit ? Comme une pauvre femme seule ?

Sur ce, elle tourna les talons et se précipita dans sa salle de consultation.

Glenn resta sidéré, fixant stupidement le couloir vide.

Qu'est-ce qu'il lui avait pris de lui parler de façon aussi cavalière ? L'idée de passer un moment aussi magique à ses côtés était merveilleuse. Mais, au lieu de lui dire à quel point il se réjouissait de la voir, il l'avait carrément rembarrée, alors qu'elle ne venait que lui demander conseil.

A mesure que la matinée avançait, l'idée d'aller la voir pour lui dire qu'il adorerait qu'elle vienne chez ses parents pour Noël lui sembla de plus en plus difficile à mettre en œuvre.

Quand la pause-déjeuner arriva, Emma se rendit au cimetière, comme elle le faisait parfois quand elle avait besoin de recouvrer son calme intérieur.

Elle remarqua tout de suite le nouveau bouquet de fleurs sur la tombe de la mère.

Les bouquets continuaient de se succéder. Peut-être sa mère était-elle contente de les recevoir ? Dans ce cas, elle n'avait qu'à accepter ce mystère comme un don du ciel. Pour le moment, elle avait besoin de réfléchir à l'échange qu'elle avait eu le matin avec Glenn.

Elle eut à peine le temps d'y songer qu'elle se rendit compte que l'objet de ses pensées arrivait derrière elle, comme s'il avait deviné son intention de se rendre ici.

Il la regarda d'un air interrogateur.

— T'arrive-t-il de regretter d'être revenue à Glenminster, Emma ?

— Non, pas du tout. C'est ici que je me sens chez moi. Même si certaines questions irrésolues continuent de me hanter.

— Comme le mystère du livreur de fleurs ?

— Entre autres. Je t'envie, Glenn. Tu as de la chance d'avoir tes parents et qu'ils soient proches de toi. Je suis simplement désolée pour toi que ton mariage n'ait pas fonctionné.

— Mon mariage ? Qu'est-ce qui te fait penser qu'il ne fonctionnait pas ? Tu m'imagines divorcé ou séparé ?

— Oui. Enfin, je présume.

— Je n'ai pas divorcé, Emma. Ma femme est morte. Elle a été emportée par un tsunami pendant nos vacances, il y a quelques années. Longtemps, je ne suis pas parvenu à me défaire de la culpabilité d'avoir survécu à ce cataclysme qui l'a emportée. Je revoyais toujours ce mur d'eau ravageant tout sur son passage, emportant des centaines de gens parmi lesquels Serena…

Elle se sentit vaciller.

L'histoire de Glenn était terrible. Maintenant, elle comprenait un certain nombre de choses, qui jusque-là, la rendaient perplexe.

— Oh ! Je suis désolée, Glenn. Je ne savais pas. Pardonne-moi d'avoir imaginé n'importe quoi.

— Ne t'inquiète pas, ton erreur est compréhensible. Ici, seuls mes parents sont au courant de ce qu'il s'est passé. A ma demande expresse, ils n'évoquent jamais ma vie privée avec les gens. Moi-même, je n'aime pas en parler. Et je te demanderais donc de ne pas ébruiter cela.

— Bien entendu ! dit-elle, toujours sous le choc. Je suis vraiment désolée. Si je peux faire quoi que ce soit pour t'aider, je t'en prie, dis-le-moi.

Glenn lui adressa un sourire tendu.

— Il y a une chose que tu peux faire, en effet, dit-il. Bien que je n'aie pas affiché un grand enthousiasme tout à l'heure, je serais ravi que tu viennes dîner avec nous pour le réveillon de Noël. Je pourrai passer te chercher vers 19 heures, si cela te convient.

— Euh… Oui, d'accord, murmura-t-elle, se demandant si elle rêvait. Qu'est-ce que j'apporte ?

— Toi, ce sera parfait, répondit Glenn.

Il leva la tête vers le cadran de l'horloge de l'église.

— Nous ferions mieux d'y retourner, sans quoi les patients vont faire la queue.

Elle sourit, soudain joyeuse en dépit de la terrible nouvelle qu'elle venait d'apprendre. Elle était heureuse que Glenn ait confirmé personnellement l'invitation de ses parents. Cela lui donnait l'impression d'avoir de l'importance pour quelqu'un, ce qui ne lui était pas arrivé depuis longtemps.

Noël approchait. L'ambiance au cabinet était chaleureuse. Tout le monde se réjouissait des festivités et des congés imminents.

Le samedi où avait lieu la fête, à midi passé, tout le monde était déjà parti. Glenn était en train de vérifier que les locaux étaient vides avant de fermer le cabinet, quand le téléphone sonna.

Mme Walsh voulait voir un médecin de toute urgence. Jack avait de la fièvre.

Glenn soupira en reposant l'appareil.

Une infection s'était probablement développée. Il n'avait plus qu'à retourner voir Jack dans sa ferme perdue dans les collines.

Au moment de quitter le parking, il vit Emma s'approcher.

Bizarre. Il était persuadé qu'elle avait déjà quitté le cabinet depuis un moment.

Il roula doucement dans sa direction.

— Où étais-tu ? J'ai fermé le cabinet. Je dois retourner voir Jack Walsh. D'après sa femme, il a une forte fièvre.

— Puis-je venir avec toi ? demanda-t-elle. J'ai un si bon souvenir de la dernière fois !

— Viens, si tu n'as pas mieux à faire. Mais je crains que le paysage ne soit moins agréable à contempler que la dernière fois. L'air est glacial et le ciel menaçant.

Emma était déjà en train de s'installer sur le siège du passager. Elle lui décocha un grand sourire.

— Autant de bons prétextes pour ne pas rester enfermée chez moi, ironisa-t-elle.

Tant que sa maison serait dans l'état où elle l'avait trouvée, il comprenait qu'elle n'ait pas très envie d'y passer ses journées.

— Où étais-tu passée ? demanda-t-il en prenant la route.

— Je suis allée rendre visite à un enfant qui a la grippe. J'espère que je ne l'ai pas attrapée.

Pourvu que le virus ne les contamine ni l'un ni l'autre ! La fête qui avait lieu le soir même et la perspective d'emmener Emma chez ses parents une semaine plus tard l'enchantaient.

De gros flocons se mirent à tomber. Lorsqu'ils arrivèrent à la ferme, la neige avait déjà recouvert le paysage d'un manteau blanc.

Il adressa à Emma un regard contrit.

— Tu ne regrettes pas d'être venue ? lui demanda-t-il. J'espère que nous n'allons pas être bloqués ici. C'est ce soir qu'a lieu la fête du cabinet.

Emma sentit les battements de son cœur accélérer.

— Ce n'est pas grave, dit-elle.

Il y avait plus grave, en effet, que d'être bloquée quelque part avec Glenn. Même si elle le connaissait à peine et s'il n'avait rien accepté d'elle depuis qu'ils s'étaient rencontrés.

Elle se fichait bien de l'endroit où elle était, tant qu'elle était avec lui. Qu'ils passent la soirée en ville ou perdus au milieu de collines enneigées, peu lui importait, après tout.

— Docteur, son état a empiré, dit Mme Walsh, rongée par l'inquiétude, en ouvrant la porte. Il est brûlant, il a du mal à respirer. Et il délire.

Elle les accompagna jusqu'à la chambre dans laquelle son mari était allongé.

— Depuis quand est-il dans cet état ? demanda Glenn en sortant son stéthoscope.

— Je trouve qu'il s'est aggravé depuis hier.

— C'est peut-être une pneumonie, dit-il quand ils eurent fini de l'ausculter. Ou pire. Il faut appeler une ambulance, en espérant qu'ils puissent monter jusqu'ici avant que les routes ne soient impraticables.

Emma composait déjà le numéro.

L'après-midi ne faisait que commencer. Ils avaient largement le temps de se préparer pour se rendre à la soirée si la neige cessait de tomber et si l'ambulance parvenait à monter jusque-là. Elle pourrait alors enfiler la robe dans laquelle elle rêvait qu'il la voie.

5.

En fait, il se passa une bonne heure avant qu'ils n'entendent la sirène de l'ambulance qui approchait sur le chemin enneigé.

Une fois Jack installé à bord, celle-ci repartit en direction de l'hôpital du district. Il ne leur restait plus qu'à regagner tant bien que mal le centre-ville à leur tour.

Après avoir roulé au pas sur un kilomètre avec une visibilité quasi nulle, la voiture se trouva bloquée dans une congère. L'inquiétude de Glenn, préoccupé depuis le départ par les mauvaises conditions météorologiques, redoubla lorsqu'il chercha à joindre les secours et s'aperçut qu'il n'y avait pas de réseau.

— J'ai une pelle dans le coffre, dit-il en rentrant dans la voiture. Je vais essayer de dégager la route. Je laisse le moteur allumé pour que tu aies du chauffage dans la voiture.

— Je vais t'aider, dit aussitôt Emma.

— Pas question ! Je n'aurais jamais dû t'emmener ici. Installe-toi à l'arrière. Reste au chaud et essaye de capter un signal avec ton portable.

Visiblement, le ton de sa voix la dissuada d'insister.

Quelques minutes plus tard, il dut se rendre à l'évidence : il ne parviendrait pas à dégager la voiture. De son côté, Emma n'avait capté aucun signal leur permettant d'appeler des secours.

Le froid était glacial.

Il s'assit près d'elle sur le siège arrière et lui entoura les épaules de son bras.

— Je ne mords pas, dit-il comme elle se raidissait. Je propose juste que nous nous serrions l'un contre l'autre pour nous tenir chaud. J'ai l'impression que le chauffage n'est pas très efficace.

Emma se blottit dans ses bras. Dehors, la neige continuait à tomber en flocons épais et silencieux.

La situation semblait irréelle. C'était la première fois qu'il tenait une femme dans ses bras depuis la mort de Serena. Ce geste, loin d'être anodin, sembla réveiller en lui toutes les passions qui s'étaient tues pendant toutes ces années.

Emma n'était pas n'importe quelle femme. C'était la fille de Jeremy Chalmers, l'homme qui avait avoué dans ses derniers instants de vie lui avoir fait tant de mal. Que lui avait-il donc fait pour qu'il demande à un quasi-inconnu de la retrouver et de la ramener dans sa région natale ?

Il décida de briser le silence.

— Emma, qu'est-ce que Jeremy t'a fait pour que tu partes du jour au lendemain te réfugier en Afrique ?

Il la sentit se crisper dans ses bras et s'en voulut d'avoir posé une question aussi indiscrète. Mais après un soupir, elle prit la parole.

— Ce soir-là, il était rentré tard. Il avait bu. Il a commencé par me dire qu'il fallait que j'envisage de déménager, parce qu'il allait se remarier et que sa future femme ne tenait pas à ce que je vive avec eux. Il me chassait de la maison dans laquelle j'avais toujours vécu. J'ai protesté en lui disant que j'étais sa fille et que je ne méritais pas un tel traitement. Ce à quoi il a répondu que non, justement, je n'étais pas sa fille. Il avait épousé ma mère pour la sortir d'une situation embarrassante et donner un nom à l'enfant qu'elle portait. Comme si ça ne suffisait pas, il a ajouté qu'il n'avait aucune idée de l'identité de mon père, car ma mère ne la lui avait jamais révélée. Il était vain que je cherche à le retrouver.

« Après cela, je ne pouvais pas imaginer de rester. Il fallait que je parte. J'ai quitté la maison au petit matin, et j'ai pris le premier vol pour l'Afrique. Je n'imaginais pas revenir un jour. Mais tu m'as retrouvée, et, grâce à toi, je suis de nouveau là, dans cet endroit que j'aime tant.

Elle leva la tête vers lui.

— Je t'en serai toujours reconnaissante, Glenn.

Elle le regardait de ses grands yeux noisette, sa bouche à quelques centimètres de la sienne.

Ce serait tellement facile de l'embrasser, d'effacer le mal que cet homme rancunier lui avait fait et de lui faire l'amour là, dans cette voiture perdue au milieu de nulle part.

Le tourbillon des pensées qui l'empêchaient d'aller plus loin avec Emma cessa brusquement. Le désir s'empara de lui. Il posa son doigt sous son menton et la regarda dans les yeux avec le sentiment indicible, enfin retrouvé, de ne faire qu'un avec une femme. Il posa ses lèvres sur les siennes et l'embrassa longuement, tendrement.

Il se redressa lorsqu'un bruit de moteur se fit entendre aux abords de la voiture.

— Glenn ! s'écria Emma. On dirait le bruit d'un camion ! C'est peut-être une déneigeuse ou une dépanneuse !

— Bingo ! C'est un chasse-neige ! répondit-il, partagé entre le soulagement de ne pas passer la soirée dans un endroit rendu inaccessible par les chutes continues de neige, et le regret de ne pas voir ces instants magiques se prolonger. Nous sommes tirés d'affaire. Avec un peu de chance, nous pourrons même assister à la soirée.

— Tout va bien ? demanda une grosse voix d'homme en frappant sur la vitre.

— Oui, on s'est fait coincer, mais tout va bien, répondit-il.

— L'ambulancier nous a appelés en nous prévenant que vous risquiez de rencontrer des problèmes en redescendant, expliqua l'homme. On va dégager la route.

— Merci de vous être porté à notre secours. D'où venez-vous ?

— De ma ferme, pas très loin. Les autorités savent que

j'ai cet engin. On s'est arrangé pour que j'intervienne dans la zone quand des gens se retrouvent coincés, comme vous.

Un garçon sauta du véhicule et les rejoignit, des cordes à la main. Puis il alla les accrocher à l'avant de la voiture.

— C'est mon fils. Il connaît son boulot. Vous pourrez bientôt rouler de nouveau.

La promesse fut tenue.

Ils remercièrent les deux hommes.

— Si je peux me rendre utile, n'hésitez pas, dit Glenn.

L'homme éclata de rire du haut du siège de sa déneigeuse.

— C'est sûr que ma digestion me joue parfois des tours.

— Alors, passez au cabinet lundi matin. Nous examinerons cela.

— Comptez sur moi ! dit-il en leur adressant un signe de la main.

Emma se pelotonna sur son siège, mal à l'aise.

Ils avaient repris la route lentement mais sûrement, mais le charme était rompu. Concentré sur sa conduite, Glenn demeurait silencieux.

Regrettait-il déjà le baiser qu'ils avaient échangé au milieu de ce paysage irréel ?

— On a vu mieux, comme promenade dans les collines, marmonna-t-il comme s'il avait lu dans ses pensées.

— Tout n'a pas été désagréable, répondit-elle.

— Certes, mais les circonstances sont parfois porteuses d'illusions, dit-il avant de replonger dans son mutisme.

Visiblement, les images du passé étaient revenues le hanter.

Sa maison était en vue. La voiture ralentit et s'arrêta.

— Tu seras là, ce soir ? demanda Glenn. Personnellement, je ne peux pas ne pas y aller. Mais je ne compte pas rester très longtemps.

— J'irai aussi. Moi, je me suis réjouie toute la semaine de

la perspective de faire la fête. Mais je la vois presque comme une corvée, à présent.

Elle se retint de lui dire qu'elle s'était acheté une nouvelle robe pour l'occasion, mais qu'elle ne la porterait pas, vu la distance qu'il avait instaurée entre eux après leur baiser.

— Bien, alors à tout à l'heure, dit-il, ignorant son commentaire négatif.

Elle descendit de la voiture et s'éloigna dans l'obscurité en repensant au fugace moment de bonheur qu'elle avait passé dans les bras de Glenn.

Un moment de folie, mais qui avait révélé leur attirance réciproque.

Elle avait pris conscience de son attirance pour Glenn Bradlett quand elle était allée lui rendre visite le dimanche matin suivant son arrivée à Glenminster, pour le remercier d'avoir tout fait pour la rendre agréable. Ce jour-là, il lui avait confirmé qu'il vivait seul et lui avait fait comprendre qu'il appréciait sa solitude plus que tout. Mais depuis, elle en avait appris davantage sur lui, notamment qu'il avait perdu sa femme dans des circonstances atroces.

Oh ! pourquoi avait-il fallu qu'elle tombe amoureuse d'un homme prisonnier de son passé ?

Cependant, quelques heures plus tard, elle avait changé d'avis au sujet de la robe : quoi que Glenn pense de leur relation, et même s'il regrettait d'avoir cédé à ce moment d'égarement, elle n'avait pour sa part aucune raison de sacrifier son plaisir de porter une robe somptueuse !

Lorsque Lydia passa la chercher, elle était tout à fait résolue à passer une bonne soirée, quoi qu'il arrive.

Glenn sentit sa morosité s'évaporer dès qu'il vit arriver Emma.

Celle-ci avait déposé son manteau au vestiaire et elle était éblouissante, avec sa peau laiteuse et sa chevelure brune, dans une magnifique robe noire rehaussée de broderies argentées.

Cette femme avait vraiment un charme particulier !

Pourquoi ne pas lui dire à quel point il était désolé de ce qu'il avait dit dans la voiture en revenant ? Pourquoi ne pas leur donner une chance de faire plus ample connaissance ?

Il l'ignorait. Tout ce qu'il savait, c'est qu'il en était incapable.

Lorsque leurs regards se croisèrent, il détourna les yeux et se dirigea vers un groupe de collègues qui ne produisaient certes pas le même effet sur lui. Il ne s'adressa à elle que pour lui demander si elle s'était bien remise de la tempête de neige. Sa réponse laconique le dissuada de poursuivre la conversation.

Après le dîner, il se leva et se dirigea vers Lydia et elle pour les saluer.

— Vous partez déjà ? s'étonna Lydia.

— La journée a été longue, répondit-il sur un ton apaisé qui masquait son trouble. Emma a dû vous raconter que nous avons été pris dans une congère et secourus par un fermier et son fils qui avaient un chasse-neige.

— Euh… Non, elle ne me l'a pas dit.

— C'est vrai que ce n'est pas une histoire passionnante.

— Ça dépend des épisodes, intervint Emma d'un ton calme. Certains l'ont été, d'autres moins.

Glenn se tourna vers elle.

— Je suis désolé, Emma. Si j'ai pu te vexer, je le regrette sincèrement. Telle n'était pas mon intention.

— N'en parlons plus, c'est oublié, dit-elle sans grande conviction.

Car il l'avait effectivement blessée, mais ce n'était ni le lieu ni le moment d'en discuter.

Glenn les salua et prit promptement la direction de la sortie.

Elle déglutit tandis que les têtes se tournaient sur son passage.

Le voir partir lui donnait l'impression d'être rejetée une deuxième fois. Elle regretta soudain d'être venue. Pourquoi n'était-elle pas restée chez elle, à profiter d'une soirée tranquille pour peaufiner l'organisation des travaux à venir ?

— Qu'est-ce qu'il lui arrive ? demanda Lydia dès que Glenn fut sorti de leur champ de vision. Qu'est-ce que tu lui as fait pour qu'il soit dans un tel état ?

— Rien du tout, répondit Emma d'un ton lugubre.

Elle poussa un profond soupir.

— Oh ! Lydia, pourquoi personne ne veut de moi ? Pour commencer, mon père m'a abandonnée, puis Jeremy m'a fichue dehors, et maintenant Glenn, que j'admire et respecte, me tient à distance.

— Je ne connais pas toute la vie de Glenn, répondit Lydia d'une voix douce, mais, pour des raisons qui le regardent, il n'a pas envie de se caser. Ce qui est bien dommage, parce que je ne l'ai jamais vu regarder une femme comme il te regarde, toi.

Tout en écoutant son amie, Emma se remémora la confession de Glenn au sujet du tragique accident qui avait emporté sa femme, et sa volonté que la tragédie ne soit pas ébruitée. Ne pouvant pas partager ce qu'elle savait avec Lydia, elle fut soulagée que James s'approche pour l'inviter à danser. Elle se leva et le suivit sur la piste. Puis, après quelques danses, elle appela un taxi.

Sur le chemin du retour, elle céda à une folie : au lieu de se faire ramener chez elle, elle demanda au chauffeur de taxi de la déposer près de l'église.

La lune, claire et ronde, éclairait le cimetière presque comme en plein jour. Elle avança en direction de la tombe de sa mère en se demandant si l'on y avait déposé de nouvelles fleurs.

De loin, elle devina une silhouette immobile, debout devant la tombe. Son sang ne fit qu'un tour. Elle pressa le pas.

Mais, le temps qu'elle arrive, la silhouette avait disparu comme par enchantement, au point qu'elle se demanda si elle n'avait pas rêvé.

Sur la tombe, un nouveau bouquet.

Quelqu'un était effectivement passé. Mais qui ?

Elle reprit la direction de chez elle. Comme elle aurait aimé que Glenn soit avec elle en cet instant précis !

Elle sursauta. Surgi de nulle part, Glenn venait de s'arrêter à sa hauteur au volant de sa voiture, et il ouvrit la portière pour qu'elle monte.

— Où est passé le taxi que tu avais pris pour rentrer, Emma ? demanda-t-il sur un ton soucieux. Lydia m'a appelé pour me dire que tu étais partie tôt et qu'elle s'inquiétait à ton sujet. Alors je suis passé chez toi, mais j'ai trouvé la maison éteinte et manifestement vide.

— Je suis désolée de vous avoir causé du souci, mais quand le taxi est passé devant l'église, j'ai pensé à ma mère, et j'ai eu envie d'aller la voir. Et de vérifier par la même occasion si l'on avait déposé de nouvelles fleurs.

— Et alors ?

— Cette fois, j'ai vu quelqu'un de loin près de la tombe. Mais le temps que j'arrive, il avait disparu. Et, effectivement, il y avait un nouveau bouquet.

— As-tu pu voir si c'était un homme ou une femme ?

— Non, je n'en ai pas eu le temps. La personne a peut-être fui en entendant mes pas dans l'allée.

— Et… Tu n'as pas eu peur ?

— Un peu, si.

Elle se remit à regarder la route.

— Où m'emmènes-tu ? demanda-t-elle en voyant qu'ils avaient dépassé sa maison.

— Chez moi. Je n'aime pas te savoir toute seule dans cette vieille maison, la nuit. On ne sait jamais. La personne du cimetière a pu t'apercevoir et te suivre. A moins qu'elle ait déjà repéré où tu habites. Je n'ai pas envie que tu te retrouves nez à nez avec un inconnu.

— Tu as une chambre d'amis ? demanda-t-elle, le cœur battant.

— Bien sûr. J'en ai même deux, tu auras le choix.

— Tu as de la chance d'avoir une si belle maison ! J'en suis presque envieuse ! dit-elle sur le ton de la plaisanterie.

— Il n'y a pas de quoi, rétorqua Glenn. On est chez soi là où se trouve notre cœur. Or, le mien se trouve dans un endroit bien loin d'ici.

A peine Glenn eut-il terminé sa phrase qu'il la regretta. Pourquoi était-il aussi lourd avec Emma ? Elle était tellement belle, tellement adorable ! De quel droit était-il désagréable ? Devait-il la faire souffrir sous prétexte que lui avait souffert ? Elle avait eu son lot, elle aussi.

Mieux valait ne pas lui faire des promesses qu'il ne serait pas en mesure de tenir. Et n'était-il pas complètement inconscient de la ramener chez lui après la scène de la congère ?

— Tu es magnifique dans cette robe, Emma, s'entendit-il dire de but en blanc, à mille lieues des résolutions qu'il était supposé prendre. Elle te va vraiment très bien. Je voulais te le dire avant, mais l'occasion ne s'est pas présentée pendant la soirée.

— Comment était ta femme ? demanda-t-elle de façon tout aussi impromptue, ignorant totalement son compliment.

Il déglutit.

— J'ai des photos d'elle. Je te montrerai, si tu veux.

— Si ça ne te dérange pas, répondit-elle.

Il gara la voiture, et ils se dirigèrent vers la porte d'entrée. Une fois dans la maison, il installa Emma dans le salon, alluma un feu dans la cheminée et monta dans sa chambre pour prendre la photographie. Puis il observa Emma penchée sur le portrait.

Elle lui inspirait une tendresse infinie. Mais elle méritait mieux que lui.

— Elle est ravissante, dit-elle en relevant la tête.

Leurs regards se croisèrent, et il se retint de lui répondre que c'était elle qui était magnifique. Pour la première fois depuis le drame qui avait dévasté sa vie, il était sous le charme d'une autre femme que Serena.

Il reprit le cadre qu'elle lui tendait.

— Je vais te montrer ta chambre. Pour demain, sens-toi libre de te lever à l'heure que tu désires. C'est dimanche, je n'ai rien de prévu. Veux-tu une tisane ou un café avant d'aller te coucher ?

— Non, merci. Glenn, je suis désolée de t'avoir inquiété ce soir en allant me promener au cimetière. Je ne sais pas ce qu'il m'a pris. C'était plus fort que moi…

Elle marqua une pause.

— Demain, je me réveillerai tôt pour rentrer. Ne te lève pas pour moi, je t'ai suffisamment dérangé.

— Ce serait idiot, Emma, parce que le petit déjeuner est compris dans la nuitée. Je ne te laisserai pas repartir le ventre vide.

Avant qu'Emma regagne sa chambre, Glenn lui avait indiqué un tiroir de la coiffeuse où elle trouverait des pyjamas et des chemises de nuit.

Elle était donc allongée, scrutant le plafond en attendant que ses yeux se ferment, dans une chaste chemise de nuit en coton blanc qui semblait avoir appartenu à la mère de son hôte plutôt qu'à sa jolie femme blonde.

Quelle étrange journée ! Et quelle étrange soirée !

Comme l'avait souligné Glenn, la journée avait été longue, et elle était fatiguée, mais elle ne parvenait pas à trouver le sommeil. L'idée que Glenn soit allongé à quelques mètres d'elle ne contribuait pas à l'apaiser…

Elle revit le visage souriant de la jeune femme aux cheveux dorés sur la photo.

Pas étonnant qu'il soit toujours attaché à elle. En ce qui la concernait, personne n'était attaché à elle. Elle n'était pas séduisante au point qu'un homme désire la voir faire partie de sa vie. Elle en rêvait, mais elle se demandait si ce rêve se réaliserait jamais.

Le matin, Emma se doucha et s'habilla en souriant à l'idée de déjeuner avec Glenn.

Quand elle sortit de sa chambre, la porte de celle de Glenn était grande ouverte. Il devait être déjà descendu. Ils allaient se retrouver et bavarder autour d'un bon café, comme deux personnes qui font connaissance.

Le problème, c'était que Glenn ne se trouvait nulle part. Elle passa d'une pièce à l'autre, en vain. Le salon était vide, et aucune trace d'une quelconque présence humaine n'était visible dans la cuisine. Pas d'eau chaude dans la bouilloire, pas de bacon rissolant sur la cuisinière. Dehors, l'allée et le jardin étaient déserts, et la voiture de Glenn, invisible.

Elle rentra et jeta un coup d'œil sur la desserte de l'entrée, sur laquelle étaient posées des brochures touristiques sur l'Italie. Pas le moindre petit mot pour elle.

Aurait-il oublié qu'elle était là ?

Elle sentit une boule se former dans sa gorge.

Ce ne serait pas la première fois que l'on négligerait sa présence… Cela dit, Glenn était une personne attentionnée et prévenante. Pourquoi aurait-il insisté pour qu'elle vienne passer la nuit chez lui, petit déjeuner compris, si c'était pour s'enfuir avant son réveil ?

Mais plus les minutes passaient, plus elle sentait la déception l'envahir. Les larmes aux yeux, elle prit son sac et son manteau accrochés dans l'entrée. Puis elle sortit, prête à rentrer chez elle à pied.

C'est alors que la voiture de Glenn apparut. Il ralentit et en sortit promptement, un sourire sur les lèvres.

Il se moquait d'elle, de surcroît !

— Je suis désolé, Emma. Tu as dû me trouver grossier de t'avoir ainsi abandonnée. Mais ma mère m'a appelé à l'aube pour me signaler que mon père ne se sentait pas bien. Il avait mal à la gorge et était fiévreux. Comme ils n'ont pas l'habitude de m'appeler pour des broutilles, j'ai sauté dans ma voiture, sans prendre la peine de te laisser un mot, pensant être de retour avant que tu ne te lèves. Mais il a attrapé une belle angine, et je suis allé jusqu'à la pharmacie de garde lui chercher des médicaments. Voilà pourquoi tu as trouvé la maison vide. Je suis navré, Emma. Comment te persuader de rentrer avec moi prendre le petit déjeuner ?

— Pourquoi ne m'as-tu pas réveillée ? J'aurais pu t'accompagner, dit-elle sans répondre à sa question.

Glenn leva les yeux au ciel.

— La journée d'hier a été suffisamment chargée, non ? Après les insultes du père Walsh, la tempête de neige, la congère et mes sautes d'humeur sur le trajet du retour, j'ai estimé que tu méritais de te reposer. Emma, il faut me pardonner si je t'ai blessée. Parfois, je réagis bizarrement quand la réalité me force à sortir de mon cocon et me rappelle que la vie continue.

Doucement, il la prit par la main, et elle le laissa la conduire vers la maison. Une fois à l'intérieur, il déboutonna son manteau et le fit glisser sur ses épaules.

— Qu'est-ce qui ferait plaisir à madame pour le petit déjeuner ? demanda-t-il.

— Je n'ai pas faim, répondit-elle en se raidissant, l'estomac noué.

Elle avait davantage besoin de réconfort que de nourriture.

— Je n'y crois pas un instant, dit Glenn en se penchant pour lui déposer un baiser sur la joue, comme s'il lisait dans ses pensées. Commençons par ça, après quoi je vais te préparer un vrai repas.

L'impression d'avoir été abandonnée s'évanouit. Elle lui accorda enfin un sourire, et son appétit revint comme par magie.

Une fois le petit déjeuner pris, elle décida de l'accompagner chez ses parents.

Elle enviait les relations que Glenn entretenait avec eux.

Comme elle serait contente qu'il existe au monde ne serait-ce qu'une personne qu'elle puisse considérer comme sa famille et avec qui elle partagerait l'amour et l'affection que sa mère ne pouvait plus lui donner !

— Tu as de la chance d'avoir encore tes parents, dit-elle après leur visite, tandis qu'il la raccompagnait chez elle. Moi, j'ai perdu ma mère il y a quelques années, et celui que je croyais être mon père m'a pratiquement mise à la porte.

Glenn ne dit rien, mais il sentit la colère monter en lui.

Pas étonnant que Jeremy Chalmers ait éprouvé le besoin de se racheter quand il s'était vu à l'article de la mort. Cela dit, il lui avait sans le savoir rendu service en lui demandant d'aller retrouver sa fille où qu'elle soit. Son attirance pour Emma était un fait nouveau dans sa vie, et il allait devoir réfléchir sérieusement à la direction à donner à son existence.

Il se serait bien vu passer la journée avec elle, mais Emma lui expliqua que l'entrepreneur en bâtiment devait passer chez elle pour discuter des travaux à effectuer.

— Alors, à demain, au cabinet ! dit-il en s'arrêtant devant sa maison.

Elle rougit légèrement en le remerciant pour son hospitalité. Puis elle l'embrassa avant de rentrer chez elle, laissant sur sa joue l'empreinte de ses lèvres, telle une promesse.

Il repassa chez ses parents dans l'après-midi. L'état de Jonas s'était amélioré. La fièvre et l'inflammation de sa gorge avaient diminué. En conséquence, son humeur s'était embellie, et son projet de repas de Noël pour les déshérités occupait de nouveau ses pensées.

— Sais-tu si Emma est toujours disposée à venir nous aider ? demanda-t-il.

— Oui, pour autant que je sache. Le cabinet sera fermé ce jour-là. A moins qu'elle n'ait changé d'avis.

— Et le soir ? Elle vient toujours dîner chez nous ? demanda sa mère.

— J'imagine. Mais je n'en sais pas davantage.

Tout ce qu'il savait, c'est que si Emma venait, il vivrait son plus beau Noël depuis la disparition de Serena.

Comment lui faire part des sentiments qu'il nourrissait pour elle ? Il voulait lui parler, ne serait-ce que pour la remercier de toute la joie dont elle avait déjà empli sa morne existence.

Emma accusa le coup lorsqu'elle comprit que le devis de l'entrepreneur était largement au-dessus de ses moyens. Mais, loin de se laisser gagner par la déprime, elle pensa aussitôt à une jolie maison en vente qu'elle avait aperçue près de chez Glenn. Dans le même style, quoique plus petite.

Dès que l'entrepreneur sortit de chez elle, elle appela l'agence immobilière dont le numéro figurait sur la maison, qui lui apprit que le prix de vente de la jolie maison était moins élevé que le coût des travaux de rénovation.

Le cœur battant, elle demanda à l'agent s'il pourrait se charger de vendre la maison léguée par Jeremy. Avec un peu de chance, son prix de vente couvrirait les frais d'achat de la nouvelle.

Ce serait le rêve de vivre là-bas, au milieu des collines verdoyantes !

Elle passa le reste de la journée à s'imaginer habitant dans la campagne surplombant la ville, en priant pour que son affreuse maison trouve preneur. Et en se demandant si Glenn serait content de l'avoir pour voisine.

Le lundi matin, Glenn arriva au cabinet d'excellente humeur.

— Comment va ton père ? lui demanda Emma.

— Beaucoup mieux ! Du coup, il m'a demandé si tu étais toujours disponible pour l'aider dans l'organisation du repas de Noël. Et ma mère m'a demandé, elle, si tu étais toujours d'accord pour venir dîner à la maison.

— Oui et oui, répondit-elle. Je me réjouis de participer aux deux repas.

— Qu'a donné la visite de l'entrepreneur ? répliqua-t-il, dissimulant la joie que sa double réponse lui procurait. Tu as signé le devis ?

Emma secoua la tête.

— Ah bon ? Je croyais que tu voulais commencer les travaux au plus vite ?

— Le devis était trop élevé. Alors j'ai changé d'optique.

— C'est-à-dire ?

— J'ai mis la maison de Jeremy en vente, et je compte acheter la maison qui est à côté de chez toi, si elle est toujours à vendre quand j'aurai l'argent.

— Je vois… Tu l'as visitée ?

— Pas encore, mais je suis tombée sous le charme au premier regard. Et la maison devrait entrer dans mon budget.

— A condition que tu aies vendu la tienne avant. Si ce n'est pas le cas, que feras-tu ?

— J'aviserai à ce moment-là, dit Emma en s'esquivant, le moment étant venu d'accueillir les premiers patients de la journée.

6.

Le premier patient d'Emma fut une patiente, Anna Marsden, venue quelques jours auparavant faire un bilan de santé annuel, dont elle revenait s'enquérir des résultats.

Anna venait d'accéder à la retraite après avoir géré pendant des années la plus grande boutique de prêt-à-porter féminin de Glenminster, et Emma fut navrée d'avoir à lui annoncer que les examens sanguins avaient révélé de possibles signes d'une leucémie et qu'il fallait procéder à des examens plus approfondis.

Quand elle reçut la nouvelle, Anna eut sa réaction habituelle. Après avoir écouté attentivement, elle répondit avec le plus grand calme.

— Donc, qu'est-ce que je fais, maintenant ?

— Vous avez rendez-vous lundi prochain à l'hôpital. Les médecins que vous rencontrerez là-bas sont des spécialistes, vous aurez les idées plus claires sur la situation.

Anna lui adressa un sourire malicieux.

— Au moins, je pourrai m'allonger quand j'en aurai envie, maintenant que je suis à la retraite.

La matinée se déroula ensuite comme d'habitude, rythmée par les arrivées et les départs des patients, et Emma n'eut pas une minute à elle pour demander à Glenn ce qu'il pensait de la perspective qu'elle vienne vivre à proximité de son havre de paix.

Au cours de la pause-déjeuner, elle réfléchit à la façon dont il réagirait à l'achat de cette maison.

Ils avaient passé des moments très agréables ensemble,

mais il était évident qu'il était toujours accroché à son passé. Cela devait-il l'empêcher d'acheter une maison près de chez lui si l'occasion se présentait ?

Certes, s'il ne supportait pas de la voir, en plus de passer ses journées de travail avec elle, elle se ferait une raison et se passerait de lui dans sa vie privée.

De retour d'une visite à domicile, Glenn vint l'informer qu'il était passé par le petit cimetière jouxtant l'église. Il n'avait vu personne rôder autour de la tombe de sa mère, mais des roses fraîches avaient été déposées.

La sensation de malaise s'empara de nouveau d'elle.

Noël avait lieu à la fin de la semaine. La perspective d'aller passer une partie des festivités dans la famille de Glenn l'incita à faire un détour par les boutiques du centre-ville, sans grand enthousiasme. Il lui paraissait désormais étrange de passer cette soirée si particulière avec des gens qu'elle connaissait à peine.

En revanche, elle était ravie d'avoir proposé son aide bénévole pour le déjeuner de Noël. Elle était contente de pouvoir contribuer à mettre un peu de joie dans la vie des autres. Que ferait Glenn pendant qu'elle s'activerait à préparer ou à servir le repas ?

Peut-être planterait-il une clôture entre sa grange et la maison voisine…

Jonas avait demandé à Emma de se trouver devant la salle des fêtes du centre-ville à 8 heures. Il faudrait préparer les dindes et les autres victuailles dans les grandes cuisines mises à leur disposition.

Elle se mit au travail dès son arrivée, avec un groupe d'autres bénévoles dont elle connaissait la plupart pour les avoir déjà vus au cabinet, ainsi que deux personnes qu'elle n'avait jamais vues. Le père de Glenn lui présenta Alex

Mowbray, qui avait vécu des années à Glenminster avant de déménager à l'étranger avec sa femme souffrante.

— Je ne voulais pas partir, mais ma femme était atteinte d'une maladie chronique, lui expliqua ce dernier tandis qu'ils épluchaient les légumes qui accompagneraient la dinde. Elle avait besoin de vivre dans un endroit plus chaud, alors nous avons quitté la région. Elle est morte récemment, et me revoilà à Glenminster. J'ai retrouvé quelques vieilles connaissances qui sont toujours en vie, mais beaucoup ne sont plus là.

Cet homme lui parut d'emblée sympathique. Il était grand, avec les cheveux argentés et un regard très doux. Il communiquait facilement, contrairement à l'homme dont elle était en train de tomber amoureuse.

Elle leva la tête et aperçut justement Glenn qui arrivait, les bras chargés de sacs de courses.

Il ne passerait donc pas ses journées de congé dans sa tour d'ivoire ! L'idée de le savoir à ses côtés l'emplit de joie.

A peine Glenn eut-il vidé ses sacs qu'il se précipita vers elle et sourit en voyant la toque de chef qu'elle arborait.

— Tu seras des nôtres, ce soir ? demanda-t-il.

— Avec plaisir, si cela te convient.

— Bien sûr, que ça me convient !

— Tu n'as pas eu l'air très emballé par la perspective de m'avoir pour voisine.

— La nouvelle m'a pris de court, dit-il. Il est vrai que je vis à l'écart du monde et que j'ai du mal à imaginer ne plus l'être.

Il jeta un coup d'œil circulaire dans la salle.

— Mon père me fait signe. Il va certainement me rappeler de ne pas distraire les bénévoles. J'y vais. Il faut que je m'assure que tout le monde dispose d'un moyen de transport pour venir. Pour cela, je vais réquisitionner les véhicules de la moitié des gens qui travaillent au cabinet.

— Je n'imaginais pas te voir participer à ce genre d'événement.

— Avec le père que j'ai ? Impossible de m'y soustraire !

Il s'éloigna en riant.

Il était presque l'heure du déjeuner, et les cuisiniers bénévoles faisaient une brève pause avant l'arrivée des convives.

Jonas s'approcha d'Emma.

— Emma, je me suis permis d'inviter Alex Mowbray ce soir. Il est seul, ce qui ne devrait pas se produire en cette période de l'année. J'espère que cela ne vous dérange pas.

— Pas du tout ! Vous avez prévenu votre femme, au moins ? demanda-t-elle en riant.

— Olivia me connaît. Je crois qu'elle aurait été étonnée que je n'invite personne d'autre.

— Pensez-vous que cela fasse plaisir à Glenn que je vienne ? demanda-t-elle d'un ton hésitant. Je sais qu'il tient beaucoup au respect de son intimité.

— Ce n'est pas facile pour lui, depuis qu'il a perdu Serena dans cette tragédie. Cela dit, depuis que vous êtes à Glenminster, sa mère et moi recommençons à espérer.

Avait-elle bien compris ?

— Si je puis me permettre, vous ne devriez pas nourrir trop d'espoirs, répondit-elle. C'est vrai que nous nous entendons bien, mais Glenn a érigé autour de lui des barrières que je ne suis certainement pas en mesure d'abattre. Ni même d'ébranler.

Glenn entra dans la salle avec un couple de personnes âgées qu'il était allé chercher en voiture. Il repéra des places libres pour ses deux passagers. Au fond de la salle, son père était en grande discussion avec Emma.

Alors qu'il s'apprêtait à repartir chercher d'autres convives, il vit Emma s'approcher, souriante.

— Combien d'allers-retours te reste-t-il à effectuer ? demanda-t-elle.

— Plus que deux. J'espère qu'on a prévu une table pour tous les gens qui ont gentiment accepté de faire les chauffeurs.

— Bien sûr, c'est prévu. Ce soir, tes parents auront un autre hôte à leur table. Ton père a invité Alex Mowbray, qui est lui aussi revenu s'installer à Glenminster après avoir vécu quelques années à l'étranger.

Il hocha la tête avant de se diriger vers la sortie.

Une fois le déjeuner terminé, les invités partis et la salle rangée et nettoyée, Emma reprit le chemin de sa maison. Elle était venue à pied pour ne pas occuper une place de parking. Elle aurait pu se faire raccompagner en voiture, mais Glenn était occupé à ramener les convives chez eux, et son père était allé rendre les clés de la salle.

Elle marchait depuis quelques minutes lorsqu'une voiture s'arrêta à sa hauteur. Quand le conducteur baissa la vitre, elle reconnut Alex Mowbray.

— Voulez-vous que je vous raccompagne ? proposa-t-il.

— Euh… Oui, volontiers, si c'est sur votre chemin, dit-elle, contente de pouvoir faire plus ample connaissance avec cet homme qu'elle trouvait adorable. J'habite un peu plus loin sur la route.

Elle s'installa sur le siège-passager.

— Vous connaissez la villa Waverly ? demanda-t-il.

— Oui, c'est vraiment une propriété magnifique.

Alex hocha la tête.

— C'est là que j'ai vécu avec ma femme, avant notre départ pour l'étranger. A mon retour, j'ai été soulagé de voir qu'elle était à vendre. Je l'ai rachetée, et j'ai bien l'intention de lui redonner son lustre d'antan. Je regrette de ne pas pouvoir la léguer à qui que ce soit. Ma femme avait de graves problèmes de santé, et nous n'avons pas pu avoir d'enfants.

Durant les quelques minutes que dura le trajet, il se montra charmant.

Elle le remercia chaleureusement et rentra chez elle se préparer pour l'autre grand événement de la journée.

Glenn viendrait la chercher. La perspective de passer une soirée en si bonne compagnie lui faisait l'effet d'un magnifique cadeau de Noël.

Pourvu que Glenn apprécie celui qu'elle avait l'intention de lui offrir ! Elle avait du mal à croire que cet homme, qu'elle ne connaissait pas quelques semaines auparavant, soit devenu le centre de son univers. Elle n'oublierait jamais les efforts qu'il avait déployés pour la retrouver et la persuader de revenir dans sa région natale.

Il lui avait précisé qu'il passerait la prendre vers 19 heures. Chaque minute qui la rapprochait de cet instant faisait battre son cœur d'impatience.

Mais l'heure passa sans que Glenn ne se présente chez elle. Quelques minutes s'écoulèrent, puis quelques dizaines de minutes, et elle sentit sa gorge se serrer de plus en plus.

Avait-il trouvé mieux à faire de sa soirée ?

Il était presque 20 h 30 lorsque la sonnerie du téléphone retentit.

— Je suis vraiment désolé, Emma, dit Glenn. J'ai eu un accident en sortant du centre-ville.

Son cœur cessa de battre.

— Tu es blessé ?

— Non, mais je suis resté pour donner un coup de main. Les blessés sont désormais en sécurité à l'hôpital. Si tu es toujours d'accord pour que je passe te prendre, je devrais être chez toi dans quelques minutes.

— As-tu prévenu ta maman ?

— Oui, elle nous attend pour servir le dîner. Je suis désolé de ne pas t'avoir prévenue plus tôt, mais il n'y avait pas de réseau. J'ai dû m'occuper des victimes avant que les ambulances n'arrivent. Mais j'ai passé mon temps à me demander si tu ne pensais pas que je t'avais oubliée. Comme tous les gens qui, avant moi, t'ont laissée tomber. Dis-moi la vérité, Emma.

— Euh… C'est vrai que j'ai pensé que tu avais peut-être trouvé mieux à faire de ta soirée. Je me suis dit que tu préférais peut-être la passer seul, ce que je peux comprendre.

Le silence tomba pendant un instant avant que Glenn ne reprenne.

— J'arrive, Emma, attends-moi, ne pars pas !

Elle raccrocha avec un sentiment de honte.

Comment avait-elle pu douter de la parole de Glenn ? C'était une personne honnête et franche. C'est aussi pour cela qu'elle l'aimait. Mais elle ne devait pas se faire trop d'illusions. Les chances qu'il l'aime en retour étaient réduites.

Comme Glenn l'avait annoncé, il se gara devant chez elle quelques minutes plus tard. Son costume était froissé et taché, mais il était sain et sauf.

A la fois contente de le voir et soulagée qu'il soit sorti indemne de l'accident, elle se pencha pour lui déposer un baiser sur la joue.

— Excuse-moi d'avoir imaginé que tu ne viendrais pas, dit-elle doucement.

— Tu ne pouvais pas savoir ce qu'il s'est passé, répondit-il avant de redémarrer.

Il ne leur fallut que quelques minutes pour gagner la maison de Jonas et Olivia.

Jonas embrassa Emma sous le gui puis l'aida à enlever son manteau.

— Intervenir en urgence lors d'un accident fait partie du métier, dit Glenn en serrant sa mère dans ses bras.

Alex Mowbray acquiesça d'un hochement de tête.

Sur la table joliment décorée, la maîtresse de maison avait pris soin de déposer un petit paquet près de chaque assiette à l'intention des convives.

Emma sentit les larmes perler sous ses paupières.

Quelle famille merveilleuse ! Quelle tristesse qu'elle ait été endeuillée par la disparition tragique de Serena !

Glenn disparut quelques minutes et revint après s'être

douché et avoir troqué son costume contre une chemise et un pantalon de toile.

Il fallait qu'elle guette l'occasion de lui offrir son propre cadeau.

L'occasion se présenta à la fin du repas, alors qu'elle aidait Glenn à débarrasser la table tandis que ses parents et Alex s'installaient au salon.

— J'ai quelque chose pour toi, Glenn, dit-elle en fouillant dans son sac. Noël me semble une bonne occasion de te dire à quel point je te suis reconnaissante pour tout ce que tu as fait pour moi, dit-elle en lui tendant un petit paquet.

Glenn hésita un moment avant de prendre le cadeau.

— Ce n'était pas la peine, Emma, dit-il à voix basse. Ce que j'ai fait pour toi, je l'aurais fait pour n'importe qui.

— Je sais, dit-elle, piquée. Ce petit présent ne t'engage à rien, c'est simplement pour te remercier. Si tu ne le veux pas, ce n'est pas grave.

Et elle alla rejoindre les autres dans le salon, laissant Glenn seul dans la cuisine, le paquet posé sur le plan de travail.

A présent, une question lui trottait dans la tête : quand allait-elle pouvoir partir sans paraître impolie ?

Glenn regarda Emma sortir de la cuisine en maudissant son manque de tact. Pourquoi était-il aussi maladroit avec elle ?

Pourquoi ne pouvait-il pas simplement lui expliquer qu'il n'avait pas l'intention de la blesser ? L'idée de lui faire du mal en laissant le souvenir de Serena surgir entre eux lui était insupportable. Mais il ne parvenait pas à le formuler clairement.

Lui aussi avait un cadeau pour elle, mais il préférait le lui offrir quand ils ne seraient que tous les deux. Il voulait l'inviter le lendemain à déjeuner. Il comptait voir une bague orner sa jolie main à ce moment-là. Comment allait-elle réagir ? Il n'en avait aucune idée. C'est vrai que leur relation n'était pas commune.

Il ôta le papier d'emballage du cadeau d'Emma et siffla doucement en découvrant son contenu : une superbe montre, comme celle qu'il avait admirée récemment au poignet d'un patient. Emma s'en était souvenue !

Il entra dans le salon et, captant le regard d'Emma, lui fit signe de venir — ce que les seniors ne remarquèrent pas, absorbés qu'ils étaient par une discussion animée.

Elle le rejoignit dans l'entrée, l'air mi-figue mi-raisin.

— Ton cadeau est magnifique, Emma, dit-il en prenant sa main dans les siennes. Je suis désolé, une fois encore, de m'être montré aussi indélicat.

Il l'attira sous le gui accroché au-dessus de leurs têtes et se pencha pour l'embrasser.

Emma lui répondit de bon cœur, et leur baiser aurait pu durer toute la nuit s'il n'avait pas entendu des mouvements dans le salon.

— Quelqu'un veut-il un café ? proposa-t-il en se postant à l'entrée de la pièce pour qu'Emma ait le temps de se reprendre.

— Non, merci, répondit Alex Mowbray. Je vais rentrer. Je suis à pied.

— Si vous voulez rester un peu plus, je pourrai vous raccompagner quand j'aurai déposé Emma chez elle.

Alex sourit.

— Dans ce cas, j'accepte volontiers.

Emma sentit une fois de plus la moutarde lui monter au nez. A part les quelques minutes passées à débarrasser dans la cuisine et l'instant magique de ce baiser sous le gui, ils n'avaient pas été seuls de la journée. Et maintenant, Glenn s'assurait qu'ils ne le soient pas quand il la ramènerait chez elle ! Le fait qu'il ne lui ait pas fait de cadeau était sans importance. Elle ne lui avait pas offert la montre dans l'intention de recevoir un cadeau en retour. Mais l'impression de ne compter pour personne lui sauta de nouveau à la gorge, cette impression tenace qui lui collait à la peau depuis que Jeremy lui avait assené qu'elle n'était pas sa fille et qu'il souhaitait la voir quitter la maison.

Cependant, elle se redressa quand Alex lui demanda si ça ne la dérangeait pas.

— Bien sûr que non, dit-elle en affichant un sourire.

Glenn avait bien vu qu'Emma était déçue qu'ils ne se retrouvent pas seuls un moment. Lorsqu'il la déposa devant chez elle, il sortit de la voiture pour la raccompagner jusque devant sa porte.

— Emma, veux-tu me faire l'immense plaisir de déjeuner avec moi demain ? Nous avons tant de choses à nous dire…

Les lèvres d'Emma esquissèrent une adorable moue.

— Hum, alors pourquoi t'es-tu arrangé pour ne pas pouvoir me les dire ce soir même ?

— Si je te dépose chez toi d'abord, c'est que cet homme surgi de nulle part m'intrigue. Toi qui as vécu à Glenminster plus longtemps que moi, tu ne le connais pas. Tu ne l'as jamais vu auparavant, n'est-ce pas ?

— Non. Mais je ne connais pas tous les habitants de Glenminster. C'est une ville, pas un village. Et, si j'ai bien compris, il a longtemps vécu à l'étranger avec sa femme…

Emma jeta un coup d'œil à la voiture dans laquelle Alex attendait patiemment.

— Tout ce que je sais, c'est qu'il a racheté la belle villa ancienne dans laquelle il avait vécu avec sa femme avant leur déménagement à l'étranger, et qu'il la restaure. C'est un endroit superbe. Et il a l'air adorable, pour le peu que je puisse en juger.

Glenn opina lentement.

— Je serai prête à midi, ajouta-t-elle en lui adressant un sourire plein de promesses.

Une fois la porte refermée sur elle, il revint à la voiture et reprit le volant, la tête emplie de questions.

Lorsque Emma ouvrit à Glenn le lendemain, elle arborait la tenue qu'elle portait le soir où avait été organisée la soirée de bienvenue en son honneur — robe bleu turquoise, talons argentés et veste en fourrure blanche —, et son cœur battait la chamade.

— As-tu fait ton enquête sur Alex Mowbray ? demanda-t-elle une fois qu'ils furent attablés dans un des plus élégants restaurants de la ville.

— Je n'ai pas appris grand-chose de plus. Si ce n'est que c'est un brave homme qui s'est occupé de sa femme malade pendant des années et qui a décidé de revenir dans la région quand elle est morte.

— Tu sais ce qu'elle avait ?

— Oui. La maladie de Parkinson, à un stade avancé. Tu le sais aussi bien que moi, c'est une maladie qui peut traîner des années. Mais je ne t'ai pas invitée ici pour parler de maladies.

Il plongea la main dans sa poche et en sortit un petit paquet.

— Tu as dû être étonnée que je ne te fasse pas de cadeau hier. C'est que je ne voulais pas te le donner devant tout le monde. C'est un cadeau très personnel, je préférais que nous ne soyons que tous les deux pour te l'offrir.

Elle le regarda, perplexe.

— Tu comprendras mieux quand tu l'auras ouvert.

— Oui, bien sûr, dit-elle dans un sursaut.

Elle déplia le papier qui enveloppait une petite boîte et sentit ses jambes flageoler en voyant qu'il s'agissait d'un écrin. Elle l'ouvrit et découvrit un anneau surmonté d'un diamant.

Un solitaire ! Elle n'en croyait pas ses yeux.

Glenn était-il en train de lui faire une déclaration ? Une proposition ?

Mais il ne tarda pas à la ramener à la réalité.

— Emma, je ne serai peut-être jamais celui que tu voudrais que je sois, dit-il gravement. Pour m'engager pleinement, je dois me donner à toi sans réserve. Or, je ne suis pas certain de parvenir à oublier tout à fait Serena. Je ne peux pas l'exclure de mon existence. Peux-tu être patiente ? Je suis très attaché à toi, vraiment. Peut-être, un jour, parviendrai-je à être l'homme qu'il te faut.

Elle le regarda, bouche bée. Elle avait la sensation de manquer d'air.

— Non, répondit-elle, se ressaisissant.

Elle vit Glenn tressaillir, mais elle poursuivit.

— J'ai déjà trop attendu dans ma vie, Glenn. Je ne veux pas être reléguée au second plan. Je veux que l'on m'aime pour de bon. Je veux aimer un homme qui m'aime en retour, je ne veux pas me contenter de miettes. Je porterais cette bague si tu me disais que tu ne peux pas te passer de moi et que tu veux passer ta vie avec moi. Si ce n'est pas le cas, reprends-la.

Elle se leva d'un bond et prit son sac, laissant Glenn contempler le diamant qu'elle ne porterait jamais.

Elle avait envie de courir jusqu'à perdre haleine pour ne plus ressentir l'humiliation qu'il venait de lui infliger. Elle alla récupérer sa veste au vestiaire, sortit et héla un taxi.

Emma était allongée sur son lit, les yeux rivés sur le plafond. Quand elle entendit la voiture de Glenn s'arrêter devant chez elle, elle se retourna et enfouit le visage dans l'oreiller pour ne pas être tentée d'aller lui ouvrir quand il sonnerait.

Mais la portière claqua, et il repartit comme il était venu.

Quand elle descendit dîner, elle trouva la petite boîte contenant le solitaire sur le paillasson devant sa porte.

Alors les larmes jaillirent.

Elle se baissa pour ramasser l'écrin, le rangea dans le tiroir de la commode de l'entrée et retourna se coucher.

Glenn tournait chez lui comme un ours en cage quand il vit la voiture de son père déboucher dans l'allée.

— Emma n'est pas là ? demanda celui-ci, surpris. Je croyais que tu devais passer la journée avec elle.

— Je devais, en effet. Mais il semble que je me sois fait des idées. Elle ne veut pas de ma compagnie.

— Tiens donc ! Et qu'est-ce qui te fait dire ça ?

Glenn haussa les épaules.

— J'ai agi comme un crétin égoïste. Encore une fois, j'ai manqué de tact. Je crois que j'attends trop d'elle. Je lui ai demandé d'accepter une situation qui m'arrangeait, au lieu de penser à son bonheur à elle. Alors, évidemment, elle a refusé.

— Serena t'aimait, dit Jonas doucement. Crois-tu vraiment qu'elle souhaiterait que tu cesses de vivre et d'aimer sous prétexte qu'elle est morte et que tu es vivant ?

— Non, mais je culpabilise. Elle voulait que nous allions passer nos vacances dans un autre endroit, et c'est moi qui avais insisté pour qu'on retourne là-bas. Elle avait accepté pour me faire plaisir.

— Je sais. Mais tu n'étais pas censé savoir qu'un tsunami déferlerait ce jour-là dans cette région-là, précisa Jonas.

— Tu as raison. Mais nous avons déjà eu cette conversation suffisamment de fois. Je vais rester ici un moment. J'ai des papiers à trier. Je passerai vous voir plus tard, si ça vous convient.

— Tu sais bien que ça nous convient, fils. Tu t'es bien occupé de moi quand ta mère n'en pouvait plus de m'avoir dans les pattes. Alors, à tout à l'heure. A moins que tu te réconcilies avec Emma d'ici là…

Glenn haussa de nouveau les épaules.

Il était peu probable qu'Emma accepte de lui adresser la parole à moins d'y être forcée. Elle avait été adorable avec lui, au point qu'il était tombé sous son charme. Mais il avait tout fait capoter.

Quand son père fut parti, il décida d'aller marcher. L'air froid de cet après-midi d'hiver lui ferait du bien.

Au cours de sa promenade, il tomba sur Alex qui avait eu la même idée que lui. Quand il l'aperçut, ce dernier le héla avec sa jovialité habituelle.

— Vous êtes content de passer les fêtes de fin d'année à Glenminster ? demanda Glenn quand ils se furent salués.

— Oui, je suis ravi. Cela fait des années que j'attendais ça. J'ai tellement de bons souvenirs, ici ! Je n'ai pas pu revenir tant que ma femme était malade, mais quand elle est morte, je n'ai pas hésité longtemps à faire mes cartons.

Comme Emma, Alex était enchanté de revenir dans sa région d'origine, même si les causes de leur retour avaient été tragiques.

— Pour moi, c'est l'inverse, marmonna Glenn. Je suis revenu vivre à Glenminster, mais mes souvenirs sont demeurés là où j'habitais avant. Cela dit, tout cela est trop douloureux pour que j'aie envie d'y retourner.

Après avoir retourné une fois de plus le couteau dans la plaie, il reprit son chemin.

Emma n'était pas sortie de l'après-midi, à part pour ramasser la bague sur le seuil de sa porte d'entrée. Elle avait allumé un feu dans la cheminée pour donner au salon un aspect moins lugubre et s'était recroquevillée sur le canapé.

Le téléphone sonna.

Lydia la salua de sa voix gaie et claire.

— Est-ce que tu accepterais de venir dîner chez nous ce soir ? demanda-t-elle.

N'attendant pas sa réponse, elle poursuivit.

— Nous avons une visite imprévue. Des cousins du Canada en vacances. Je ne serais pas contre ton soutien dans cette épreuve.

— Euh… D'accord, je suis libre, bredouilla Emma. A quelle heure veux-tu que je vienne ?

— 19 heures ? Ça te convient ?

— Oui, très bien, répondit-elle en s'efforçant de mettre un peu d'enthousiasme dans sa voix.

Lydia ajouta alors qu'elle comptait aussi inviter Glenn.

Emma tressaillit à ces mots.

Oh non ! Son cœur meurtri ne supporterait pas sa présence après ce qu'il s'était passé au restaurant !

Puis, après un instant de panique, elle comprit avec soulagement que Lydia n'était pas parvenue à le joindre.

Quand celle-ci lui demanda si elle avait de ses nouvelles, elle se sentit obligée de lui dire qu'ils s'étaient vus rapidement à midi, et elle ajouta promptement qu'elle n'était pas au courant de son programme pour le reste de la journée.

Elle salua son amie et raccrocha, le cœur en miettes, en se demandant comment trouver le courage de passer une soirée en compagnie d'autres personnes.

7.

Lorsque Glenn revint de sa promenade, un message de Lydia l'attendait, qui l'invitait à se joindre à eux pour le dîner.

Il avait envie de tout sauf de faire la conversation à des gens qu'il ne connaissait pas. Mais Lydia était une femme adorable, en plus d'être un pilier du cabinet médical, et il n'avait pas le cœur de refuser son invitation. Elle ne semblait pas emballée par la présence de ses cousins, et il pouvait bien lui rendre ce service, en cette période où tout le monde était censé prendre de bonnes résolutions et se montrer généreux envers son prochain.

En fait, l'idée qu'Emma serait peut-être là pesa aussi dans sa décision d'accepter l'invitation. Même si elle ne voulait pas de lui, le simple fait de la voir lui ferait du bien et contribuerait à apaiser les tensions qu'il avait lui-même générées.

En arrivant chez Lydia, la première personne qu'il aperçut fut Emma. Elle était pâle mais posée. Quand il s'approcha pour la saluer, elle lui adressa un sourire triste, à l'image de son propre état intérieur.

Qu'avait-elle fait de la bague ? L'avait-elle jetée à la poubelle ? Ce serait une bonne surprise pour celui qui tomberait dessus au milieu d'un tas d'immondices.

S'il préférait ne plus voir cette bague qui lui rappelait qu'il venait probablement de commettre une énorme erreur, il espérait cependant qu'Emma ne disparaîtrait pas de sa vie. Elle était déjà partie du jour au lendemain après l'altercation avec Jeremy, elle pouvait tout aussi bien décider de changer d'air et d'aller vivre et travailler dans un autre endroit, avec d'autres personnes qui s'adresseraient à elle avec plus de tact.

Mais ce qu'elle ignorait, c'est qu'il avait besoin de la voir, de la savoir près de lui. Il avait besoin d'elle autant qu'il avait besoin d'oxygène pour respirer.

Les cousins de Lydia se révélèrent sympathiques et chaleureux. Les discussions allaient bon train autour du buffet, et Emma se détendit peu à peu.

Ce dîner était aussi une occasion de revoir Glenn avant de le retrouver de façon plus officielle au cabinet médical, une fois que les fêtes de Noël seraient passées.

Ils étaient l'un et l'autre venus chez Lydia à pied, pensant que mieux valait éviter de conduire après un repas arrosé.

— Ne rentre pas seule à pied, Emma, lui dit Glenn au cours de la soirée. Si tu ne veux pas que je te raccompagne, appelle un taxi.

Sentant le poids de la fatigue et des tensions des derniers jours lui tomber dessus tel un châle trop lourd, elle hocha la tête. Vu l'état où elle se trouvait, elle ne risquait pas de se rendre à pied où que ce soit.

Lorsque les convives se saluèrent, elle suivit les conseils de Glenn et appela un taxi. Mais l'attente était longue en cette période festive. Epuisée et contrariée, elle renonça à attendre.

— Je te raccompagne, dit Glenn en sortant à sa suite.

— Non, merci, je peux tout à fait rentrer seule, répondit-elle sans grande conviction, en trébuchant dans l'obscurité.

Il la rattrapa de justesse.

— Si tu ne veux pas que je fasse le chemin à côté de toi, je peux au moins marcher derrière toi, suggéra-t-il en reprenant ses distances. Je ne te laisserai pas tant que tu ne seras pas chez toi saine et sauve. On ne sait jamais. D'autant que nous n'avons toujours pas identifié le mystérieux livreur de roses…

Ils prirent donc le chemin ensemble et, au bout de quelques dizaines de mètres, il rompit le silence.

— Ta mère a peut-être eu d'autres hommes dans sa vie, à commencer par ton père biologique, dit-il.

— Je n'en sais rien, répondit-elle avec amertume. Je ne me suis même pas posé la question, puisque j'ai grandi en étant persuadée que Jeremy était mon père. Je n'ai su la vérité que très tard, et d'une façon dont je me serais bien passée…

Glenn avait envie de prendre Emma dans ses bras. Il se sentait impuissant face à la souffrance qu'elle éprouvait. Au lieu de la soulager, il n'avait rien trouvé de mieux à faire que de lui proposer une place bancale dans sa vie.

Si elle l'avait envoyé paître, il ne pouvait pas lui en vouloir. Pensait-il vraiment qu'elle lui sauterait au cou en se déclarant comblée ?

Il redoutait tellement de ne pas la rendre heureuse ! Il avait envie de passer sa vie à ses côtés, mais ce qui était arrivé à Serena le freinait et l'empêchait de s'engager dans une autre relation qui risquait elle aussi de mal tourner.

Pourtant, pas une minute ne s'écoulait sans qu'Emma ne soit au centre de ses pensées.

Lorsqu'ils arrivèrent devant chez elle, Emma sortit sa clé et se tourna vers lui.

— Voilà, je suis chez moi, saine et sauve. Merci et bonne nuit, dit-elle d'un air entendu.

— Tu sais, Emma, je n'avais pas l'intention de te blesser. Je voulais simplement être honnête avec toi.

Sans rien ajouter d'autre, il la laissa ouvrir la porte et s'éloigna.

— Glenn !

Il se retourna.

Emma se tenait sur le seuil de sa porte, le petit écrin dans la main.

— Tiens, reprends ça. Tu l'offriras à celle qui acceptera d'être reléguée au second plan.

Il tendit la main et prit tristement l'écrin avant de se diriger vers son lit froid et vide.

Emma accueillit l'arrivée du dernier jour de l'année sans enthousiasme. Elle n'avait rien prévu pour la soirée. Elle était en train de se faire à l'idée qu'elle la passerait seule chez elle, lorsque le téléphone sonna.

C'était Olivia, la mère de Glenn, qui l'invitait à se joindre à eux pour le dîner si jamais elle n'avait rien d'autre de prévu, précisant qu'il n'y aurait pas d'autre invité qu'elle et qu'ils dîneraient tous les quatre, Jonas, Glenn et elles deux.

Emma repensa à l'insistance de Glenn pour la raccompagner, le soir où ils avaient dîné chez Lydia. Loin d'elle l'idée de les blesser, lui et sa famille. Mais, si adorables qu'ils soient, elle n'avait vraiment pas envie de leur compagnie ce soir-là.

Prétextant un vilain mal de crâne et l'envie de se coucher tôt, elle déclina l'invitation.

Elle raccrocha, soulagée, mais son répit fut de courte durée. Quelques minutes plus tard, le téléphone sonnait de nouveau.

C'était Glenn, à qui Olivia avait dû rapporter leur conversation et qui demandait si elle avait de quoi soulager son mal de tête et s'il pouvait se rendre utile d'une manière ou d'une autre.

Si par malheur il passait chez elle, son œil aguerri de médecin décèlerait sans peine qu'elle n'était pas souffrante — du moins physiquement.

— C'est gentil, mais ça devrait aller. Je suis en train de me faire chauffer une bouillotte, et je vais aller me coucher sous peu, prétendit-elle.

— Très bien, dit Glenn. Je me doutais que tu n'aurais pas très envie de venir, mais mes parents ne se doutent pas de ce qu'il se passe entre nous. Pour eux, le changement d'année est un moment important, et ils regrettent simplement de ne pas pouvoir le partager avec toi. En ce qui concerne ton mal de tête, s'il ne passe pas, appelle-moi, je viendrai. En tant que médecin, bien entendu.

Pour Emma, la nouvelle année commença dans la solitude. Elle ne sortait pas beaucoup, mais elle eut l'occasion de voir Alex Mowbray, qui était la personne la plus joviale de sa connaissance. Ayant le sentiment qu'il avait du mal à rester seul dans sa grande maison, elle l'invita plusieurs fois à boire le café chez elle.

Alex était un homme gentil et très intéressant, qu'elle imaginait volontiers avec des enfants. Mais il n'avait pas eu la chance de fonder une famille, et maintenant il avait l'âge d'être grand-père.

Elle repensa à Glenn, qui se montrait toujours si disponible envers les enfants qui venaient au cabinet. Quel père il ferait !

Ils s'étaient considérablement éloignés l'un de l'autre depuis l'épisode de sa malencontreuse proposition au restaurant, et si les journées passaient vite, les nuits, en revanche, étaient interminables.

Elle avait eu la visite de quelques personnes intéressées par l'achat de la maison, qu'elle ouvrait aux visites principalement le week-end. Mais elle n'avait encore reçu aucune proposition. L'idée d'aller vivre à côté de chez Glenn ne lui semblait plus aussi séduisante, et celle de vendre, beaucoup moins urgente. Mais ce n'était pas le moment de retirer la maison de Jeremy du marché. Les jours rallongeaient, et c'était souvent au printemps que les gens envisagent de déménager.

Glenn observait Emma de loin.

Au cabinet, elle était toujours aussi consciencieuse et dévouée envers ses patients. Mais lors des rares occasions où il la croisait en dehors des heures de travail, elle lui adressait à peine la parole et semblait avoir perdu sa joie de vivre. Combien de temps allait-il devoir vivre en constatant à chaque instant à quel point il l'avait blessée ?

La colère et la culpabilité l'assaillaient chaque fois qu'il repensait à la proposition maladroite qu'il lui avait faite. Cela lui paraissait à présent arrogant et cruel. Il avait dû lui donner l'impression de vouloir le beurre et l'argent du beurre.

A sa compagnie, il semblait qu'Emma préfère celle d'Alex Mowbray.

Il n'était pas rare que des femmes jeunes et manquant d'assurance fréquentent des hommes plus âgés qu'elles. Cela dit, leur relation semblait relever davantage de l'amitié que de la séduction. De plus, la façon dont Emma l'avait envoyé balader après sa bourde n'était pas le signe d'un manque d'assurance. Plutôt celui d'une indignation légitime.

Si la maison léguée par Jeremy n'avait pas encore trouvé acquéreur, en revanche, celle qu'Emma convoitait, située sur le terrain jouxtant le sien, avait été vendue.

A présent, il aurait donné n'importe quoi pour qu'elle vive auprès de lui.

Il lui arrivait souvent de passer par le cimetière. Les bouquets de roses continuaient d'orner la tombe de la mère d'Emma. On aurait dit que le visiteur mystérieux savait exactement à quel moment venir au cimetière et à quel moment il valait mieux qu'il n'y soit pas, afin de ne pas être vu. Emma semblait ne plus se soucier de leur provenance. Mais si cela n'avait plus l'air d'être un problème pour elle, lui-même ne comptait pas en rester là. Cette présence invisible le troublait.

Emma était seule au monde, elle n'avait plus de famille. S'il pouvait identifier la personne qui venait déposer ces fleurs sur la tombe de sa mère, il contribuerait peut-être à la rapprocher d'une personne qui était aussi attachée à sa mère qu'elle l'était elle-même. Et il se sentirait moins coupable d'avoir provoqué aussi bêtement leur rupture.

Serena hantait moins ses pensées depuis qu'il passait son

temps à se demander comment rattraper sa maladresse auprès d'Emma. En fait, oui, il était tombé amoureux d'Emma Chalmers. Mais il avait encore peur de trahir cet amour pour sa femme qu'il portait en lui comme un flambeau sacré.

Les mois passaient, et Emma, peu enthousiaste à l'idée de passer encore un week-end seule dans sa maison en vente, décida d'aller profiter du réveil printanier de la nature dans les collines du Gloucestershire. Elle prit la direction d'une petite auberge perdue au milieu d'un paysage verdoyant.

Confortablement installée sur la terrasse de l'auberge, les yeux clos sous le soleil de l'après-midi, elle était sur le point de commander un thé lorsqu'elle sentit une présence.

Elle ouvrit les yeux.

Glenn était là, debout devant elle, en tenue de randonneur.

— Je peux ?

Elle hésita tout en sentant ses joues s'empourprer.

— Euh… Oui, je t'en prie.

Glenn décrocha son sac à dos de ses épaules et prit place à sa table. Une serveuse s'empressa de venir prendre leur commande.

— Comment vas-tu, Emma ? demanda-t-il. C'est drôle de te retrouver ici.

— Je ne m'attendais pas à te voir non plus, répondit-elle. Quand le cabinet a fermé, à midi, j'ai eu envie d'aller prendre l'air. La campagne en plein éveil après ce long hiver, c'est toujours vivifiant.

— C'est exactement ce qui m'a poussé à sortir aussi. Par une journée aussi magnifique, il aurait été dommage de rester enfermé. Alex n'est pas avec toi ?

— Non, pourquoi ?

— Lui aussi, il adore ses chères collines.

— C'est vraiment un homme adorable. Et très seul, aussi. Il m'a dit qu'il était revenu à Glenminster parce qu'il y avait laissé ses plus beaux souvenirs. De toute évidence, il a été heureux, ici. Ce qui n'est pas le cas de tout le monde, n'est-ce pas ?

Elle regretta aussitôt ce commentaire.

Quel besoin avait-elle de retourner le couteau dans la plaie, d'ouvrir une brèche dans laquelle Glenn n'allait pas manquer de s'engouffrer ?

— Suis-je coupable d'être fidèle à la femme que j'ai perdue ? dit-il en se relevant brusquement, alors que la serveuse arrivait avec leur commande.

Il reprit son sac à dos, laissa sur la table de quoi régler largement la note et repartit comme il était venu.

Emma sentit ses yeux picoter. Les larmes se mirent à couler sur ses joues. Hagarde, elle le regarda s'éloigner avant de se ressaisir.

Elle se leva et se mit à courir dans sa direction. Elle le rattrapa près d'une grange dont le fenil était empli de paille.

— Pardonne-moi, Glenn, dit-elle d'une voix haletante. Je suis désolée si je ne me suis pas montrée très compréhensive avec toi. Quoi qu'il en soit, jamais je n'oublierai que c'est toi qui m'as sortie des limbes. Je t'en serai reconnaissante toute ma vie.

Elle jeta un coup d'œil autour d'eux.

Depuis combien de temps rêvait-elle de se retrouver ainsi seule avec lui pour passer un moment, pour parler, pour… ?

— Mes sentiments pour toi sont sincères. Je ne veux pas tout gâcher, dit Glenn comme s'il avait lu dans ses pensées. Tu comprends ?

— Oui, répondit-elle doucement, un peu honteuse. Je comprends parfaitement.

Pour toute réponse, Glenn hocha la tête et reprit sa marche.

Elle rebroussa chemin et marcha d'un pas lourd jusqu'au parking de l'auberge.

Le reste du week-end lui parut interminable.

Le lundi matin, en arrivant au cabinet, Emma alla frapper à la porte de Glenn.

— Je suis désolée de ce que j'ai dit samedi, Glenn.

Il s'approcha d'elle et lui prit la main, l'invitant à entrer.

— Tu n'as pas à être désolée, dit-il en refermant la porte derrière elle. C'est moi qui me suis emporté bêtement. En fait, je crois que tu ferais mieux de fréquenter un homme dont le cœur et l'esprit ne soient pas prisonniers du chagrin, contrairement aux miens. Tu es jeune, intelligente et belle. Tu mérites de vivre avec quelqu'un qui ne soit pas enfermé dans son passé. Je sais que tu as des amis, mais je suis désolé et inquiet de te voir seule, sans famille. Si nous ne mettons pas un terme à cette relation qui n'en est pas une, tu risques de m'en vouloir un jour, de regretter de m'avoir connu, parce que je t'aurai fait perdre des occasions d'être heureuse. Ne t'enferme pas dans une relation sans racines, comme ta mère l'a fait avec Jeremy Chalmers.

Il marqua une pause.

— Tu n'as vraiment aucune idée de l'identité de ton père ? As-tu un acte de naissance ?

— Je n'ai jamais éprouvé le besoin de vérifier mon acte de naissance, parce qu'il est évident que c'est le nom de Jeremy qui y figure. Mais, depuis mon retour, je ne l'ai pas retrouvé. Il faudrait que je fasse une demande à l'état civil.

— Les démarches sont simples et relativement rapides. Si tu as besoin de mon soutien pour y aller ou lorsque tu recevras le document, dis-le-moi.

— Merci, Glenn. Je ne dis pas non. Maintenant, j'ai envie de savoir.

Ils se rendirent ensemble au bureau de l'état civil à l'heure du déjeuner. Lorsqu'ils en sortirent après avoir rempli la demande, Emma souriait. Elle s'apprêtait peut-être à ouvrir un chapitre de sa vie qu'elle n'avait jamais lu et qui lui donnerait des clés pour comprendre qui elle était vraiment.

Grâce à Glenn, elle avait retrouvé espoir. Elle était heureuse de passer ce moment avec lui.

— Si on mangeait un morceau avant de retourner au cabinet ? suggéra-t-il en lui indiquant le café de l'autre côté de la rue.

— Bonne idée.

Le jour où elle reçut le courrier, Emma se hâta de déchirer l'enveloppe. Mais sa joie mêlée d'appréhension retomba brusquement.

En face de la case « Père », elle lut : « Inconnu ».

Jamais elle n'avait éprouvé aussi fort qu'à ce moment-là le besoin que Glenn soit à ses côtés. Hélas, il assistait ce jour-là à une réunion de tous les médecins-chefs de la ville qui se tenait à l'hôpital principal de Glenminster.

Elle eut l'impression que la journée ne finirait jamais.

En fin d'après-midi, alors qu'elle s'apprêtait à quitter enfin le cabinet, Glenn l'appela pour lui demander si elle avait du nouveau.

Les yeux pleins de larmes, elle lui fit part de sa déception.

— Ne bouge pas, Emma. Je te rejoins.

Elle obéit, avec la sensation pénible de voir se répéter un schéma qu'elle connaissait bien, et dans lequel elle se retrouvait seule dans un monde désert et glacial.

Au bout de quelques minutes, Glenn entra dans le cabinet qui s'était vidé de ses patients et de ses employés et approcha d'elle, les bras grands ouverts.

Elle se précipita et le laissa lui caresser doucement la tête pendant que ses larmes jaillissaient.

— Alors, que dit précisément ce papier ? dit-il, comme s'il ignorait son contenu.

— Il est écrit : « Inconnu » à la rubrique « Père », répondit-elle en levant la tête.

Il se pencha vers elle et posa doucement ses lèvres sur les siennes.

L'espace d'une seconde, elle oublia tout. Seul comptait à présent le fait d'être dans les bras de Glenn à cet endroit, en cet instant.

Puis il desserra son étreinte.

— Viens, dit-il en la prenant par la main.

Ils sortirent du cabinet. La rue était sombre, mais elle avait l'impression que la lune brillait plus vivement dans le ciel étoilé.

— On va dîner, d'accord ? proposa-t-il.

— D'accord, répondit-elle avant de déceler une lueur au fond de ses yeux.

Etait-il en train de regretter le baiser qu'ils venaient d'échanger ? Sa femme décédée avait-elle resurgi dans ses pensées ? Pourtant, il l'avait embrassée avec tendresse. Et il lui avait semblé que le désir qui s'emparait d'elle s'était communiqué à lui aussi.

D'un signe de tête, ils tombèrent d'accord sur un restaurant et allèrent dîner.

— Emma, dit-il tandis qu'ils sortaient du restaurant, veux-tu venir dormir chez moi ce soir ? Je préférerais ne pas te laisser rentrer chez toi après le choc que tu as reçu aujourd'hui.

La proposition était tentante, mais elle ne se sentait pas capable de dormir dans sa chambre d'amis, le sachant allongé à quelques mètres d'elle.

— Merci pour ta proposition, Glenn, dit-elle à contrecœur, mais ça va aller. Je vais tâcher de fouiller dans les papiers de la maison dans l'espoir de trouver des indices sur mon père. Rien n'est moins sûr, puisque Jeremy m'a affirmé que ma mère ne lui avait jamais dit qui était le père de l'enfant qu'elle attendait. Il paraît peu probable que je tombe tout à coup sur un nom ou une adresse.

Glenn soupira.

— En fait, ta mère se serait mariée avec Jeremy Chalmers

et serait restée avec lui pendant plus de vingt ans simplement pour que tu aies un père ?

— Oui, il me semble, répondit-elle tristement.

— De quoi est-elle morte ?

— Elle est vraisemblablement morte de tristesse, une tristesse qu'elle ne m'a jamais montrée. Elle était cardiaque, et elle a été terrassée par un infarctus. On l'a emmenée d'urgence à l'hôpital, mais il était déjà trop tard pour la sauver. C'est ainsi que je me suis retrouvée seule avec cet homme avec qui je n'avais rien en commun.

Ils marchèrent jusqu'à leurs voitures.

— Si tu ne veux pas venir chez moi, veux-tu que je vienne passer la nuit chez toi ? insista Glenn tandis qu'elle déverrouillait sa voiture.

— Merci, Glenn, mais je vais bien, je t'assure. Ne te fais pas de souci pour moi.

— Très bien. Mais dans ce cas, promets-moi de m'appeler si tu as besoin de quoi que ce soit, même au beau milieu de la nuit. Si tu venais prendre le petit déjeuner demain matin chez moi avant que nous ouvrions le cabinet ?

— D'accord, répondit-elle.

Elle prit la route pour rentrer chez elle, réconfortée après cette bonne soirée passée en compagnie de Glenn.

En dépit des doutes qu'elle avait sur leur relation, l'inquiétude de celui-ci à son sujet agissait sur elle comme un baume. Pour une fois, sa situation intéressait quelqu'un.

Sur la route du retour, Glenn s'arrêta un moment chez ses parents pour leur demander s'ils connaissaient un homme susceptible d'avoir eu une liaison avec la mère d'Emma avant qu'elle n'épouse Jeremy Chalmers.

L'un comme l'autre parurent surpris et répondirent par la négative.

— Je ne sais pas, dit Jonas. Helena Higgins était une fille

d'ici, alors que Jeremy Chalmers venait d'ailleurs. Emma était encore toute petite quand Jeremy a pris la tête du cabinet.

— Pourquoi poses-tu une question pareille ? demanda sa mère.

— Simple curiosité. Emma m'a dit qu'elle ne s'entendait pas très bien avec Jeremy.

Olivia pouffa de rire.

— Tu vois quelle chance tu as d'avoir des parents comme nous ! dit-elle, facétieuse.

— J'en suis tout à fait conscient, répondit-il avec tendresse, avant que Jonas n'enchaîne avec son leitmotiv et lui demande une fois de plus quand il allait leur donner des petits-enfants.

En d'autres temps, la question l'avait fortement irrité à cause de son amour pour Serena, que la vie lui avait brutalement enlevée. Cette fois, il ne s'indigna pas. L'image d'un petit garçon ou d'une petite fille ayant les traits d'Emma s'attarda un instant dans son esprit.

Lorsque Glenn entendit qu'on sonnait à la porte le lendemain matin, il esquissa un sourire de contentement.

Il avait mal dormi, imaginant Emma en train de se morfondre toute la nuit dans sa grande maison triste. Or, à la voir à présent sur le seuil de sa porte, elle lui sembla plus reposée que lui.

Il s'était donné la peine de préparer un petit déjeuner complet, ce qui n'arrivait jamais les jours où il partait au cabinet.

— C'est magnifique ! s'exclama Emma en découvrant la table. Merci d'avoir préparé tant de bonnes choses !

Si seulement il pouvait prendre son petit déjeuner avec elle tous les matins, après avoir dormi dans le même lit !

Leurs regards se croisèrent, et il eut l'impression qu'elle pensait la même chose au même moment.

— J'espère que nous aurons d'autres occasions, dit-il doucement.

Les joues d'Emma rosirent.

Venait-elle, elle aussi de les imaginer passant la nuit ensemble ?

Quand ils arrivèrent au cabinet, Lydia leur apprit qu'elle avait vu sur la tombe de la mère d'Emma un grand nombre de fleurs fraîchement disposées.

Les premiers patients n'étaient pas encore arrivés, aussi décidèrent-ils de faire un saut au cimetière dans l'espoir de découvrir quelque indice.

Le choix de la variété et de la couleur — des roses, toujours crème — n'était sûrement pas le fruit du hasard. Dehors, les jonquilles et les jacinthes étaient sorties, et les cerisiers étaient couverts de petites fleurs blanches. Ces roses avaient évidemment été cultivées sous serre. Alors, pourquoi des roses crème ?

Vu l'abondance de fleurs qui ornaient à présent la tombe, il semblait logique que la personne qui les avait déposées ne reviendrait pas de sitôt.

— Qui cela peut-il bien être, Glenn ? lui demanda Emma, l'air hagard, en rentrant au cabinet.

— Je ne sais pas, Emma. Mais j'aimerais être là la prochaine fois qu'il ou elle se présentera au cimetière.

— Je connais quelques amis de ma mère. Aucun d'entre eux ne fréquente assidûment les cimetières ni n'a les moyens de dévaliser les fleuristes à cette fréquence-là, je t'assure !

— Tu n'as vraiment pas besoin de ça, dit-il d'une voix douce. Je voudrais tellement que tu sois heureuse et insouciante !

Elle le regarda avec scepticisme.

— Oui, je sais, je n'ai pas fait grand-chose jusqu'à présent. Mais je vais prendre les choses en main, maintenant.

Elle opina, sans même lui demander ce qu'il avait voulu dire par là.

—

Les vacances scolaires avaient commencé, et la salle d'attente s'était emplie d'enfants que leurs parents avaient emmenés pour divers motifs. Le cabinet résonnait de leurs voix aiguës et de leurs petits pas rapides dans la salle de jeux aménagée pour les faire patienter en attendant leur tour.

Les pleurs d'un tout-petit qui venait d'arriver s'élevèrent. Ses parents semblaient inquiets.

Glenn se dirigea vers la salle d'attente et leur proposa de les recevoir aussitôt.

Un rapide examen lui suffit pour poser son diagnostic. Il ressortit de sa salle de consultation et demanda à l'une des réceptionnistes d'appeler une ambulance.

Emma, qui avait elle aussi entendu les pleurs aigus de l'enfant, tourna vers lui un visage interrogateur.

— Je crains qu'il ne s'agisse d'un cas de méningite, lui dit-il à voix basse. Les rougeurs sont là, et certains autres symptômes.

L'ambulance ne tarda pas et, une fois qu'elle fut repartie, toutes sirènes hurlantes, un silence inquiet tomba dans la salle d'attente.

Après ce début de matinée sur les chapeaux de roues, la journée se poursuivit de façon plus routinière. Les maux de l'hiver furent le sujet de conversation principal dans la salle d'attente.

James Prentice fit son apparition au cabinet juste avant la pause de midi. De retour d'une formation de deux mois dans un hôpital au nord du pays, il était accompagné de sa dernière conquête et attendait manifestement que tout le monde soit aussi subjugué par elle qu'il l'était lui-même. Il annonça à la cantonade qu'ils allaient se fiancer et qu'ils organisaient le soir même au Barrington's une petite fête où tout le monde était invité à venir boire un verre.

— James Prentice a l'air fou de cette jeune femme, fit observer Glenn alors qu'Emma et lui s'apprêtaient à quitter le cabinet après une journée particulièrement chargée. Tu vas aller à sa soirée ?

— Pourquoi pas ?

— J'y ferai un saut, mais je ne resterai pas. J'ai de la paperasse à classer. Je ne sais pas comment je me débrouille, mais je trouve rarement le temps de m'occuper de ça pendant la journée. Si tu veux, je peux t'emmener, mais je ne suis pas sûr de pouvoir te ramener après la soirée.

— Je veux bien que tu m'emmènes. Ma voiture est en révision. Je prendrai un taxi pour rentrer. A quelle heure passes-tu me prendre ?

— A 19 heures ?

— D'accord. As-tu des nouvelles du cas de méningite présumé ?

— C'est bien une méningite, mais par chance, elle a été prise à temps. Il ne devrait pas y avoir de complications.

— Pauvre petit chou ! dit Emma. C'est terrible de voir des enfants souffrir.

— C'est pourtant notre quotidien. Mais l'aspect positif est que nous sommes là pour les soigner et qu'ils guérissent dans la grande majorité des cas. Est-ce que tu veux des enfants, Emma ? s'entendit-il dire.

Elle se tourna brusquement vers lui.

— Bien sûr ! J'en rêve. Mais je ne peux pas les faire toute seule, malheureusement. Et toi, tu voulais en avoir avec Serena ?

Il prit une profonde inspiration.

— Oui, nous voulions fonder une famille. Et nous avions commencé. Serena était enceinte de quatre mois quand elle a été emportée par le tsunami. J'ai donc deux deuils à faire, dans cette histoire tragique. Mes parents, qui me tannent pour que je « leur donne » des petits-enfants, comme dit mon père, n'en ont jamais rien su. Ils ont suffisamment souffert de la mort de Serena pour que je leur annonce en plus qu'elle portait notre enfant.

8.

Emma sentit les larmes lui monter aux yeux.

Le fardeau que portait Glenn était encore plus lourd qu'elle ne l'avait imaginé.

Quand elle tendit la main pour lui caresser la joue, il gémit et l'attira à lui un court instant avant de la relâcher.

A ce moment-là, elle sut que jamais elle n'aimerait un autre homme comme elle l'aimait, lui.

Lorsque Glenn passa la chercher comme promis à 19 heures, elle était prête mais peu enthousiaste à l'idée de la soirée organisée par James.

— Quelque chose me dit que tu ne vas pas enflammer la piste de danse ce soir, dit-il. Je suis désolé, Emma. Je ne voulais pas plomber ta soirée avec mes histoires. Enfin, il y a au moins un point positif à la fête de ce soir.

— Ah bon ? Lequel ?

— Maintenant qu'il a trouvé une fiancée, Prentice cessera de te tourner autour. Un jour, tu trouveras toi aussi l'homme qu'il te faut, et tu seras aussi heureuse que tu mérites de l'être.

— Garde tes discours pour toi, Glenn ! rétorqua-t-elle vivement. J'ai bien compris que je ne fais pas partie de tes priorités. J'ai déjà vécu la pénible expérience de me voir rejeter par mon beau-père. Je commence à douter d'avoir un jour une relation stable avec un homme.

— Holà ! Qu'est-ce que j'ai fait pour mériter ça ? demanda-t-il en levant les mains en position de défense. Je faisais simplement allusion aux surprises que la vie pourrait te réserver !

Après ce que Jeremy t'a infligé, je n'ai aucune intention de te faire subir la même chose.

Elle demeura silencieuse.

— Alors, tu viens ou tu ne viens pas ? demanda-t-il. Comme je te l'ai déjà dit, je ne vais pas rester longtemps. Si on ne se décide pas, la soirée aura lieu sans nous.

— J'arrive, dit-elle, sans enthousiasme.

Quelques minutes plus tard, ils arrivaient au Barrington's et se joignaient à leurs amis et collègues. Une coupe de champagne à la main, ils portèrent un toast au nouveau couple.

Au bout d'une heure de présence au Barrington's, Glenn alla saluer Emma.

— N'oublie pas de réserver un taxi, dit-il. Et évite les détours par le cimetière, ce soir, ajouta-t-il en souriant. Je suis bien décidé à résoudre le mystère de l'inconnu qui dépose toutes ces fleurs sur la tombe de ta mère. Mais d'ici là, je ne veux pas que tu te fasses trop de souci ni que tu prennes des risques. Tu seras la première informée si je découvre quoi que ce soit. En attendant, essaie de ne plus y penser.

Pour le moment, il ne disposait d'aucun indice qui puisse le mettre sur la voie, et les allées du cimetière n'étaient pas sa promenade de prédilection, mais il était résolu à résoudre cette énigme pour aider Emma.

Il avait l'impression de passer à côté de quelque chose d'évident. Le mystérieux inconnu avait sans aucun doute un lien avec Helena Chalmers. Et peut-être même avec Emma. Peut-être appartenait-il à leur passé. Mais pour quelles raisons ne se manifestait-il pas au grand jour ? Pourquoi allait-il déposer toutes ces fleurs en catimini ?

Il devait bien y avoir des personnes, à Glenminster, qui avaient connu la mère d'Emma avant qu'elle ne tombe enceinte et n'épouse Jeremy Chalmers.

Ses propres parents savaient peut-être quelque chose ? Il

avait déjà tenté de les interroger, sans succès. Pourtant, ils avaient toujours vécu à Glenminster, et Jonas connaissait beaucoup de monde. Connaissant son père, il aurait été étonnant qu'il ne lui raconte pas spontanément tout ce qui touchait Emma Chalmers de près ou de loin en apprenant qu'il était ami avec elle.

Il ne leur avait pas parlé des fleurs sur la tombe. Il devrait essayer de leur poser de nouveau des questions.

En arrivant chez lui, il mit ces préoccupations de côté, le temps de traiter la paperasse qu'il n'avait pas eu le temps de trier dans la journée au cabinet. Mais à peine eut-il rangé la dernière feuille que le problème de l'inconnu du cimetière revint bourdonner dans son esprit. L'idée que quelqu'un ou quelque chose puisse ennuyer Emma ou la faire souffrir lui était de plus en plus insupportable. Il devait agir. Mais comment ?

Vu la fraîcheur des fleurs qui ornaient la tombe la dernière fois qu'il était passé la voir, il s'écoulerait un peu de temps avant que l'on revienne déposer un nouveau bouquet.

Celui ou celle qui prenait cette peine devait être très lié à Helena. Et il était probable qu'il ou elle continuerait à fleurir sa tombe. D'ici sa prochaine visite, il aurait échafaudé un plan pour découvrir qui se cachait derrière ces magnifiques roses crème.

Le début de printemps s'accompagna d'une recrudescence de rhumes. La salle d'attente du cabinet était emplie de patients qui toussaient et se mouchaient et de personnes âgées atteintes de bronchite.

Jour après jour, Glenn pouvait compter sur le travail consciencieux et les compétences d'Emma et de l'équipe soignante et administrative du cabinet. Il y avait longtemps qu'il n'avait pas été aussi satisfait.

Sur la tombe d'Helena, les roses crème commençaient

à se faner. Le moment approchait vraisemblablement où le mystérieux inconnu reviendrait déposer des fleurs fraîches. C'était l'occasion ou jamais de découvrir qui se cachait derrière ces bouquets et d'apporter une pierre à l'édifice fragile de la vie d'Emma. Pourvu que l'inconnu se manifeste, et pourvu qu'il soit là pour le voir !

Mais comment procéder ? La personne en question agissait en secret. Parviendrait-il à la surprendre en dépit des précautions prises ? Emma aurait-elle envie de rencontrer une personne qui semblait si bien connaître sa mère mais ne l'affichait pas ? Comment réagirait-il à sa place ?

Comme il ne pouvait pas passer vingt-quatre heures sur vingt-quatre à faire le guet dans le cimetière, il avait demandé à un autre médecin qu'ils échangent leurs salles de consultation, celle de ce collègue donnant directement sur le cimetière. Il avait également demandé au bedeau d'ouvrir l'œil sur les prochains visiteurs.

Mais les jours s'écoulèrent sans que personne ne se manifeste aux abords de la tombe à part quelques habitants de Glenminster qui empruntaient le raccourci comme il le faisait lui-même à l'occasion pour rendre visite à des patients habitant de l'autre côté du cimetière.

Il fallait se faire une raison : la mystérieuse livraison de roses crème n'avait peut-être été qu'une blague ou une lubie, qui avait pris fin sans préavis, comme elle avait commencé.

La personne, comprenant sans doute qu'elle était surveillée, avait cessé d'apporter des fleurs sur la tombe. A moins qu'elle ait tout simplement déménagé, ou que toute l'affaire soit un quiproquo depuis le début, désormais résolu.

Il finit par rapporter ses conclusions à Emma, qui sembla accepter la réalité comme un état de fait. Mais une lueur dans son regard indiquait qu'elle continuait à se poser des questions et qu'elle ne serait pas tranquille tant qu'elle n'aurait pas trouvé de réponse.

La première chose que fit Glenn le lendemain de cette conversation, une fois garé sur le parking du cabinet, fut de faire un crochet par le cimetière.

Rien n'avait changé sur la tombe de la mère d'Emma. A midi, en revanche, un nouveau bouquet était réapparu comme par magie.

Il s'en voulut de n'avoir pas été vigilant au bon moment. Au rythme où allaient les choses, la situation pouvait s'éterniser sans qu'il résolve le mystère. Mais il ne pouvait pas passer sa vie à la fenêtre ! Ses patients méritaient plus d'attention qu'une tombe fleurie par un inconnu.

Emma comprit sans qu'il ait à le lui dire que l'inconnu était revenu mais qu'il n'avait pas pu l'intercepter.

Pâques approchait. Les journées rallongeaient sensiblement, chassant les sombres et courtes journées d'hiver. Comment pourrait-il partir en week-end prolongé sans avoir tenu sa promesse à Emma de découvrir l'identité du visiteur mystérieux ?

Le cabinet fermait pendant le long week-end de Pâques, et, comme chaque année, il comptait partir en Italie, sur la côte amalfitaine où il louait la maison de l'un de ses amis de fac.

C'était un voyage reposant et dépaysant, dont il revenait toujours détendu. Mais comment se détendre cette année en sachant qu'Emma allait broyer du noir et ressasser une tristesse à laquelle il avait aussi contribué ?

Une idée germa alors dans son esprit.

Et s'il proposait à Emma de venir avec lui sur la côte amalfitaine ? Ils partiraient en amis, bien entendu. Et, cette fois, il ne risquerait pas d'avoir disparu quand elle se lèverait pour prendre le petit déjeuner, car il passait son temps sur la terrasse, face à la mer, dès que le soleil se levait.

L'Italie était un pays magnifique, dont la magie opérait toujours sur les corps et les esprits fatigués. Ce serait un moyen pour elle aussi d'échapper à la routine quotidienne et d'oublier ses préoccupations le temps d'un week-end.

Comment allait-il le lui proposer, et quelle serait sa réaction ?

Pour le savoir, une seule chose à faire : lui poser la question dès le lendemain matin.

— Emma, aurais-tu deux minutes à me consacrer, s'il te plaît ?

Emma le regarda, l'air rieur.

— Il me semble que oui, dit-elle après avoir jeté un coup d'œil dans la salle d'attente déserte.

Pourvu que cette conversation ne lui fasse pas perdre sa bonne humeur…

— Je voudrais te demander… Accepterais-tu de venir avec moi passer le week-end de Pâques en Italie ? Je loue la maison d'un ami sur la côte amalfitaine. La maison dispose de quatre chambres, tu auras l'embarras du choix.

Il avait eu raison de s'inquiéter : le sourire d'Emma s'évanouit.

— Je ne crois pas que ce soit une bonne idée, dit-elle à voix basse. C'est très gentil de ta part. La côte amalfitaine est une région que j'aimerais beaucoup visiter, mais je pense qu'il vaut mieux que je reste ici. En tout cas, merci d'avoir pensé à moi.

Mais il n'avait pas l'intention de capituler si vite.

— Si c'est un endroit magnifique que tu veux visiter, pourquoi ne pas profiter de l'occasion ? insista-t-il.

Elle secoua la tête, hésitante.

— Je ne sais pas, répondit-elle enfin. Quand as-tu prévu de partir ?

— Jeudi soir, répondit-il, soudain gonflé d'espoir. Alors ? Je te réserve une place dans l'avion ? dit-il doucement tandis que les premiers patients arrivaient.

— Euh… D'accord. Cela me fera du bien de changer d'air, dit-elle, sans grand enthousiasme.

Mais au moins avait-elle accepté l'invitation.

Emma sentit l'excitation monter en elle au cours des jours suivants. Le jour où Glenn devait passer la chercher pour se rendre à l'aéroport, elle se tenait prête dans un legging et une jolie chemise en soie, et elle l'accueillit avec un grand sourire. Et lorsqu'il répondit à son sourire en empoignant sa petite valise pour la mettre dans le coffre, elle sentit une bouffée de bonheur l'envahir.

Ils bavardèrent joyeusement durant tout le vol et le trajet jusqu'à la côte, et Glenn éclata de rire en voyant son expression extasiée lorsqu'elle découvrit la maison et sa grande terrasse donnant sur la mer scintillante au clair de lune.

— Prends la chambre que tu préfères, dit-il. Il y a une cuisinière qui s'occupe des courses et des repas. Nous n'avons qu'à nous laisser vivre. J'ai loué une voiture qu'on nous livre demain, de sorte que nous puissions parcourir la région, qui est splendide. A moins que tu ne préfères rester là à te reposer et lézarder au soleil.

— Les deux programmes sont aussi alléchants l'un que l'autre ! Dire que j'ai failli ne pas venir... Je ne sais pas pourquoi j'ai failli refuser ton invitation au départ. J'ai parfois l'impression que tout va de travers dans ma vie. Heureusement, mon métier me passionne. Mais le mystère des fleurs sur la tombe de ma mère continue à me préoccuper, et...

Elle secoua la tête sans en dire plus.

— Et quoi ? Je sais que ma présence n'a pas été très réconfortante. Quand je repense à la proposition que je t'ai faite, je m'en veux. Je ne sais pas ce qu'il m'a pris de te proposer un tel marché. J'espère que tu me pardonneras un jour.

— Tu es déjà pardonné, Glenn. C'est moi qui aurais dû penser à la douleur que tu éprouves au souvenir de Serena. Je suis désolée.

Glenn sourit.

— Je propose que nous laissions de côté les souvenirs et les pensées tristes pour profiter du bon temps pendant ces quelques jours.

— Tu as raison, acquiesça-t-elle avant de déposer un baiser fugace sur sa joue.

Puis elle se dirigea vers la chambre qu'elle avait choisie, contente de savoir que Glenn dormirait tout à côté.

S'il se passait autre chose entre eux, c'est qu'ils seraient l'un et l'autre consentants. A présent, l'idée ne lui semblait plus aussi incongrue.

Le lendemain matin, ils firent quelques brasses dans la piscine avant de s'allonger au soleil. La journée s'écoula ensuite aussi paresseusement que voluptueusement. Leurs regards se croisèrent, chargés de promesses, leurs mains s'effleurèrent. Lorsque vint l'heure d'aller se changer pour dîner, Glenn la suivit dans sa chambre au lieu de s'arrêter dans la sienne. Avec le plus grand naturel, il se rapprocha d'elle et fit glisser sur ses épaules les bretelles de sa robe de plage. Puis il posa sa bouche sur chaque parcelle de son buste que ne couvrait pas son maillot de bain, jusqu'à ce que sa peau soit brûlante de désir.

A ce moment, la sonnerie du téléphone de Glenn retentit.

Il soupira avant d'aller décrocher, et elle vit son expression changer brusquement.

— Je dois sauter dans le prochain avion. C'était ma mère. Mon père est à l'hôpital, il a grimpé dans un arbre pour aller chercher le chat qui était coincé au sommet, et il a perdu l'équilibre.

— Et ? demanda-t-elle, inquiète.

— Il est tombé du haut de l'échelle. Apparemment, il n'a qu'une fracture du bras et de la jambe, mais j'ai l'impression que ma mère a besoin de ma présence.

— Bien sûr, acquiesça-t-elle en imaginant Jonas, d'ordinaire si énergique, cloué au lit avec le bras et la jambe dans le plâtre. Je vais prévenir la cuisinière pendant que tu réserves l'avion.

— Je suis désolé pour notre week-end de repos, dit Glenn d'une voix morne. Je voulais t'emmener sur la côte demain. De toute évidence, le sort en a décidé autrement.

— Ne t'inquiète pas. Pour le moment, la priorité, c'est la santé de tes parents.

— Il n'y a bien que mon père pour imaginer qu'il peut grimper aux arbres à son âge ! Il continue à se prendre pour Superman et à croire que rien ne peut lui arriver. Quand elle l'a découvert allongé par terre, ma mère a vu le chat descendre de sa branche et s'éloigner tranquillement.

Ils trouvèrent Jonas dans son lit d'hôpital, couvert d'hématomes, l'air contrit et assez agité. Il leur présenta aussitôt ses excuses pour avoir interrompu leur week-end en Italie.

— Ne soyez pas désolé, le rassura Emma. Ça peut arriver à n'importe qui. Glenn a de la chance d'avoir des parents aussi adorables que vous. C'est tout ce qui compte.

Le silence tomba dans la chambre. De toute évidence, personne n'avait envie de la contredire.

Une infirmière entra pour dire que le patient avait besoin de repos et qu'il serait plus à même de bavarder le lendemain.

— Reviens me voir demain, dit Jonas en s'adressant à Glenn. Il faut que je te parle. Et je voudrais que ta mère se repose un peu.

— Bien sûr. D'ici là, ne t'avise pas de regrimper aux arbres !

— Oh ! j'espère que je serai bientôt en état de remonter sur mon échelle ! répondit Jonas, qui n'avait visiblement rien perdu de son optimisme.

— Je ne voulais pas gâcher ton week-end en Italie, dit Olivia quand ils eurent quitté la chambre. Mais Jonas a fait un tel cirque qu'il a inquiété les infirmières.

Elle se tourna vers Emma.

— Vous devez penser que la famille de Glenn est un peu bizarre.

— Vous savez, moi qui n'ai pas de famille du tout, j'aurais plutôt tendance à l'envier, répondit-elle, sentant son cœur se serrer.

Après avoir déposé Olivia chez elle et s'être assuré qu'elle était bien installée, Glenn prit la main d'Emma dans la voiture.

— Reste chez moi ce soir, dit-il, une lueur implorante dans le regard. Je n'ai pas envie de te savoir loin de moi. Tu veux bien ?

Emma lui sourit, complice.

— Alors, on continue encore un peu notre week-end de Pâques ?

— Nous venons de passer une drôle de journée. Il y a quelques heures encore, nous étions en Italie… J'espère que mon père va se reposer et que ses fractures ne tarderont pas à se ressouder. Je l'ai trouvé bizarre, à l'hôpital. Pas toi ?

— Je ne sais pas, je ne le connais pas assez. Mais c'est vrai qu'il semblait agité, pour quelqu'un qui s'est cassé deux membres. Le choc, probablement.

— Nous verrons comment son état aura évolué demain, dit Glenn en entrant dans la maison. Tu as faim ? Personnellement, j'ai l'impression de ne pas avoir mangé depuis une éternité.

— Je crois que je me contenterai d'un café et de quelques biscuits, répondit-elle doucement. Heureusement que nous sommes dimanche demain.

— Tu as raison. Si tu veux, la chambre d'amis est prête. Ne te gêne pas, fais comme chez toi. Je vais monter ta valise. Je suis content que tu sois là parce que je sais que tu es en sécurité et que tu n'as à te soucier de rien. Ce qui ne me semble pas être le cas dans ta maison.

— C'est vrai. Mais je ne peux rien faire tant que je n'ai pas trouvé d'acheteur. Cela peut prendre du temps. La maison de Jeremy n'est pas le genre d'habitation propre à déclencher un coup de cœur. Sur ce point, je pense que tu ne me contrediras pas.

Glenn sourit.

Ils montèrent à l'étage, elle s'installa dans la chambre d'amis, et il ne lui fallut pas longtemps pour sombrer dans un sommeil profond.

Le lendemain, lorsqu'elle ouvrit un œil, le soleil brillait. La journée de la veille lui revint en mémoire.

Elle n'avait pas eu le plaisir de visiter Amalfi ni Capri, mais les caresses et les baisers de Glenn lui avaient procuré des sensations qu'elle n'avait pas éprouvées depuis longtemps et qui compensaient la déception de leur départ précipité.

Comment allait se dérouler la journée qui commençait ? Ils iraient voir Jonas, en espérant que les séquelles de sa chute ne soient pas trop graves.

Elle se doucha et s'habilla avant de descendre.

Glenn était dans la cuisine, en train d'appeler l'hôpital pour savoir à quelle heure il convenait de rendre visite à son père.

— Jonas a été agité toute la nuit, lui apprit-il après avoir raccroché. Et il paraît qu'il veut me parler. Je vais lui rendre visite dès que nous aurons pris notre petit déjeuner. Veux-tu que je te dépose chez toi au passage ?

— Oui, volontiers. C'est mieux que tu ailles voir ton père sans moi. Pendant ce temps, je vais relever le courrier et appeler l'agent immobilier. Avec un peu de chance, il y aura eu du nouveau en mon absence.

— Tu finiras bien par la vendre, dit Glenn sur un ton rassurant.

— Espérons. Et, avant que nous ne nous séparions, veux-tu venir dîner chez moi ce soir ? Cela me ferait plaisir de t'offrir l'hospitalité, pour une fois.

Glenn hésita un instant.

— J'aimerais bien, mais je ne sais pas comment va se dérouler ma journée. Ça dépendra de l'état de santé de mon père. Je ne peux pas m'engager maintenant. Puis-je te donner une réponse un peu plus tard, quand j'en saurai davantage ?

— Bien sûr ! dit-elle d'une voix volontairement enjouée, alors qu'un sentiment de solitude l'étreignait malgré elle.

Glenn n'était-il pas soulagé en fin de compte qu'un événement inopiné ait interrompu l'intimité à laquelle ils s'étaient laissés aller en Italie ? Maintenant qu'ils étaient rentrés à

Glenminster, peut-être regrettait-il que les choses aient dérapé entre eux et espérait-il qu'elles reprennent leur cours normal.

Lorsqu'elle rentra chez elle, il n'y avait pas de courrier dans la boîte aux lettres. En revanche, un message de l'agent immobilier l'informait qu'une personne avait visité la maison la veille et qu'elle semblait intéressée.

La nouvelle ne lui procura aucune joie, tant elle avait l'impression d'être de nouveau engloutie dans ses mornes préoccupations du moment.

Lorsque Glenn arriva à l'hôpital, il remarqua deux choses. Premièrement, son père avait recouvré toutes ses facultés. Deuxièmement, il trépignait d'impatience de lui expliquer la raison pour laquelle il était tombé de son échelle.

Jamais Glenn n'aurait pu imaginer ce que Jonas se mit à lui raconter.

— J'ai pris l'échelle parce que Pusscat avait eu peur du chien des voisins et s'était réfugié tout en haut de l'arbre. Au moment où je m'apprêtais à l'attraper, mon regard a été attiré par une silhouette dans la rue, par-dessus la haie. J'ai tourné la tête, et j'ai aperçu quelqu'un qui portait un gros bouquet de roses blanches. Ou crème, plus exactement. Je me suis penché pour suivre la personne du regard, et c'est là que mon échelle a glissé.

— Et tu as vu s'il s'agissait d'un homme ou d'une femme ? demanda Glenn, intrigué.

— Non, je n'en ai pas eu le temps. Tout ce que j'ai vu, ce sont des étoiles quand je me suis retrouvé par terre.

— Tu ne peux même pas me dire quel genre de vêtements portait cette personne ?

— Il m'a semblé qu'il ou elle portait un chapeau et un genre d'imperméable gris avec une ceinture pour se protéger de la pluie. Mais comme je te l'ai dit, l'instant d'après, j'ai perdu l'équilibre.

— Tu as pris de sacrés risques, Sherlock Holmes !

— Toujours est-il que je ne suis pas parvenu à identifier le mystérieux inconnu, répondit Jonas d'un air de regret.

— Certes, mais grâce à toi, nous disposons d'indices supplémentaires.

L'infirmière entra.

— Maintenant que vous avez vu votre fils, il faut vous reposer, monsieur Bartlett. Vous n'avez pas beaucoup dormi cette nuit. Le médecin va passer tout à l'heure.

Jonas opina poliment avant de se tourner vers Glenn.

— Ne donne pas de faux espoirs à Emma, dit-il.

— Ne t'inquiète pas, je ne lui dirai rien tant que je n'aurai pas totalement élucidé le mystère et trouvé qui se cache sous cet imperméable et ce chapeau. Maintenant, papa, repose-toi avant la visite du médecin.

Glenn ne put s'empêcher de passer au cimetière.

Comme il s'en doutait, les fleurs venaient d'être changées.

Il s'approcha de la tombe.

Le nom gravé était Higgins, le nom de jeune fille d'Helena. Etrange, pour une femme mariée ! Etait-ce une initiative de Jeremy ou un vœu d'Helena ? En tout cas, quelqu'un qui n'aurait pas revu cette femme depuis longtemps ne pourrait pas savoir que Jeremy Chalmers était son mari, ni qu'Emma était sa fille.

Lorsqu'il reprit le chemin de chez lui, il s'arrêta chez Emma pour s'assurer que tout allait bien. Il sonna plusieurs fois, mais personne ne vint lui ouvrir.

Il était pas loin de midi. Il se rendit dans un petit café où il savait qu'elle allait parfois déjeuner, mais il ne l'y trouva pas non plus.

Il s'installa et commanda un plat. Puis il alla rendre visite à sa mère pour lui donner des nouvelles du blessé.

— J'irai le voir en fin d'après-midi, dit-elle. Emma n'est pas avec toi ?

— Non, et je ne sais pas où elle est. Je suis passé chez elle, mais elle n'y était pas.

— Je suis désolée de vous avoir obligés à rentrer d'Italie. Vous avez à peine eu le temps de vous poser.

— Tu as bien fait, dit Glenn. J'ai proposé à Emma de venir dormir à la maison à notre retour. Je n'avais pas envie de la savoir seule dans cette affreuse maison après la journée idyllique que nous avons passée sur la terrasse à contempler la mer.

Emma s'était rendue à l'agence immobilière, où on lui apprit que la personne qui semblait intéressée par la maison l'avait visitée une deuxième fois et avait fait une offre.

— Vraiment ? s'exclama-t-elle. J'ai du mal à le croire !

L'agent immobilier lui expliqua que la maison était grande et saine. Même si elle n'était pas tout à fait au goût du jour, elle avait un bon potentiel.

— Que pensez-vous de cette offre ?

— Je l'accepte ! répondit-elle d'emblée.

Avec l'argent qu'elle allait toucher, elle aurait enfin la liberté de se rendre où elle voulait. Et si Glenn continuait de maintenir ses distances avec elle, elle pourrait même quitter Glenminster et aller reconstruire sa vie ailleurs, afin d'essayer d'oublier l'homme qu'elle avait pris toute son enfance pour son père et celui qu'elle avait pris récemment pour l'homme de sa vie.

9.

Au cours de l'après-midi, Glenn reçut un appel d'Emma. Au ton de sa voix, elle devait avoir de bonnes nouvelles à lui annoncer.

— J'ai un acheteur pour la maison ! s'exclama-t-elle.

— C'est fantastique ! répondit-il avec la même joie. Je suis vraiment content pour toi. Reste maintenant à te trouver un nouveau logement. Tu as une idée de l'endroit où tu voudrais vivre ?

Un court silence suivit sa question.

— Je ne sais pas, dit enfin Emma d'un ton rêveur. Je viens juste d'apprendre la nouvelle.

— Bien sûr. Que dirais-tu d'un dîner pour fêter ça ?

— Avec plaisir, répondit-elle sobrement. Laisse-moi juste le temps de me changer.

— Quand veux-tu que je passe ?

— D'ici une heure, ce serait parfait. Et tu ne m'as pas dit comment se portait ton papa. Tu as pu le voir, ce matin ?

— Oui, il allait bien.

— Tu ne veux pas lui rendre visite ce soir ?

— On peut passer à l'hôpital avant d'aller dîner, si tu es d'accord.

— Volontiers. J'aime beaucoup tes parents.

Il eut envie de raconter ce que Jonas avait vu du haut de son arbre, mais Emma était de trop bonne humeur pour qu'il ait envie de gâcher son plaisir. Il serait temps de reparler des fleurs du cimetière une fois qu'il en saurait plus sur l'identité du mystérieux visiteur.

Emma choisit sa tenue avec soin. Elle enfila une robe-portefeuille de soie crème qui mettait en valeur son visage et sa cascade de cheveux bruns. Avec ses escarpins, elle serait presque aussi grande que Glenn.

Lorsque la sonnette retentit, elle jeta un coup d'œil à son image dans le miroir de l'entrée avant d'ouvrir.

Pourquoi s'était-elle habillée de la sorte pour sortir avec un homme qui, de toute évidence, était trop englué dans les affres du passé pour s'engager dans quelque relation que ce soit, autre que professionnelle ? Depuis l'épisode italien, Glenn s'était éloigné, c'était évident. Pourtant, elle espérait encore qu'il la regarde avec d'autres yeux que ceux d'un collègue de travail. Elle devait être tombée sur la tête.

Cela dit, lorsqu'elle ouvrit la porte, l'air à la fois surpris et séduit de Glenn fit renaître l'espoir en elle, l'espace d'un instant.

Puis cet espoir retomba comme un soufflé quand il ouvrit la bouche pour dire qu'il ne faisait pas froid et lui suggérer de ne pas se charger de la veste qu'elle voulait emporter.

Une fois dans la voiture, il prit la direction de l'hôpital et continua à bavarder avec elle comme il l'aurait fait avec une collègue et amie.

Quand Glenn entra à la suite d'Emma dans la chambre de Jonas, celui-ci le questionna du regard.

Glenn secoua la tête et s'approcha de lui tandis qu'Emma saluait Olivia.

— Toujours rien, murmura-t-il en se penchant vers son père. Je guette tous les imperméables gris. Mais je crains qu'il ne faille attendre la prochaine averse. Sans compter qu'il s'agit peut-être d'une coïncidence. Tout le monde peut se promener avec un bouquet de roses crème !

L'air déçu, Jonas tendit le bras pour attraper le verre sur sa table de chevet.

— Je sais, acquiesça-t-il. Comme j'aimerais sortir de là

et t'aider à mener l'enquête ! Mais le médecin dit qu'il est encore trop tôt pour que je sorte.

La chute de Jonas aurait pu se révéler plus grave. Par chance, il s'en tirait avec seulement deux membres immobilisés, et il répondait bien à son traitement.

— Profites-en pour te reposer un peu. De toute façon, je te tiendrai au courant dès qu'il y aura du nouveau.

— J'y compte bien ! Rentrez chez vous, maintenant. Je vous ai suffisamment ennuyés comme ça. Voudras-tu déposer ta mère à la maison en partant ?

— Evidemment, répondit Glenn, en savourant la chance qu'il avait d'avoir deux parents adorables et en pleine forme, hormis quelques fractures.

Si seulement Emma avait elle aussi une famille aussi aimante et soudée ! Et comme il aimerait être celui avec lequel elle fonderait sa propre famille !

Mais, avant d'être mère à son tour, il était important qu'elle connaisse ses origines, et qu'elle sache aussi qui s'intéressait d'aussi près à la tombe de sa mère.

Glenn avait réservé une table dans un restaurant sur l'une des jolies promenades qui faisaient la réputation de Glenminster.

— Emma, parle-moi de ta mère, dit-il une fois qu'ils furent attablés. Quel genre de femme était Helena ? Est-ce que tu lui ressembles ?

— Pas tellement. Ma mère était blonde aux yeux bleus, alors que je suis brune aux yeux noisette. En revanche, nous avons à peu près la même morphologie. Pourquoi me poses-tu ces questions ?

— Simple curiosité. Sais-tu quel métier elle exerçait avant de t'avoir ?

— Elle était secrétaire de direction dans une grande banque de Glenminster. Mais elle a cessé de travailler quand je suis née. Jeremy m'a dit qu'il l'avait épousée pour donner un nom à l'enfant qu'elle portait. Question de respectabilité.

— Tu l'as cru ?

— C'était peut-être vrai, mais elle l'a payé cher. C'était lui qui faisait la loi à la maison. Et, dès que l'occasion se présentait, il lui rappelait à quel point elle lui était redevable. A l'époque, je ne comprenais pas de quoi il parlait. J'ignorais encore qu'il n'était pas mon père.

— Et tu n'as aucune idée de qui est ton père ? Tu ne te souviens pas d'un ami cher qu'aurait eu ta mère ?

— Non, je ne me souviens pas, dit-elle avec regret. Ce dont je me souviens, en revanche, c'est que quand j'étais petite, je voyais souvent ma mère pleurer. Ensuite, nous avons été très proches, mais elle ne m'a jamais rien dit de sa vie personnelle. Quand elle est morte, je me suis retrouvée avec Jeremy et j'ai supporté ses humeurs sans me douter un instant qu'il n'était pas mon père. Jusqu'à ce qu'il envisage de se remarier et qu'il m'annonce la nouvelle de cette façon.

— Quel goujat ! Mais pourquoi ne s'est-il pas remarié ?

— En fait, il sortait avec Lydia et avait l'intention de l'épouser. Mais dès qu'elle a appris qu'il m'avait chassée de la maison pour y installer sa femme, elle a rompu…

Un serveur vint apporter les plats qu'ils avaient commandés.

— Mais pourquoi me poses-tu toutes ces questions ? s'enquit-elle. Est-ce que c'est pour m'interroger que tu m'as invitée ce soir ?

— Non, répondit Glenn en lui rendant son sourire. C'est juste que ta vie m'intéresse. Tu connais tout de la mienne, alors que je ne sais presque rien de toi.

— Ce n'est pas si important.

— Ça peut l'être à l'avenir.

Elle ne releva pas et se concentra sur le contenu de son assiette.

Lorsqu'ils quittèrent le restaurant, il lui prit la main pour se diriger vers la voiture. Elle sentit ses craintes et ses doutes se dissiper. Jusqu'à ce que la voiture s'arrête devant chez elle et que Glenn lui dépose un chaste baiser sur la joue.

— Je ne serai pas là demain. On se voit lundi au cabinet.

— Tu ne veux pas entrer boire un café ?

Il secoua la tête.

— Non, si j'entre, j'aurai du mal à me contenter d'un café, répondit-il d'un ton résolu, avant de redémarrer.

Elle referma la porte derrière elle, de nouveau seule avec ses incertitudes.

Le mardi suivant le week-end de Pâques fut une journée chargée au cabinet.

Glenn espérait pouvoir apporter à son père quelque nouveauté au sujet de la personne en imperméable gris susceptible de fleurir la tombe de la mère d'Emma. Mais, ironie du sort, depuis que Jonas avait aperçu la silhouette du haut de son échelle avant de perdre l'équilibre, le soleil n'avait cessé de briller, rendant le port de vêtements de pluie inutile et réduisant d'autant les chances de reconnaître le mystérieux individu.

Il n'avait pas tenu Emma informée de cet indice par trop aléatoire, préférant attendre d'avoir recueilli des éléments plus concrets.

En fin de matinée, il rendit une visite à domicile à un patient. En passant devant la gare, il vit un certain nombre de personnes en sortir, probablement de retour de leur week-end de Pâques. Un des voyageurs en particulier attira son attention : le sympathique Alex Mowbray, qui se dirigeait vers la station de taxis, vêtu… d'un imperméable gris.

Le sang de Glenn ne fit qu'un tour. Il mit son clignotant et s'arrêta à sa hauteur.

— Bonjour Alex ! lança-t-il sur un ton qu'il souhaitait dégagé.

— Bonjour, Glenn ! le salua à son tour Alex en souriant.

— Je vous emmène ?

Alex accepta l'offre de bon cœur et monta dans la voiture.

— Je reviens de Londres, lui expliqua-t-il une fois à bord. Je m'y rends souvent pour me promener, voir des spectacles. Malheureusement, ce sont des choses que j'aimerais partager avec quelqu'un. Ce n'est pas très drôle de se promener tout seul. C'est pourquoi je suis toujours content de rentrer ici, dans cette ville que j'affectionne plus que tout.

— Je comprends. J'ai la chance d'avoir mes parents ici. Nous sommes très proches. Ce n'est pas le cas d'Emma Chalmers, qui n'a plus de famille.

— Ah bon ? dit Alex, étonné.

— Oui, sa mère est morte il y a quelques années. Et elle n'a jamais connu son père.

— Elle ne m'en a rien dit. Pauvre Emma ! Tout cela est bien triste.

— Helena Higgins, la mère d'Emma, s'est retrouvée enceinte, et Jeremy Chalmers l'a épousée. Il a élevé Emma, mais ce n'était pas son père biologique. Quand Emma l'a appris au cours d'une dispute, elle est partie vivre à l'étranger.

Alex blêmit.

— Helena était enceinte avant de rencontrer Jeremy Chalmers, vous dites ? bredouilla-t-il.

— Eh oui. Elle attendait Emma.

L'homme déglutit, l'air soudain hagard.

— Alors… Emma est ma fille !

Glenn encaissa la nouvelle à son tour.

— Votre fille ?

— Helena et moi étions follement amoureux l'un de l'autre. Mais j'étais marié, et ma femme malade. Aussi ai-je fait le choix de partir avec elle sous un climat plus propice à sa santé. Helena et moi avons tout de même fait l'amour une fois avant mon départ pour l'étranger. Le lendemain, je quittais le Royaume-Uni. Je n'ai plus eu de nouvelles d'elle ensuite.

Il poussa un profond soupir.

— J'espérais la retrouver en rentrant ici. La nouvelle de sa mort m'a dévasté. Alors, depuis, je vais régulièrement déposer des fleurs sur sa tombe. C'est le moyen de rester connecté à elle malgré tout. Elle adorait les roses. Les crème, en particulier.

Il marqua une pause, manifestement ébranlé par ce dont il venait de prendre conscience.

— J'étais convaincu que Jeremy Chalmers était son père. Pourquoi en aurais-je douté ? Mais en réalité, c'est ma fille ! Mon Dieu, Emma est ma fille…

Glenn sourit.

— Glenn, je vous en prie, emmenez-moi voir Emma ! Il faut que je la voie. Est-ce qu'elle travaille au cabinet, aujourd'hui ?

— Oui, je crois qu'elle a des patients cet après-midi. Cette histoire est incroyable. En fait, c'est grâce à mon père que toute cette histoire a pu être élucidée. Il vous a aperçu du haut de son échelle alors que vous alliez au cimetière, les bras chargés de roses. Il en a perdu l'équilibre, mais il a tout de même eu le temps de noter que vous portiez un imperméable gris. C'est ce détail qui a attiré mon attention tout à l'heure, quand je vous ai vu sortir de la gare.

— Je n'en reviens pas, dit Alex, sous le choc. Je suis tellement fier qu'Emma soit ma fille… Cela signifie que nous ne serons plus seuls ni l'un ni l'autre, désormais. Nous formons une famille.

— Elle vous apprécie beaucoup. Je pense qu'elle sera surprise mais heureuse de connaître enfin l'identité de l'homme qui a aimé sa mère. Voulez-vous la retrouver chez moi ce soir ?

— J'en serai ravi. Vers quelle heure est-ce possible ?

— Venez vers 19 heures.

— J'y serai.

La belle maison d'Alex était en vue. Il sourit.

— Je n'en crois pas mes oreilles ! Je sais maintenant que cette maison reviendra un jour à Emma et cette pensée me réjouit.

Lorsque Glenn vint frapper à la porte d'Emma en arrivant au cabinet pour lui annoncer qu'il recevait le soir même un invité-surprise et qu'il serait ravi qu'elle se joigne à eux, elle sentit son moral chuter en flèche.

Etait-il tombé amoureux d'une femme qu'il souhaitait lui présenter ? Etait-ce un moyen habile de lui faire comprendre qu'il n'y aurait jamais rien d'autre entre eux que les quelques baisers qu'ils avaient échangés et qui ne pouvaient pas déboucher sur une relation sérieuse ?

Elle prit une profonde inspiration et afficha un sourire de façade.

— C'est gentil de penser à moi. A quelle heure veux-tu que je vienne ?

— A 19 heures, si cela te convient ?

— Parfait, répondit-elle avant de retourner s'occuper de ses patients.

Quelle que soit la nouvelle qu'elle apprendrait ce soir-là, elle ne verserait pas une larme devant lui.

Lorsqu'elle arriva chez Glenn, la voiture garée devant la maison lui parut vaguement familière.

Peu importait. L'essentiel était que la soirée ne s'éternise pas et qu'elle rentre se coucher au plus vite.

Glenn ouvrit la porte, un large sourire aux lèvres.

— Entre, Emma, dit-il. J'ai quelqu'un à te présenter.

Intriguée, elle le suivit jusque dans le salon et parcourut la pièce du regard.

La seule personne présente était Alex Mowbray.

— Il me semble que nous nous connaissons déjà, dit-elle ironiquement, avant de saluer ce dernier.

— Tu as raison, Emma, dit Glenn qui, curieusement, ne semblait pas attendre la visite de quelqu'un d'autre. Alex et toi vous connaissez, mais… Je crois qu'il a quelque chose d'important à te dire. Je vais vous laisser.

Elle le regarda s'éloigner, perplexe.

Que se passait-il ? Glenn souhaitait lui présenter quelqu'un qu'elle connaissait déjà et s'éclipsait avec un air mystérieux qu'elle ne lui connaissait pas.

Elle se tourna vers Alex, qui la dévisageait d'un drôle d'air.

— Assieds-toi, Emma, dit-il en indiquant le canapé. J'ai à te dire quelque chose d'incroyable et de merveilleux.

Elle s'installa sans le quitter des yeux.

— Quoi donc ? demanda-t-elle avec impatience.

— Je ne vais pas tourner autour du pot. J'ai découvert aujourd'hui que nous sommes plus que de simples connaissances l'un pour l'autre.

— C'est-à-dire ? le pressa-t-elle.

— Nous avons, toi et moi, un lien de parenté.

— C'est impossible. Je n'ai plus de famille, Alex.

— C'est ce que tu crois. En fait, ta mère et moi avons vécu une histoire d'amour. Nous sommes tombés follement amoureux alors que j'étais marié. Mon épouse était malade, et je devais l'emmener à l'étranger pour qu'elle se soigne. Mais Helena et moi avons vécu un moment de douce folie la veille de mon départ.

Elle le regarda, interdite, n'osant pas formuler l'idée qui venait de lui traverser l'esprit.

— Nous savions l'un et l'autre que notre histoire ne déboucherait sur rien et que nous ne nous reverrions probablement jamais. Nous nous sommes juré de ne pas entrer en contact l'un avec l'autre ni chercher à nous revoir, pour le bien de tous. Helena a scrupuleusement respecté cette promesse. Je n'ai jamais su qu'un enfant avait été conçu ce jour-là. Jusqu'à ce que Glenn me l'apprenne, aujourd'hui même.

Alex marqua une pause, visiblement ému.

— Il y a quelques mois, après que ma femme est morte, je suis revenu ici avec l'espoir de retrouver Helena. Mais c'était trop tard. Alors, je me rends régulièrement sur sa tombe et je lui offre les fleurs qu'elle préférait, des roses couleur crème. Glenn m'a expliqué que son père m'avait aperçu l'autre jour avec un bouquet, et il est venu à ma rencontre à la gare, alors que je revenais de Londres. C'est ainsi que j'ai appris que Helena avait eu une fille de notre brève liaison, et cette fille, c'est toi… Emma, je suis tellement heureux et fier que tu sois ma fille ! Je te promets que je t'aimerai et te chérirai toute ma vie. Est-ce que tu veux bien de moi comme père ?

Elle se jeta dans ses bras.

— Bien sûr que je le veux ! Je me suis toujours sentie seule, et j'ai toujours rêvé d'avoir une famille. De plus, je vous ai apprécié dès notre première rencontre. J'étais loin de me douter de ce que vous venez de m'annoncer ! Et tout cela, c'est grâce à Glenn, ajouta-t-elle, les larmes aux yeux, alors que ce dernier entrait dans le salon, chargé d'une bouteille de champagne et de flûtes.

— Et grâce à Jonas, ne l'oublions pas, ajouta Glenn, souriant, en disposant tout cela sur la table.

Puis il se tourna vers elle, s'empara de sa main, déposa un baiser sur ses doigts tremblants et la regarda avec intensité.

— Et maintenant que tu as retrouvé un père qui te conduira à l'autel le jour de ton mariage, Emma chérie, dis-moi que tu veux bien de moi comme époux pour le reste de notre vie.

Elle se jeta dans les bras d'un homme pour la deuxième fois en quelques minutes.

— Oh oui ! Oui, je le veux ! dit-elle en sanglotant contre l'épaule de Glenn, vaincue par l'émotion.

Elle sursauta au bruit du bouchon de champagne qu'Alex venait de faire sauter.

— Je propose de lever nos verres à votre bonheur futur, clama la voix joviale de son père.

— Et je propose de lever nos verres à Alex, qui fait désormais partie de notre famille, ajouta Glenn.

— A Alex, à nous, à notre famille, acquiesça Emma en levant sa flûte, avant d'essuyer une dernière larme au coin de sa paupière. Oh ! si vous saviez… C'est trop de bonheur !

Après qu'Alex fut parti, Emma se rassit avec Glenn devant la cheminée et lui prit la main.

Elle n'en revenait pas de la façon dont il était parvenu à résoudre l'énigme qui l'avait hantée pendant des mois en découvrant l'identité de son père biologique. Grâce à lui, les heures sombres de son existence étaient désormais derrière elle.

— Depuis notre retour précipité d'Italie, j'étais persuadée que l'accident de ton père te donnait un bon prétexte pour ne pas passer trop de temps avec moi, avoua-t-elle. J'avais l'impression que tu m'esquivais et que tu regrettais ce qu'il s'était passé entre nous là-bas. Maintenant que j'y pense, j'ai honte.

— Tu n'as pas à avoir honte, dit Glenn en riant. C'est vrai que j'étais obsédé par cette histoire de roses blanches. Mais je ne voulais pas non plus t'en parler, faute d'éléments probants. Je voulais élucider cette énigme, mais jamais je ne me serais attendu à un tel dénouement.

— Grâce à toi, j'ai une famille, désormais ! Et j'espère en fonder une avec toi. Si nous avons un enfant, nous pourrions l'appeler Serena si c'est une fille, et Jonas si c'est un garçon. Qu'en penses-tu ?

— Je n'attends que ça, répondit Glenn en passant son bras autour d'elle. A propos de mon père, les nouvelles sont bonnes. Maman m'a appelé pour me dire qu'il sortait de l'hôpital. Elle le ramène à la maison ce soir. Peut-être pourrions-nous leur rendre visite ? Leur annoncer qu'Alex fait partie de la famille et qu'ils auront peut-être d'ici quelque temps la joie d'être grands-parents ?

— Avec plaisir ! Je suis tellement contente ! Ton père mérite de recevoir une bonne nouvelle après ce qu'il a enduré. Et ta maman sera ravie d'apprendre que nous nous aimons et que nous allons passer notre vie ensemble.

— Emma, tu as débarqué de nulle part et tu as pris mon cœur, alors que je ne croyais plus à l'amour. Grâce à toi, Noël redevient une fête. D'ailleurs, que penses-tu de nous marier à Noël prochain ?

— Ce serait fantastique, répondit-elle sans hésiter. Mais je veux que nous vivions ensemble tout de suite, Glenn.

— Cela va sans dire, dit-il avec tendresse. Je n'imagine pas un instant que nous vivions loin l'un de l'autre. Viens t'installer ici dès que possible.

Il fut décidé qu'ils organiseraient sous peu chez Glenn une fête réunissant la famille au complet, ainsi que les amis et collègues du cabinet.

Ils rendirent ensuite visite à Olivia et Jonas qui revenaient de l'hôpital. Ceux-ci manifestèrent leur joie en apprenant que non seulement Emma avait un père, mais qu'il s'agissait de l'adorable Alex Mowbray. Glenn et Emma en profitèrent pour annoncer leur intention de se fiancer. Jonas, qui avait largement contribué à résoudre le mystère des bouquets de roses crème, rayonnait de bonheur en dépit de ses membres plâtrés.

Lorsque Emma et Glenn retournèrent au cabinet le lendemain, tous leurs collègues, à l'exception de Lydia, manifestèrent leur étonnement lorsqu'ils annoncèrent leurs fiançailles. Personne ne parla d'autre chose jusqu'à la fermeture du cabinet.

Puis ils rentrèrent l'un et l'autre dans ce qui serait désormais leur maison.

— Quel genre de bague souhaiterais-tu porter ? demanda Glenn. Je n'ose t'offrir le solitaire que je t'avais proposé avec tant de maladresse il y a quelques mois…

Emma le regarda en souriant.

— Ce solitaire est parfait, dit-elle doucement.

Il eut l'air surpris.

— Tu sais, Glenn, je n'avais pas su voir à ce moment-là que ta proposition était un geste d'amour et de respect envers moi. Depuis, j'ai compris que tu voulais simplement me protéger des affres de ton passé. Je suis désolée de t'avoir mal jugé. Alors, si tu as toujours cette bague, c'est elle que je veux porter.

— Tu es incroyable, dit-il en plantant son regard dans le sien. J'ai gardé la bague. Si tu veux, je vais la chercher maintenant.

— Oui, vas-y !

Glenn s'éclipsa à l'étage et redescendit avec l'écrin. Il l'ouvrit, et lorsqu'il lui passa au doigt le magnifique solitaire, l'éclat du diamant sembla illuminer la pièce.

Elle le contempla, radieuse.

Il avait fallu quelques heures pour que sa vie solitaire et triste se transforme en un conte de fées.

Après tant de déception et de souffrance, elle venait d'apprendre qu'elle ne serait plus jamais seule au monde : deux hommes étaient entrés dans sa vie. Elle avait retrouvé son père et s'apprêtait à épouser l'homme qu'elle aimait par-dessus tout.

Ils reçurent leurs parents et amis un soir du mois de juin. L'air était doux, la campagne, verdoyante. Les invités allaient et venaient sur la grande pelouse où un buffet avait été dressé pour l'occasion par le meilleur traiteur de la région.

Lorsque son père serra Emma dans ses bras à la suite de Lydia, elle sentit l'émotion la submerger.

— Es-tu heureuse ? lui demanda Alex.

Pour toute réponse, elle leva les yeux vers lui en souriant.

Elle avait fait plus ample connaissance avec cet homme, et il avait pris une place importante dans son cœur. Leurs rencontres étaient toujours des moments intenses, riches en émotion et en reconnaissance envers la vie qui leur avait fait un si beau cadeau.

Alex avait dirigé une des plus grosses banques de Glenminster. Helena était sa secrétaire. Ils étaient tombés amoureux l'un de l'autre, tout en étant conscients que leur histoire n'avait pas d'avenir. Alex était marié, il venait d'apprendre que sa femme était atteinte d'une grave maladie. Il était resté aux côtés de cette dernière pour la soutenir dans cette épreuve en dépit des sentiments qu'il éprouvait pour Helena. Mais l'histoire d'amour ne s'était pas terminée là. Quelques mois plus tard, Emma était née de cet amour magnifique mais impossible. D'une certaine manière, la boucle venait d'être bouclée : il avait retrouvé le fruit de cette relation qu'il n'avait jamais oubliée.

Mais l'heure n'était pas aux souvenirs. La soirée ne faisait que commencer, sous le signe de l'amour et de l'amitié, dans la douce chaleur du mois de juin.

Épilogue

Glenn attendait devant l'autel.

La vieille église située près du cabinet médical embaumait, décorée de branches de sapin. Six mois s'étaient écoulés depuis les fiançailles, et la ville s'était parée des couleurs et des motifs de Noël.

La marche nuptiale résonna, rythmant les pas d'Emma qui remontait l'allée centrale. Celle-ci portait une superbe robe de brocard couleur crème et tenait un bouquet de roses assorties. A son doigt, le diamant qu'il lui avait offert brillait de mille feux.

Il la contempla, plein de fierté et de tendresse, remerciant le ciel de lui avoir fait rencontrer une femme aussi merveilleuse. Quelle joie elle avait apportée dans sa vie ! Et de quelle joie elle emplissait aussi la vie de l'homme au bras duquel elle remontait l'allée centrale de l'église !

De leur côté, Olivia et Jonas étaient comblés de le voir goûter de nouveau au bonheur. Et le fait que le sympathique Alex fasse désormais partie de la famille les réjouissait aussi.

Emma le rejoignit, resplendissante dans sa robe crème.

Quand ils échangèrent leurs vœux et leurs alliances, il lui sembla percevoir la présence paisible et respectueuse de Serena, et une bouffée de bonheur lui emplit le cœur.

Aujourd'hui, il tenait la promesse qu'il s'était faite près du fenil, au milieu des collines. Et il avait hâte qu'ils se retrouvent seuls après cette cérémonie qui faisait d'Emma sa femme, pour lui montrer à quel point il l'aimait.

EMILY FORBES

Pour le bonheur d'une famille

Traduction française de
F. JEAN

BLANCHE

HARLEQUIN

Titre original :
THE HONORABLE ARMY DOC

Ce roman a déjà été publié en 2014.

1.

Quinn

Quinn Daniels termina son verre de whisky et fit signe au serveur de lui remettre la même chose. Ce serait le dernier de la soirée. Il était le principal intervenant de la conférence médicale du week-end, et figurait au programme du lendemain matin. Il fallait qu'il garde les idées claires !

Installé au bar, il s'était volontairement placé à l'écart de l'agitation. Les conversations autour de lui ne le dérangeaient pas, mais il les suivait avec une attention toute relative et laissait son regard vagabonder sur les lieux.

Le bar de l'hôtel se trouvait dans ce qui servait à la fois de salle de conférences et de salon de réception. Avec ce décor impersonnel commun aux grands hôtels du monde entier, Quinn aurait pu se trouver n'importe où… Mais la foule, elle, lui prouvait qu'il était bien de retour en Australie : la salle n'était encore qu'à demi pleine, mais, déjà, elle contenait plus de femmes qu'il n'en avait vu depuis longtemps. Et les fréquenter n'était pas strictement interdit !

Après un deuxième séjour en Afghanistan, il se réadaptait à la vie occidentale. Le verre d'alcool qu'il avait à la main et les femmes dans l'assistance n'étaient que deux indices parmi d'autres. Les bruits aussi étaient différents : les voix de basse des hommes se mêlaient à celles, plus haut perchées et légèrement plus fortes, des femmes. Et des odeurs auxquelles il n'était plus habitué flottaient dans l'air. Des senteurs féminines de parfum, de savon, de laque à cheveux et de maquillage… Même les repères visuels n'étaient pas les mêmes. En Afghanistan, les occasions de s'habiller étaient rares et il était, comme la plupart des hommes, presque toujours en uniforme. Mais, ce soir, il était entouré d'une foule en costumes cravate et robes de cocktail. Il y avait beaucoup plus de noir et beaucoup moins de kaki !

Soudain, un éclat rouge attira son attention. Tranchant sur les couleurs sombres, une robe semblait projeter un halo chaleureux sur tout ce qui l'entourait.

La plus belle femme qu'il ait vue depuis longtemps venait d'entrer dans la salle. L'étoffe de sa robe ne couvrait qu'une seule de ses épaules, brune et lisse, moulait ses seins admirablement ronds et marquait sa taille, avant de s'évaser jusqu'aux genoux. Ses bras étaient aussi longs et minces que ses jambes. Elle montrait beaucoup moins de peau que d'autres invitées, mais Quinn laissa son imagination deviner ce que cachait le tissu léger.

La jeune femme s'était arrêtée sur le seuil pour observer la salle. Ses cheveux noirs, longs et brillants, retombaient librement sur ses épaules.

Elle s'était fardé les lèvres d'un rouge brillant assorti à sa robe, qui contrastait joliment avec sa peau mate et sa chevelure sombre. Avec son teint exotique, elle était ravissante.

Retenant sa respiration, il attendit. Trouverait-elle la personne qu'elle cherchait ? Dans quelle direction se dirigerait-elle ?

D'un mouvement calme et élégant, elle tourna la tête vers le bar. Leurs regards se croisèrent, et il sentit un désir brûlant le traverser.

Du désir ! C'était une émotion qu'il avait oubliée depuis longtemps, et sa force le prit au dépourvu. Son cœur battait à coups redoublés…

L'inconnue soutenait-elle son regard un peu plus longtemps que nécessaire ? Mais non — déjà, elle détournait les yeux. Il avait dû rêver.

Peut-être ne trouverait-elle pas la personne qu'elle cherchait ? Quel dommage que ce ne fût pas lui…

Elle avança d'un pas gracieux dans la salle, semblant fendre la foule. Il n'arrivait pas à détourner les yeux. Il avait toujours apprécié la beauté des silhouettes féminines, et la sienne était sculpturale.

L'inconnue se dirigea vers le bar, particulièrement bondé : il était encore tôt, les gens arrivaient, et leur premier arrêt était généralement au comptoir, pour se donner du courage avant de se mêler à la foule.

Quinn se déplaça légèrement pour créer un espace visible à sa gauche.

Le regard de la jeune femme glissa le long du comptoir et détecta la brèche. Elle eut un sourire délicieux, qui attisa encore le désir de Quinn. Son cœur fit un bond dans sa poitrine.

L'instant d'après, elle se glissait dans la place libre.

— Merci.

Elle avait une voix douce et sensuelle qui lui allait bien. Sa peau mate était lisse, et ses cils noirs mettaient ses yeux gris en valeur. Leur couleur était rare et surprenante, mais ce furent surtout ses lèvres qui subjuguèrent Quinn. Des lèvres pleines, brillantes, et rouges. Soudain, il fut très heureux d'être de retour en Australie.

Quand le serveur lui apporta son whisky, Quinn lui fit signe d'attendre.

— Puis-je avoir aussi…

Du regard, il interrogea la jeune femme.

— Un gin tonic avec une rondelle de citron, s'il vous plaît, répondit-elle.

Sa chevelure arrivait à la hauteur des lèvres de Quinn, et il perçut une odeur de shampoing, ou d'eau de toilette peut-être. Agréable sans être entêtant, ce parfum lui rappela le gardénia qui poussait sous la fenêtre de sa chambre, dans la maison de son enfance… Autour de lui, la salle se fit plus vague, et les conversations se réduisirent à un bourdonnement sans importance.

Mais il ne fallait pas laisser le désir prendre le pas sur la raison, il l'avait appris à ses dépens et continuait d'en payer le prix. Il ne regrettait rien, car deux filles superbes étaient nées de cette erreur, mais sa vie en avait été totalement bouleversée. Depuis, il ne s'autorisait plus que de brèves liaisons occasionnelles, suffisantes pour assouvir ses besoins mais pas assez longues pour conduire au moindre attachement. De toute façon, cela faisait longtemps qu'il n'en avait plus éprouvé l'envie.

C'était mieux ainsi. A en juger par ce qu'il ressentait en cet instant précis, le désir pouvait étouffer la raison. Avec cette femme-là, par exemple, il pourrait se perdre.

Pourtant, une aventure l'aiderait peut-être à chasser ses souvenirs d'Afghanistan, et à reprendre le fil de sa vie. Le sexe était toujours une bonne distraction, cette belle inconnue était peut-être la solution idéale…

Ali l'avait remarqué à l'instant même où elle était entrée dans la pièce. Il avait un visage intéressant, mais c'étaient surtout ses yeux extraordinaires qui retenaient l'attention. Il l'avait fixée, la défiant presque de détourner le regard la première, puis il s'était très légèrement décalé, juste assez pour lui faire une place au bar. Etait-ce un nouveau défi ou se montrait-il simplement galant ? Peu importait. Elle ne voulait ni errer seule, ni se faire remarquer, et elle lui fut donc reconnaissante de sa proposition silencieuse. De plus, ses yeux l'avaient séduite. Jamais elle n'avait vu d'iris aussi bleus ni aussi vifs — fascinants. Lui avait-il jeté un sort ? Elle avança vers lui comme dans un rêve, jusqu'à le rejoindre et accepter le verre qu'il lui offrait.

A présent, il la fixait avec intensité, comme pour la graver dans sa mémoire. Pourtant, cette attention n'avait rien de pesant et ne la mettait nullement mal à l'aise ; elle était même plutôt flatteuse.

Comme il semblait sûr de lui ! C'était attirant, tant sa propre confiance en elle avait été malmenée ces derniers mois.

L'excitation la gagna. Elle plongea dans ces yeux azur qui paraissaient éclairés de l'intérieur, et fut foudroyée. Le bleu allait s'assombrissant, comme une mer des tropiques à mesure que l'on s'éloignait du rivage.

Il lui tendit un grand verre qui contenait le parfait dosage de citron et de glaçons, et elle le remercia.

— Puis-je vous tenir compagnie le temps que vos amis arrivent ? demanda-t-il.

— Comment savez-vous que je dois retrouver des gens ?

— Je vous ai vue entrer. Vous aviez l'air de celle qui est arrivée la première et qui doit patienter.

Dans cette salle qui se remplissait rapidement, ils s'étaient vus en même temps ! Mais elle n'appellerait plus cela le destin. Elle y avait cru dur comme fer, avant. Plus maintenant. Tout de même, il y avait une jolie symétrie dans cette rencontre absolument fortuite.

Elle eut un sourire.

— C'est une de mes nombreuses mauvaises habitudes, je l'avoue : je suis toujours en avance.

— Je ne vois pas en quoi c'est une mauvaise chose.

— Mes amis se sentent coupables, je leur donne toujours l'impression d'être en retard.

— Eh bien, j'espère qu'ils vont prendre leur temps, ce soir.

Il sourit, et de fines rides apparurent au coin de ses incroyables yeux bleus.

Flirtait-il ? Elle l'espérait, mais n'avait pas une complète confiance en son propre jugement.

Il tendit la main vers elle.

— Quinn Daniels.

Elle savait qui il était ! Le capitaine Quinn Daniels… Elle l'avait vu en photo. C'était un des conférenciers, et elle avait prévu d'assister à sa communication du lendemain sur les maladies infectieuses et la vaccination. Sur le programme de la conférence, sa biographie, succincte, précisait qu'il était médecin militaire. Mais la photo noir et blanc ne rendait pas justice à son physique !

En fait, il mesurait un bon mètre quatre-vingt, peut-être un peu plus. Tout en muscles, il respirait la santé. Ses épaules étaient larges, ses biceps remplissaient les manches de sa veste de costume, et, sous sa chemise, on devinait des pectoraux en acier.

Sa beauté n'était pas ordinaire : un visage large, des cheveux blonds coupés court, une mâchoire ferme et rasée de frais, un menton fort… Son physique était plus rude que beau, mais quelque chose en lui aimantait le regard. Pas seulement ses yeux, mais quelque chose de plus profond. Une force. Une confiance en soi. Sans aucun doute, cet homme savait prendre soin de lui-même, et de toute autre personne qu'il décidait de protéger.

L'arête de son nez était légèrement aplatie, comme si elle avait été cassée. Si cela résultait d'une bagarre, l'adversaire n'avait pas dû avoir le dessus ! Mais, malgré sa stature et l'impression de force physique qu'il dégageait, Ali n'éprouvait aucun sentiment de danger.

Il avait l'air solide. Intéressant. Mue par un courage inattendu, elle serra la main qu'il lui tendait.

— Je m'appelle Ali.

Le contact à la fois ferme et doux de ses doigts fit monter une vague d'excitation en elle. Une sensation absente de sa vie depuis bien longtemps !

— Heureux de faire votre connaissance, dit-il avec conviction. Vous êtes médecin ?

Elle hocha la tête. Mieux valait ne pas parler : il lui tenait toujours la main et cela l'émouvait plus que de raison.

— A Brisbane ? demanda-t-il, la libérant enfin.

Elle secoua la tête, et se résolut à répondre.

— Non. Je viens d'Adélaïde.

— Ah, j'aurais dû m'en douter.

— Pourquoi cela ?

— L'Australie du Sud est connue pour ses jolies femmes.

Aucun doute : il flirtait, mais elle n'y voyait aucun inconvénient — bien au contraire.

— Vous connaissez Adélaïde ? demanda-t-elle.

— J'y suis allé plusieurs fois. Aimez-vous la vie là-bas ?

— Oui. Mais, pour être honnête, j'ai surtout sauté sur l'occasion d'échapper à l'hiver et de monter ici pour le soleil — et la conférence. Il me tarde d'entendre votre communication de demain.

Il eut un sourire.

— Vous ne préféreriez pas une séance de bronzage au bord de la piscine ?

— Pour faire l'école buissonnière, j'attendrai le deuxième jour, répondit-elle avant de siroter son gin-tonic.

Elle flirtait elle aussi, et, bizarrement, sans aucune appréhension !

Le téléphone de Quinn interrompit leur conversation. Il consulta l'écran.

— Vous voulez bien m'excuser ? Il faut que je réponde.

Il s'écarta légèrement du bar. Qui avait donc le pouvoir de l'accaparer de cette façon ?

— Je reviens tout de suite, fit-il.

Il s'éloigna, emportant la délicieuse excitation qu'elle avait éprouvée. La soirée s'assombrit. Allait-il revenir ?

Ali était merveilleuse. Belle, évidemment — mais il y avait autre chose. Cela dépassait la simple séduction. Elle avait une grâce fascinante, et son calme était captivant. Après ces longs mois en Afghanistan, Quinn avait besoin de sérénité, il lui tardait de retourner au bar pour laisser cette voix douce et sensuelle apaiser son âme lasse. En l'écoutant, il arrivait à respirer, à se détendre. Il n'avait aucune envie de la quitter — mais il ne pouvait ignorer cet appel. Sa famille passait avant tout le reste.

S'il s'était éloigné du bar, c'était davantage pour se concentrer sur l'appel que pour ne pas être entendu. Près d'Ali, il aurait été distrait. Le devoir primait tout. Il n'avait jamais fui ses responsabilités, et n'allait pas commencer maintenant.

— Allô ?

Il ne s'attendait pas à cette voix-là. Ce n'était pas une de ses filles, mais sa belle-mère.

— Helen ? Qu'est-ce qui se passe ? Il y a un problème avec les jumelles ?

Elle l'appelait rarement. Ils avaient une relation cordiale, mais jamais vraiment de raison de se parler. Ses filles le tenaient au courant, et, quand il y avait quelque chose d'important, il en discutait avec leur mère. Qu'Helen l'appelle était synonyme de mauvaise nouvelle.

Une boule d'inquiétude dans la gorge, il se dirigea vers le hall de l'hôtel.

— C'est Julieanne.

Sa femme… son ex-femme.

Il ne s'agissait donc pas de ses filles. Il respira déjà mieux.

— Elle a eu un accident ?

— Non. C'est à propos de ses migraines.

Julieanne avait toujours souffert de migraines, et, ces derniers temps, elles étaient devenues plus fréquentes et plus fortes. Il lui avait suggéré d'en parler à son médecin traitant mais elle était sûre de pouvoir les traiter par son régime alimentaire et ses exercices physiques habituels.

— Elle a fait un malaise aujourd'hui, dit Helen d'une voix vibrante d'émotion.

C'était grave. Il était atterré. Il aurait dû insister pour qu'elle consulte.

Il y avait une ottomane devant lui, dans un coin du hall. Oppressé, il s'y laissa tomber.

— Où est-elle ? Dites-moi ce qui s'est passé.

A l'autre bout du fil, Helen se mit à sangloter.

— Nous sommes à l'hôpital, dit-elle. Le médecin vient juste de m'annoncer qu'elle a une tumeur au cerveau.

Une tumeur.

Les pensées fusant dans sa tête, il parla avec Helen, puis avec le médecin. Le pronostic était très mauvais.

La conversation terminée, il se leva et remit son téléphone dans sa poche d'une main tremblante. Ses jambes flageolaient et il respirait mal. Il avait besoin d'air. Il avait laissé Ali au bar, mais il se sentait incapable d'y retourner. Pas encore. Il lui fallait de l'air frais.

Il ouvrit la porte d'entrée sans attendre que le portier le fasse. L'hôtel donnait sur la rivière Brisbane. A grandes enjambées, il se dirigea vers la berge. Là, il agrippa la rambarde et, essayant de remettre de l'ordre dans ses pensées, emplit ses poumons de l'air frais du soir. Mais à quoi bon ? La situation était horrible, inimaginable.

Il fixa sans les voir les profondeurs sombres qui tourbillonnaient devant lui. Ayant grandi sur la Sunshine Coast, la côte ensoleillée du Queensland, il avait toujours aimé l'eau, cela aussi lui avait manqué pendant son séjour en Afghanistan. D'ordinaire, il la trouvait apaisante, mais, ce soir, elle ne calmait pas ses peurs. Depuis son retour d'Afghanistan, il éprouvait un besoin viscéral de tranquillité. A présent, comment les choses pourraient-elles redevenir calmes un jour ?

Debout, le regard fixé sur l'eau, il perdit la notion du temps, puis, peu à peu, il reprit conscience des gens qui l'entouraient. Des couples et des groupes flânaient sur le sentier, glissant des regards dans sa direction. Il desserra ses mains crispées sur la rambarde, et détendit ses épaules. A quoi bon rester là, dehors, avec l'espoir stupide que le fleuve et l'air frais l'aident ? Le temps était un luxe dont il ne disposait plus. Il avait des stratégies à mettre en place, et des responsabilités à assumer.

Il revint sur ses pas. Le portier ouvrit la porte devant lui, et Quinn, le remerciant d'un hochement de tête machinal, se dirigea vers les ascenseurs à côté de la salle de conférences. Près du seuil, il hésita, à la recherche d'une robe rouge vif. Ses yeux parcoururent le bar. Rien. Alors il scruta la salle, et l'aperçut.

Il aurait aimé puiser en Ali un peu de la sérénité qui émanait d'elle, mais elle n'était plus seule. Ses amis étaient arrivés.

De quel droit irait-il l'interrompre et solliciter son attention ? Elle n'avait pas besoin de ses problèmes à lui. Dire que, vingt minutes plus tôt, il trouvait sa vie compliquée ! Il rêva de revenir en arrière : en quelques instants, tout avait basculé. Irrévocablement.

Il regarda une dernière fois les lèvres rouges d'Ali. Comme il aurait adoré y goûter, rien qu'une fois ! Mais il devait avancer. Accomplir son devoir. Ses filles allaient avoir besoin de lui, et, comme toujours, elles seraient sa priorité absolue.

Il tourna donc le dos à la salle et se dirigea vers les ascenseurs.

Quelques instants plus tard, les portes de l'ascenseur se refermaient sur lui, l'emportant loin d'Ali.

2.

Ali

Ali entra dans le cabinet médical et enleva son écharpe. Déjà, l'air de la salle d'attente réchauffait ses joues gelées. Elle en avait plus qu'assez, de cet hiver inhabituellement froid et long, même pour Adélaïde. Les quelques jours qu'elle avait passés dans la douceur de Brisbane lui semblaient déjà très loin. En six semaines, sa peau avait oublié la caresse du soleil du Queensland, et elle attendait l'été avec impatience.

Elle défit les boutons de son nouveau manteau d'hiver en laine rouge vif, un vêtement en trapèze qu'elle avait acheté pour combattre son humeur maussade. Il fallait qu'elle retrouve le moral, qu'elle se fixe des objectifs. Elle adorait son travail, mais, depuis quelque temps, il avait perdu son attrait et n'était plus que routine. La dernière fois qu'elle avait vécu quelque chose d'excitant, c'était à Brisbane — le soir où elle avait rencontré Quinn.

Que, de plusieurs mois, elle ne retienne qu'une conversation de dix minutes était consternant. Sa situation était-elle à ce point désolante ? Mais cela ne faisait aucun doute : elle avait adoré ce moment — et passé beaucoup trop de temps à y repenser. Pourquoi Quinn n'était-il pas revenu au bar ? Que lui était-il arrivé ?

Elle avait eu beau se répéter qu'elle ne croyait plus au destin, elle n'avait pu se débarrasser de l'idée qu'ils étaient faits pour se rencontrer. Mais sans doute enjolivait-elle l'histoire. Quinn n'avait probablement jamais eu l'intention de revenir.

Elle avait dû lui sembler ennuyeuse et ordinaire, et il avait trouvé un moyen de s'esquiver.

Obsédée par son souvenir, elle avait cru l'apercevoir plusieurs fois depuis son retour à Adélaïde. Son imagination lui faisait prendre pour Quinn tous les hommes blonds aux cheveux courts et à la carrure solide !

Elle rêvait de trouver l'amour, mais était assez sensée pour savoir que ce ne serait pas Quinn Daniels qui l'entraînerait dans un tourbillon de passion. Et fantasmer là-dessus n'y changerait rien. Il était temps de passer à autre chose. Elle enleva son manteau.

Un couple qu'elle ne connaissait pas était assis dans la salle d'attente. Ce n'était sûrement pas elle qu'ils attendaient car elle avait terminé ses visites à domicile avec une heure d'avance.

— Ali, vous voilà ! dit Tracey, la réceptionniste, en surgissant du couloir. Votre mère veut vous voir.

Malika, la mère d'Ali, avait fondé le cabinet alors qu'Ali et son frère étaient encore bébés. Au début, la famille logeait sur place, mais, quand le cabinet s'était développé, ils avaient déménagé pour une maison voisine et plus grande, et l'activité médicale avait investi toute la bâtisse. Enfant, Ali y avait passé des heures à jouer. En grandissant, elle avait aidé à toutes sortes de petites tâches, avec la certitude qu'elle travaillerait là un jour. Sa mère lui avait prouvé qu'il était possible de concilier carrière et vie de famille, et cela avait été le rêve d'Ali — jusqu'à une date récente.

Longtemps, en effet, son travail de généraliste l'avait satisfaite. Elle aimait connaître ses patients, faire partie de leurs vies, prendre part aux événements locaux. Elle n'avait jamais pensé vouloir davantage. Mais à vingt-six ans, elle se trouvait à un carrefour de sa vie, son avenir lui semblait bouché et bien terne. Comment remédier à cela ? Elle n'en avait aucune idée.

— Me voir ? Savez-vous pourquoi ? demanda-t-elle.

— Malika veut vous présenter le remplaçant. Il est avec elle.

— « Il » ?

Le remplacement était de courte durée et à temps partiel, Malika devant accompagner son mari, le père d'Ali, à une conférence à l'étranger, et prendre quelques jours de vacances. Si tout se passait bien, elle espérait ensuite proposer au remplaçant de rester, afin de réduire son propre temps de travail. Ali avait supposé — apparemment à tort — que le poste irait à une femme médecin. Les temps partiels intéressaient souvent les mères qui travaillaient, mais peut-être le nouveau médecin était-il, comme Malika, proche de la retraite.

— Il est vieux ?

Tracey eut un large sourire, et Deb, l'infirmière, rit de bon cœur.

— Pas vraiment, non, mais il a déjà vieilli de deux minutes depuis que tu es arrivée, alors dépêche-toi.

En se dirigeant vers le bureau de sa mère, Ali jeta un rapide coup d'œil à Tracey et Deb, qui gloussaient comme deux écolières. Qu'avaient-elles donc ?

Elle frappa à la porte et l'ouvrit.

Le remplaçant, qui lui tournait le dos, avait un physique instantanément reconnaissable, et il n'était pas vieux du tout. Le cœur d'Ali s'emballa brusquement.

Il était toujours aussi grand, solide et musclé. Le blond de ses cheveux, moins courts à présent, était mêlé de fils argentés qui n'étaient pas là six mois auparavant. Il avait l'air un peu plus mince et un peu moins jeune, mais, quand il tourna le visage vers elle, ses yeux, eux, n'avaient pas changé le moins du monde — ils étaient toujours d'un bleu azur extraordinaire, intense, et comme éclairé de l'intérieur.

— Quinn ? fit-elle sans même s'en rendre compte.

Il eut l'air étonné. Se souvenait-il d'elle ?…

— Ali ?

— C'est *vous*… le nouveau médecin ?

Il opina de la tête.

— Vous vous connaissez ? demanda Malika.

A regret, Ali reporta son regard sur sa mère.

— Nous nous sommes rencontrés à la conférence de Brisbane.

Si Malika avait remarqué son trouble, elle n'en laissa rien paraître.

— Alisha, j'ai des malades qui attendent. Puis-je te demander de faire visiter les lieux à Quinn et l'installer dans son bureau ? Il commence demain.

Sans attendre la réponse, elle gratifia Quinn d'une énergique poignée de main et sortit en coup de vent appeler son premier patient, laissant sa fille pétrifiée et muette. La tête d'Ali bourdonnait de questions, ce qui ne laissait plus aucune place à ses fonctions motrices !

Que faisait-il là ? Et l'armée — son véritable métier ? Pourquoi diable avait-il accepté un poste de remplaçant dans un petit cabinet médical ? Et, à Brisbane, pourquoi l'avait-il abandonnée au bar ? Pourquoi n'était-il pas revenu ?

Quinn était sidéré. Ali se tenait devant lui, Ali aux cheveux noirs, aux yeux gris et aux lèvres cerise. Après le chaos des semaines précédentes, la revoir était tout simplement incroyable.

Et il venait d'être engagé… par sa mère ? Cette petite Indienne au teint très brun était sa mère ?

Cela expliquait, au moins pour une part, le teint peu ordinaire d'« Alisha » — il avait pensé à des origines méditerranéennes…

Il n'arrivait pas à détacher les yeux de son visage. Encore plus belle que dans son souvenir, elle portait un chemisier de soie rouge assorti à la couleur de ses lèvres. Cette nuance semblait s'être imprimée en lui. A l'avenir, plus jamais il ne pourrait voir cette couleur cerise sans penser à Ali.

A en juger par l'éclat de sa peau mate, qu'il imagina chaude et douce, elle semblait en pleine forme.

Mais elle n'avait pas fait un geste, et était probablement

aussi étonnée que lui. Les surprises n'étaient pas toutes agréables, mais, pour lui, celle-là l'était infiniment. Pourvu qu'il en aille de même pour elle.

Finalement, il avait bien fait de se porter candidat pour ce remplacement ! Pour la première fois depuis un mois et demi, il eut l'impression que sa vie n'était pas complètement hors de contrôle. Il se souvint du sentiment de calme qui l'avait envahi lors de leur première rencontre. Et il avait plus que jamais besoin de paix et de sérénité.

Le regard d'Ali se fit interrogateur.

— Je ne comprends pas. Que faites-vous ici ? Vous avez quitté l'armée ?

Sa voix douce et sensuelle le fit frissonner. Il aurait aimé fermer les yeux, se détendre, et laisser cette mélodie chasser quelques-uns de ses problèmes.

— C'est une longue histoire, répondit-il.

Longue et compliquée. Elle était étonnée de le voir, mais elle l'aurait été encore plus si elle avait connu les raisons de sa présence. Il ne pouvait pas les lui exposer en quelques mots.

— Peut-être pourrions-nous aller ailleurs ? Votre mère va avoir besoin de son bureau. Je veux bien vous expliquer, mais pas ici.

Elle acquiesça d'un signe de tête, et le précéda dans le couloir. Quinn la suivait, le regard aimanté par le balancement de ses hanches. Le bas de sa jupe noire dansait à leur rythme, dévoilant le haut de longues bottes noires. Il ne voyait pas ses jambes, mais il se souvint du galbe de ses mollets, de la finesse de ses chevilles, et cela fit naître un pincement de désir au creux de son estomac.

Parvenue de l'autre côté du bâtiment, elle ouvrit la troisième porte du couloir, et se retourna pour lui faire face.

— Voici le bureau qui sera le vôtre pendant votre séjour ici.

Elle semblait dubitative… Comment l'en blâmer ? C'était une situation étrange, et, de toute évidence, ni elle, ni lui-même ne savait très bien comment y faire face. Mais, en tout cas, il fallait qu'il fasse de son mieux pour s'expliquer.

Par une sorte d'accord tacite, il prit le fauteuil devant le bureau. Par la fenêtre, il entrevit un jardin, mais il avait du mal à détourner les yeux d'Ali. Ses cheveux noirs, attachés en queue-de-cheval, retombaient sur ses épaules. Elle s'assit à côté du bureau, croisa les chevilles, et ramena ses pieds sous la chaise. Elle se tenait très droite, dans une posture aussi parfaite que le soir de leur rencontre, mais moins naturelle. Ses épaules semblaient tendues, comme si elle faisait des efforts pour sauver les apparences. Qu'est-ce qui la rendait si nerveuse ?

— Que faites-vous ici ? Vous avez quitté l'armée ? demanda-t-elle de nouveau.

— Pas exactement. J'ai pris un congé pour soins palliatifs.

— Pour soins palliatifs ? Pour qui ?

— Ma femme.

— Vous êtes marié ?

Elle jeta un coup d'œil en direction de l'annulaire de Quinn. Pas plus d'alliance que la fois précédente.

— *Ex*-femme, dit-il à la hâte. Nous sommes divorcés.

Même maintenant, l'« ex » lui posait des problèmes. Non parce qu'il regrettait l'époque de son mariage, mais parce que cela lui rappelait son échec en tant qu'époux. Lui qui était de nature perfectionniste, cela l'ennuyait de ne pas avoir su sauver son couple.

De nouveau, Ali semblait perplexe.

— Vous vous occupez de votre ex-femme ? Pourquoi ?

— C'est compliqué.

— Je m'en doute.

Elle sourit, l'invitant à se confier. Mais s'il lui en disait davantage, ce sourire réconfortant allait s'effacer à coup sûr !

Le silence se prolongeait... Du bout des doigts, il se massa brièvement les tempes, dans l'espoir d'apaiser la tension.

Comment le dire ?

— Ma femme — ex-femme — a une tumeur au cerveau.

A son grand soulagement, Ali n'eut pas la réaction de la plupart des gens. Aucun sursaut d'étonnement, aucune hésitation, aucune phrase bredouillée et vide de sens.

— Quel grade ? demanda-t-elle.

— C'est un glioblastome grade IV.

Elle avait conscience de la gravité du diagnostic, car sa peau mate pâlit légèrement. Sans connaître la malade, elle était pleine de compassion pour elle. Les astrocytomes étaient les tumeurs primaires les plus fréquentes chez les adultes, mais leurs caractéristiques et pronostics variaient largement. Le glioblastome multiforme IV était une tumeur maligne qui s'étendait rapidement. Un mal redoutable.

Mais l'état de son ex-épouse ne suffisait pas à expliquer sa présence à Adélaïde.

— Helen, ma belle-mère, s'est installée chez Julieanne, dit-il, mais elle ne peut pas s'occuper d'elle *et* des enfants, alors c'est moi qui m'en charge, ce qui est bien normal.

— Des enfants ?

Il avait oublié : elle ignorait qu'il était père — elle ne savait pratiquement rien de lui.

— Oui. Deux filles.

Les épaules d'Ali s'affaissèrent, comme si elle baissait la garde. Elle tendit le bras, mais se ravisa, et sa main retomba sur ses genoux. Le cœur de Quinn chavira. Comme il aurait aimé qu'elle le touche…

— C'est terrible pour elles !

Cette réaction le surprit. Il s'attendait à des questions sur les filles, mais, plutôt que de la curiosité, elle faisait preuve d'empathie. Cela le touchait. De plus, elle avait été sur le point de lui témoigner son soutien, et ne s'étonnait pas qu'il laisse tout tomber pour s'occuper de son ex-épouse. Sans doute même aurait-elle été déçue qu'il ne le fasse pas.

Ali avait envie de réconforter Quinn, elle avait même failli lui prendre la main, avant de prendre conscience que cela pouvait être déplacé. Le revoir lui avait fait battre le cœur et une vague d'excitation l'avait submergée, mais ils étaient des étrangers l'un pour l'autre. Il n'avait probablement ni envie ni besoin de son réconfort.

Les problèmes qu'elle rencontrait n'étaient rien en comparaison de ceux de Quinn. Avec le temps, elle se ferait aux événements récents de sa vie, mais, pour Quinn comme pour ses enfants, l'histoire finirait forcément mal. Dans un avenir assez proche, ses deux filles perdraient leur mère. La vie pouvait être d'une injustice insupportable. Comment allaient-elles, si jeunes, se remettre d'une perte pareille ? Quoi qu'il ait pu se passer entre Quinn et son épouse, personne ne méritait cela.

— Comme c'est triste ! Je compatis, vraiment.

Il devait traverser un véritable cauchemar, mais elle ne le connaissait pas assez pour lui dire ce qu'elle éprouvait. Elle allait avoir besoin de temps pour assimiler ce qu'il venait de lui confier, et savoir comment réagir. Pour l'instant, surprise et choquée, elle avait du mal à trouver les mots justes.

Quel choc, en effet, de le revoir, et d'apprendre qu'il était divorcé et père ! Elle n'avait pas prévu ce scénario-là. Dans ses rêves, il était une espèce de GI Joe intelligent, dynamique. Audacieux, mais sensible, et célibataire — jamais marié.

Certaines choses n'avaient pas changé depuis leur rencontre. Elle ressentait toujours en lui une sexualité brute, une rudesse, une virilité — mais il y avait aussi au coin de ses yeux des rides qu'elle ne se rappelait pas avoir vues. Elle aurait aimé lisser ces fines lignes du bout des doigts, mais cela aurait été trop audacieux.

Elle chercha désespérément comment orienter la conversation vers un terrain moins émotionnel.

— Je ne comprends toujours pas pourquoi vous voulez ce poste, dit-elle. Vous n'aurez pas assez à faire avec votre famille ?

— Les vacances sont finies. Les filles ont repris l'école maintenant. Ma belle-mère et moi allons nous occuper de Julieanne à tour de rôle. Il suffira que je sois à la maison quand mes filles y seront; je n'ai pas besoin d'y rester en permanence. Et je veux être occupé. J'en ai besoin. Je suis à Adélaïde parce que des gens ont besoin de moi, mais Julieanne et moi n'avons pas besoin de temps en tête à tête. Notre mariage est terminé depuis longtemps, et cela ne changera pas, pas plus que sa situation à elle.

— Pourtant, vous allez vous occuper d'elle…

— Notre mariage a pris fin pour toutes sortes de raisons, les circonstances, trop peu de temps ensemble, des erreurs de jugement, mais nous sommes restés bons amis, et nous nous dévouons pour nos enfants. Je peux faire ça pour elle, et je veux le faire.

De toute évidence, son ex-femme comptait encore pour lui. L'aimait-il encore ? Ali ne connaissait pas beaucoup de personnes qui se seraient portées volontaires pour s'occuper d'un ex-conjoint !

— Est-elle sous traitement ?

— Oui. Radiothérapie.

— Est-ce que ça marche ?

Il eut un haussement d'épaules.

— Les oncologues n'ont pas beaucoup d'espoir.

— Que vous ont-ils dit ?

— Que ce Noël pourrait bien être le dernier.

Ce n'était que le début d'août, Noël était dans cinq mois ! Elle allait prononcer des paroles de réconfort, mais, de nouveau, elle se retint. Six semaines plus tôt, ils avaient bu un verre ensemble. Leurs relations s'arrêtaient là. Même si l'excitation et l'intérêt qu'elle avait ressentis avaient été réciproques, les règles du jeu avaient changé. A présent, avec tous ces problèmes, Quinn était hors d'atteinte. Mais elle pourrait tout de même lui offrir son aide.

Comment ? Pour l'instant, elle n'en avait aucune idée.

— Qu'en penses-tu ? demanda Malika. Ai-je fait le bon choix ?

Plusieurs heures avaient passé et Ali déjeunait avec sa mère. Elle essayait de prendre conscience que Quinn était de retour dans sa vie. Après avoir si souvent revécu leur première conversation en pensée, qu'il soit là, dans sa ville, sur son lieu de travail, lui semblait irréel. Comment réagir, comment faire face à la situation ?

— J'ai été prise au dépourvu, je l'avoue, dit-elle. Je pensais que tu recruterais une femme médecin, avec des enfants, et à la recherche d'un temps partiel.

Malika eut un geste évasif qui fit cliqueter les nombreux joncs en or autour de son poignet.

— Quinn est médecin, et il a des enfants. Ce n'est pas une femme, c'est la seule différence.

Ali sourit, amusée. C'était certain, il n'avait rien d'une femme.

— En plus, ça pourrait être bien d'avoir un médecin homme dans l'équipe. Nous manquons plutôt de personnel masculin, ici.

Ali dut en convenir. Les deux secrétaires étaient des femmes, comme l'infirmière et l'autre médecin à temps partiel — mais Quinn était-il le *bon* médecin homme ?

— Tu ne crois pas qu'il a assez de choses sur les bras, sans travailler en plus ?

Malika remplit deux tasses de thé au jasmin.

— Cela ne me regarde pas, dit-elle. Tu as des réserves ?

Ali décida de ne pas les exprimer. Elle aurait du mal à garder ses sentiments sous contrôle, mais c'était son problème. Elle ne pouvait pas avouer que la perspective de travailler avec *lui* la rendait nerveuse !

Mais Malika attendait une réponse.

— Il m'a dit qu'il avait pris un congé de l'armée, il n'a apparemment pas le projet de rester ici longtemps, dit Ali.

— Non, en effet, et c'est dommage. J'espérais que le

remplacement se transformerait peut-être en poste permanent. Mais je comprends pourquoi cela lui convient en ce moment, et je suis heureuse de l'avoir recruté. Il a de l'expérience, et je veux vraiment faire ça pour lui. Il traverse une période difficile… Déjà, il me permet d'aller à cette conférence avec ton père ; c'est très bien.

— Tu es sûre qu'il a le profil voulu ? Il risque de s'ennuyer à travailler ici, non ? Tu ne le trouves pas un peu surqualifié ?

Mais Malika n'était pas facile à dissuader, quel que soit le sujet.

— Pour l'instant, ce n'est qu'un poste de remplaçant, et je pense qu'il a besoin de faire une pause loin de la pression de l'armée, et sans séjours dans des pays lointains. La routine lui fera du bien. Et avec tout ce stress chez lui, il sera peut-être content de venir travailler ; cela lui fera une parenthèse.

Il était inutile de discuter. Après tout, le cabinet médical appartenait à Malika, et, professionnellement, c'était une bonne décision. Il ne lui restait qu'à s'habituer à l'idée de travailler avec Quinn.

Ali remplit le dernier formulaire, et, repoussant sa chaise, étira les bras au-dessus de sa tête pour détendre ses épaules. Il était grand temps de rentrer à la maison. Il ne restait plus qu'elle au cabinet médical, il faisait nuit, et elle était fatiguée.

Elle prenait son sac à main et son manteau rouge derrière sa porte quand, soudain, elle se figea. Un bruit… Quelqu'un entrait par la porte du fond.

Elle n'attendait personne !

La lumière de son bureau atteignait le couloir, signalant sa présence. Elle entendit deux pas légers et crut que son cœur allait s'arrêter de battre.

— Il y a quelqu'un ?

C'était la voix de Quinn ! Pour un homme de sa stature, il se déplaçait avec une étonnante légèreté.

Cette fois, le cœur d'Ali battit plus vite. L'adrénaline s'était transformée en excitation…

Elle sortit de derrière la porte.

— Quinn. Que faites-vous là ?

Il portait une tenue décontractée — un jean et un chandail en laine dont le bleu faisait ressortir l'éclat de ses yeux. Son jean moulait les muscles de ses cuisses, et son entrejambe manifestement viril fit rougir Ali. Très vite, elle leva le regard vers son visage, espérant qu'il n'avait pas remarqué son coup d'œil audacieux.

— Je voulais déposer quelques affaires et m'organiser un peu avant de commencer mes consultations demain.

Il portait une boîte à archives en carton.

— Je vous dérange ? demanda-t-il. Je ne pensais pas qu'il y aurait quelqu'un.

— Non, j'ai terminé.

Elle entra derrière lui dans son futur bureau, et le regarda déposer la boîte, qui semblait lourde.

Il entreprit aussitôt de la vider.

— Avez-vous besoin d'aide ?

Elle l'avait suivi sans y penser, mais il ne désirait peut-être pas de compagnie…

Il lui tendit un document encadré — son diplôme de médecin.

— Bien sûr. Pouvez-vous trouver un clou pour suspendre ça ?

Il y avait un crochet disponible à gauche de la fenêtre, au-dessus du bureau, et elle y accrocha le diplôme. A cet endroit, les patients le verraient bien.

Quand elle se retourna, il sortait d'autres diplômes encadrés de la boîte, et les empilait sur le bureau. Traumatologie, médecine sous-marine et hyperbare, et défense biologique et chimique. Elle le pensait surqualifié pour le poste, mais pas à ce point-là !

— Vous les emportez partout ? demanda-t-elle.

Il sourit.

— Non. Ils prenaient la poussière dans le grenier de

Julieanne. J'étais tout le temps en déplacement, alors je trouvais plus facile de stocker mes affaires chez elle.

Il prit la pile de cadres et les déposa sur le parquet, alignés contre le mur. Puis il sortit une photographie qu'il plaça sur le bureau.

— Ce sont vos filles ? demanda Ali. Elles sont jumelles ?

Il acquiesça de la tête. Elles se ressemblaient beaucoup, avec des cheveux d'un blond très clair et des yeux d'un bleu extraordinaire qui ne laissaient pas le moindre doute sur l'identité de leur père — mais elles étaient plus grandes qu'Ali ne l'aurait imaginé.

— Vous avez commencé tôt, dit-elle.

Sa mère lui avait dit qu'il n'avait que trente-deux ans — six ans de plus qu'elle.

Il laissa ses doigts courir sur le bord du cadre.

— Leur arrivée a été une surprise. Elles ont neuf ans depuis quelques mois.

— Comment s'appellent-elles ?

— Beth et Eliza.

A la manière, si douce, dont il prononça leurs prénoms, elle perçut l'amour qu'il leur portait, et son cœur se serra sous l'effet de la solitude et du manque. Mais ce n'était pas le moment de méditer sur ses sentiments. Elle se pencherait là-dessus plus tard. Il lui faudrait affronter le problème qui la rongeait, car ce n'était pas sain, mais elle n'en avait pas la force. Pas encore.

— Jolis prénoms, dit-elle. Qui est qui ?

La question parut amuser Quinn.

— C'est difficile à dire sur une photo, si on ne les connaît pas. Beth est la plus extravertie, elle est habituellement la première à parler, et vient de se couper les cheveux. Ou, pour être exact, Eliza vient juste de lui couper les cheveux. Beth en avait assez que les gens soient incapables de les distinguer, alors elle a convaincu sa sœur de jouer des ciseaux. Bien sûr, il a fallu aller chez la coiffeuse pour réparer le désastre.

Ali regarda de nouveau la photo. Même plus âgées qu'elle ne l'avait pensé, les jumelles étaient quand même beaucoup trop jeunes pour affronter ce cauchemar — la disparition prochaine de leur mère.

— Comment prennent-elles ce qui se passe ?

— Mieux que moi, je pense, répondit-il tristement.

— Vous en savez presque trop sur l'état de Julieanne. Quelquefois, il vaut largement mieux ne rien savoir.

— Le principal problème pour moi, ce n'est pas Julieanne. C'est la paternité.

— Comment cela ?

— Je n'ai jamais passé beaucoup de temps avec mes filles. Quand elles sont nées, j'étais encore étudiant, ensuite l'armée m'a monopolisé, puis il y a eu le divorce. Jusqu'à une date récente, c'est Julieanne qui s'est occupée d'elles. Maintenant, il faut que j'apprenne en accéléré.

— Vous n'aviez pas la garde conjointe ?

— C'était impossible. Les filles étaient ici, et moi dans le Queensland, ou sur d'autres continents.

— Dans des zones de conflits ?

— Secret défense, répondit-il, l'air malicieux.

— Si vous me le disiez, vous devriez ensuite me réduire au silence ? fit-elle, amusée.

— En quelque sorte, répondit-il, taquin. Disons simplement que je préfère de loin être ici.

« Ici » ? Voulait-il dire ici en Australie, ou ici, avec elle ? Il eut un petit rire.

— Je n'arrive pas à le croire : je pensais à vous, et où étiez-vous, pendant tout ce temps ? Sous mon nez.

Il avait pensé à elle.

— Comment ça, « pendant tout ce temps » ?

— Le soir où nous avons fait connaissance, au bar, j'ai reçu un appel de ma belle-mère qui me mettait au courant pour Julieanne. Je comptais retourner au bar près de vous, mais, subitement, tout le reste est passé au second plan. J'ai pris l'avion le lendemain matin, pour revenir ici.

— C'est pour cela que vous n'avez pas fait le discours d'ouverture de la conférence.

— Oui.

— Vous êtes ici depuis juin ?

— J'ai fait plusieurs allers-retours entre ici et Brisbane, mais cela fait plusieurs semaines que je suis ici.

Toutes ces fois où elle avait cru l'apercevoir… Dire qu'il se trouvait à Adélaïde depuis des semaines !

— Si j'avais su que vous étiez là, je vous aurais cherchée…

— Pourquoi ?

— Parce que je trouve votre présence… cathartique, répondit-il avec un sourire irrésistible. Vous m'aidez à me sentir calme, et, en ce moment, j'ai besoin d'oublier ennuis et stress. Quand je suis avec vous, je respire.

Quelle ironie ! En sa présence, elle oubliait presque de respirer !

— Alors je suis content d'être là, conclut-il.

Cette fois, il était clair. Une hanche appuyée contre le bureau, il fixait ses lèvres.

Il se trouvait presque assez près d'elle pour l'embrasser. Si elle inclinait la tête, leurs lèvres se rejoindraient. Elle aimait beaucoup l'idée d'échapper un instant à la réalité… Mais ce n'était pas le bon moment.

Elle s'écarta légèrement, et changea au plus vite de sujet.

— Pourquoi n'avez-vous pas quitté l'armée pour vivre avec votre famille ? Vous auriez pu travailler n'importe où…

— C'est plus compliqué que cela. L'armée a payé mes études, je ne peux donc pas démissionner. Je dois rembourser chaque année d'études, plus une année, à l'échéance voulue. C'était ça ou racheter mon service, et je n'en avais pas les moyens. Il me reste quatre mois.

— Qu'allez-vous faire, alors ?

— Je n'en sais rien.

Il ne resterait pas… Elle réprima sa déception. Le destin les avait réunis, mais les circonstances les sépareraient inévitablement.

3.

Julieanne

Julieanne était épuisée. La journée n'avait pas été particulièrement fatigante, mais ces jours de rendez-vous étaient stressants : il fallait traverser les collines pour aller de Stirling au centre-ville, attendre l'heure du rendez-vous, puis les résultats. Ce jour-là, elle avait passé des scanners ; la tumeur continuait de grossir malgré la radiothérapie. Cela ne l'avait pas étonnée. Elle sentait bien que son état s'aggravait, tout en s'accrochant à l'espoir qu'elle se trompait. Cela aussi était épuisant — les efforts pour rester positive tout en sachant que les choses ne s'amélioraient pas.

Elle s'était attendue à la mauvaise nouvelle, mais cela ne la rendait pas moins pénible. Même en gardant du recul par rapport aux statistiques, ses chances étaient minces. Pour ce type de tumeur, les taux de survie étaient pratiquement nuls : moins de trois pour cent des malades survivaient plus de cinq ans, et l'espérance de vie moyenne, même avec un traitement, se situait entre sept et neuf mois.

Elle approchait des cinq mois, mais n'était pas encore prête à abandonner.

Allongée sur son lit, elle écoutait les jumelles dans leur bain. Elles avaient eu entraînement de netball, et dîné tard. Elle-même n'avait assisté ni à l'entraînement, ni au dîner. Que de choses elle ratait — et ce n'était que le début ! L'idée qu'elle manquerait le reste de leurs vies lui était odieuse…

Elle était reconnaissante à sa mère et à Quinn d'être venus

l'aider. Qu'aurait-elle fait sans eux ? De toute façon, Quinn avait toujours essayé de faire ce qu'il fallait. C'était le genre d'homme qui prenait ses responsabilités au sérieux.

Parfois, elle se demandait pourquoi elle n'avait pas pu être heureuse avec lui, pourquoi il avait fallu qu'elle cherche toujours à s'amuser. Qu'avait-elle donc pour ne pas se satisfaire d'un homme qui n'était pas seulement beau, mais aussi intelligent et gentil — un homme bien ?

Bien, mais souvent absent.

Elle s'était sentie délaissée et s'était lancée dans des aventures extraconjugales. Ecrasée sous le poids des responsabilités maternelles, elle avait eu l'impression de perdre son identité. Quinn était toujours occupé, il faisait ses études, remplissait ses engagements de formation dans le cadre de l'armée, et subissait lui aussi une forte pression. Elle n'avait vu qu'une chose : il échappait au monde des bébés qui pleuraient au lieu de dormir et avaient sans cesse besoin d'être changés et nourris. Maintenant, elle savait qu'elle avait eu des attentes déraisonnables envers Quinn. Il avait terminé ses études tout en assurant un toit à sa famille. Beaucoup d'autres hommes n'auraient jamais endossé cette lourde responsabilité.

Comme il n'avait même pas remarqué sa première aventure, elle s'était lancée dans une autre, puis dans une autre encore, consciente de jouer avec le feu mais incapable de s'arrêter. Elle avait pris de plus en plus de risques, impatiente qu'il comprenne ce qui se passait. Il la supplierait d'arrêter, il lui dirait qu'il l'aimait et que ses infidélités lui brisaient le cœur…

Mais ces mots-là n'étaient jamais venus.

Il avait mis du temps à découvrir la vérité. Ils vivaient alors dans une résidence de l'armée où il n'y avait pas beaucoup d'intimité, les gens voyaient des choses, ils parlaient, et, finalement, quelqu'un avait mis Quinn au courant. Mais, même à ce moment-là, il ne lui avait pas déclaré son amour. Il lui avait seulement demandé ce qu'elle comptait faire. Il ne lui avait pas jeté au visage qu'il travaillait et étudiait de toutes ses forces pour subvenir à leurs besoins, et qu'elle n'avait trouvé que cela pour l'en remercier ! Il ne l'avait même pas accusée de se comporter comme une gamine ou comme une égoïste !… En fait, peut-être avait-il profité de ses frasques pour rompre ? De toute façon, leur relation aurait-elle duré si elle n'était pas tombée enceinte ?

Le bruit du sèche-cheveux interrompit quelques instants ses pensées — elle avait de plus en plus de difficultés à se concentrer.

Puis la question revint — la question qui l'avait taraudée d'innombrables fois, sans qu'elle puisse y répondre : avait-elle détruit leur mariage, ou aurait-il pris fin de toute manière ?

La seconde hypothèse était probablement la bonne. Ils étaient jeunes. Trop jeunes. Et naïfs. Leur relation n'aurait probablement pas tenu, mais elle n'en aurait jamais la certitude.

En tout cas, elle s'était comportée de manière consternante. Et après le traitement qu'elle avait infligé à Quinn, il était là, à ses côtés, lui apportant aide et soutien ! Même s'il ne lui offrait pas son amour, il lui donnait plus qu'elle ne méritait.

Mais c'était pour les filles qu'il le faisait.

Il n'avait pas toujours été là pour elles. Maintenant, c'était le cas, et elle devait le préparer à ce qui allait arriver. Elle devait préparer tout le monde. Ce serait son dernier cadeau, une tentative de réparer les torts qu'elle avait causés à Quinn. Un moyen de faire amende honorable.

Les gloussements des filles remplacèrent le vrombissement agaçant du sèche-cheveux. Elles entrèrent en sautillant dans la chambre, en pyjama rose, les joues encore rougies par la chaleur du bain. Elles étaient si mignonnes, avec les cheveux du même blond qu'elle, et les yeux bleu vif de Quinn ! Elle se sentit aussitôt rassérénée. Quinn et elle avaient peut-être fait une erreur mais elle n'avait aucun regret. Ces deux petites filles superbes, qu'elle adorait, en étaient nées. Beth et Eliza étaient la plus belle chose qui lui soit arrivée, et, maintenant, il fallait qu'elle fasse de son mieux pour elles.

— Qu'y a-t-il de si drôle ? demanda-t-elle.

— Mamie a appris à Papa à nous laver les cheveux, répondit Beth.

— Il s'en est bien sorti ?

— Non ! Il n'a pas mis assez de shampoing, répondit Beth.

— Il dit que lui, il en met juste un peu parce qu'il a les cheveux très courts, renchérit Eliza.

— Vous avez de jolis cheveux, mes anges.

Leurs cheveux brillants retombaient sur leurs épaules. Ceux d'Eliza étaient plus longs que ceux de Beth.

— Est-ce qu'il a enlevé tous les nœuds ?

— Mamie l'a fait.

— Tu peux nous les brosser, maman ?

— Bien sûr. Je vais commencer par toi, Liza.

Quinn passa la tête dans l'entrebâillement de la porte. Ses yeux bleus lui firent une fois de plus regretter d'avoir tout gâché entre eux.

— Ça va ? demanda-t-il.

— Oui, répondit-elle, brossant avec application les longues mèches blondes.

— Dans ce cas, je vais aller faire la vaisselle. Ensuite, je lirai une histoire aux filles, dit-il.

— Que fait ma mère ?

— Elle repasse les chemisiers des filles, pour l'école.

A eux deux, sa mère et Quinn faisaient tout ce qu'elle accomplissait seule avant. Certains jours, il lui était arrivé de rêver qu'elle avait quelqu'un avec qui partager ces tâches sans fin, mais elle regrettait désormais de ne plus avoir l'énergie et la force de concentration nécessaires pour faire le repassage ou la vaisselle.

Elle brossa les cheveux de ses filles tout en écoutant leur bavardage, heureuse d'être assise à les écouter — simplement, de faire partie de leurs vies.

Quinn les rejoignit quelques minutes plus tard.

— Qui est prêt pour une histoire ?

— Si ça ne te dérange pas, est-ce que tu pourrais la lire ici ? demanda Julieanne. Les petites peuvent s'allonger avec moi pour écouter.

Elle se sentait mélancolique et n'avait pas envie que les filles la quittent.

Quinn acquiesça de la tête. Dans un coin de la pièce se trouvait un vieux fauteuil à bascule. Il s'y installa, une jambe passée par-dessus l'accoudoir. Il n'avait pas du tout l'air à sa place dans cette chambre mais Julieanne essaya de passer outre. Elle avait refait récemment la décoration, qui était très féminine, avec beaucoup de touches de rose, sa couleur préférée. Quinn était beaucoup trop viril, trop imposant, pour ce fauteuil délicat et ces étoffes raffinées !

Quand il commença à lire, elle ferma les yeux. Elle avait une jumelle de chaque côté, leurs corps chauds étaient blottis contre le sien, et elle respirait le parfum de pomme de leur shampoing.

— On peut dormir ici avec Maman ? demanda Beth quand Quinn termina le deuxième chapitre.

— S'il te plaît, papa. Tu peux dormir sur le canapé, dit Liza.

Les filles n'avaient jamais vraiment remarqué que leurs parents étaient divorcés, ce qui stupéfiait Julieanne. Quinn avait passé si peu de temps dans son pays depuis deux ans qu'elles étaient davantage habituées à son absence qu'à sa présence. Alors divorcé ou absent, cela ne faisait pas de différence. Et comme il se couchait après elles et se levait avant, les jumelles ne remarquaient pas qu'il dormait dans le bureau.

Il acquiesça d'un signe de tête. Prenant la couverture en cachemire qui recouvrait le dossier du fauteuil à bascule, il l'étendit sur les filles et Julieanne.

— Mais je vous porterai dans vos lits tout à l'heure pour que vous ne dérangiez pas votre maman en remuant !

Quand il revint, un moment plus tard, et qu'il repoussa la couverture, Julieanne ouvrit les yeux et le regarda soulever Eliza. La petite fille enfouit son visage dans l'épaule de son père, et il déposa un baiser sur son front. C'était la plus affectueuse des deux filles, celle qui avait le plus besoin de gestes de tendresse. Celle qui ressemblait le plus à sa mère. Beth tenait davantage de Quinn : même détermination, même fermeté dans ses convictions. Une fois qu'elle avait pris une décision, elle changeait rarement d'avis. Elle était loyale mais n'avait pas besoin d'être sans cesse rassurée, et était davantage capable de réconforter les autres.

Pourtant Julieanne espéra que, le moment venu, quand les filles l'auraient perdue, Beth serait soutenue. Elle en aurait besoin car, malgré sa nature indépendante, elle n'avait que neuf ans. Eliza réclamerait réconfort et amour, mais cela n'était pas dans la nature de Beth. Il faudrait sans faute recommander à Quinn de veiller particulièrement sur elle.

Il revint chercher Beth, la prit dans ses bras et l'embrassa aussi sur le front.

Il adorait ses filles. Julieanne le savait. Tous les trois, ils s'en sortiraient. Quinn doutait de ses capacités de parent, mais c'était un bon père.

Elle aurait aimé qu'il reste près d'elle jusqu'à ce qu'elle se rendorme, sans qu'elle ait besoin de le demander. Elle aurait voulu qu'il le lui propose de lui-même. Mais leur heure était passée depuis longtemps.

Si seulement les choses avaient pu être différentes…

Pas encore endormie, Julieanne entendit vaguement des pas feutrés sur le parquet de sa chambre.

— Jul ? Tu ne dors pas encore ? demanda doucement la voix de Quinn.

Un instant, elle crut rêver, puis elle ouvrit les yeux.

— Excuse-moi, dit-il, s'asseyant au bord du lit, mais je voulais te parler de ton rendez-vous aujourd'hui. J'ai lu le compte rendu. Comment te sens-tu ?

— Déçue, et révoltée, mais pas vraiment surprise. Je me

croyais prête à accepter mon sort, mais, chaque fois que je passe un scanner, j'ai l'espoir d'une bonne nouvelle… Ça ne va pas arriver, hein ?

Des larmes lui montèrent aux yeux, et cela l'agaça. Elle ne cherchait pas la sympathie de Quinn — il en faisait déjà assez — mais cela ne l'empêchait pas d'espérer que quelque chose jouerait en sa faveur. Elle aurait voulu revenir au temps où elle pouvait sans problème se jeter dans ses bras, où il connaissait les mots qu'elle aimait entendre, où il voulait être le seul à la rassurer. Mais cette époque-là était révolue.

Il lui prit la main. Son contact était réconfortant, mais elle en aurait voulu davantage.

— Est-ce que le spécialiste avait d'autres options de traitements ?

— Non. Il a fait le maximum, et il a commencé de parler d'une prise en charge à l'hôpital. Je ne suis pas prête à l'envisager. Pas encore. J'ai besoin d'avoir des projets, et cela n'en fait pas partie.

— Quels sont-ils ?

— Les filles veulent organiser une fête d'anniversaire pour toi. Je veux les aider.

— Je n'ai pas besoin d'une fête.

— Je sais, mais elles y tiennent. Ça m'ennuie de te demander ça, mais ce serait amusant pour elles. Nous devons faire en sorte qu'elles gardent quelques souvenirs heureux de cette période. Leurs vies, et la tienne, ne doivent pas s'arrêter à cause de moi. S'il te plaît, laisse-nous faire ça pour toi.

— Qu'est-ce que tu as prévu exactement ?

— Rien pour l'instant. C'est ton anniversaire, alors tu auras ton mot à dire.

— Où penses-tu organiser cela ?

— Ici.

Il secoua la tête.

— Non. Tu n'es pas assez en forme.

— Je ne suis pas assez bien pour sortir, mais j'aimerais te voir souffler tes bougies.

— Est-ce que je pourrais y réfléchir ?

— Tu vas téléphoner au spécialiste pour savoir si je peux envisager cela ? Ecoute, ce sera une *petite* fête. Quelque chose de facilement gérable. Les filles seront ravies. J'organiserai tout et ma mère donnera un coup de main. Si c'est simple, ça ne me dérange pas de lui demander ce service. Toi, tu n'auras qu'à nous dire qui tu aimerais inviter.

— Je n'ai personne à inviter.

— Des gens du travail peut-être ?

— Pourquoi auraient-ils envie de venir à une fête pour moi ?

— Et pourquoi pas ? En plus, je suis sûre qu'ils viendraient si les filles les invitaient. Elles peuvent se montrer très persuasives.

Il sourit.

— Je sais. Je suis d'accord pour que les filles fassent un gâteau. Nous fêterons cela en famille.

— O.K., répondit Julieanne, feignant de céder.

C'était un bon début. Les filles parviendraient à le convaincre. Une fête leur ferait le plus grand bien à tous, ce serait enfin une perspective sympathique.

— Merci.

— Maintenant, il faut que tu dormes.

Il se leva, s'inclina, et déposa un baiser sur le front de Julieanne. Elle ferma les yeux. Evidemment, ce baiser était plus un geste machinal qu'autre chose, mais elle avait besoin du réconfort que pouvait apporter le contact physique.

Quinn avait-il quelqu'un dans sa vie pour le réconforter ? Il faudrait qu'elle pensc à lc lui demander le lendemain, résolut-elle en sombrant dans le sommeil.

Quinn parvint pendant plusieurs jours à éviter le sujet de son anniversaire. Il y avait des choses beaucoup plus importantes à régler, et il n'avait aucune envie de faire la fête. Il comprenait bien le point de vue de Julieanne, mais comment pourraient-ils organiser une fête, même modeste ? Il se battait avec les tâches domestiques, il jonglait en permanence, et le rôle de parent n'avait encore rien pour lui d'une seconde nature — loin de là.

Le travail était sa seule bouée de sauvetage, l'endroit où il contrôlait encore la situation, et où il se sentait compétent. C'était reposant, d'une certaine façon. Dans le cadre professionnel, il s'occupait sans relâche des problèmes des autres, ce qui ne lui laissait pas le temps de penser aux siens. A la maison, il ne s'en serait pas sorti sans l'aide d'Helen. Tout semblait prendre deux fois plus de temps que la normale, et, sans aide, il ne serait pas arrivé à nourrir les filles ni à gérer leur emploi du temps, leurs déplacements. Dès qu'Helen était occupée ailleurs, tout partait immédiatement à vau-l'eau.

Il raccrocha le téléphone et se frotta pensivement la tempe. Comment régler le problème qui venait de surgir ? Il ferma les yeux avec un soupir las.

— Tout va bien ?

La voix douce et sensuelle d'Ali interrompit le cours de ses pensées. Ouvrant les yeux, il la découvrit sur le seuil.

— Oui, ça va. Rien de très important. Il faut juste que je m'adapte.

— Est-ce que je peux faire quelque chose ?

Elle lui avait déjà proposé son aide mais il ne l'avait pas encore acceptée, pour laisser entendre qu'il maîtrisait la situation.

— Non. Merci. Julieanne et Helen ont été retenues en ville. La radiothérapie de Julieanne prend plus de temps que prévu, je dois simplement prévoir quelque chose pour les filles après l'école. Aujourd'hui, j'ai beaucoup de rendez-vous et c'était Helen qui devait prendre les petites à l'école.

— J'ai commencé à 7 heures ce matin, je finis à 16 heures,

dit Ali. Si vous voulez, je peux recevoir vos malades et vous pourrez ramener vos filles à la maison.

— Merci, mais ce serait ennuyeux pour les patients. Certains viennent pour un suivi, et ils sont déjà obligés de me consulter au lieu de votre mère.

Il avait postulé pour cette place avec l'idée qu'il se débrouillerait pour être à la fois père, soignant et employé, il ne voulait pas donner l'impression qu'il était submergé.

— Alors qu'allez-vous faire ?

— Julieanne m'a donné les numéros de deux mamans de l'école qui sont disposées à ramener les filles à la maison.

— C'est donc réglé ? fit-elle, visiblement sceptique.

— Mm.

— Qu'est-ce qui ne va pas ?

— Je n'aime pas me sentir redevable.

— Ecoutez, vous n'êtes pas obligé de tout assumer seul. Les gens proposent leur aide, c'est un geste d'amitié bien naturel. La seule chose qu'on puisse faire pour Julieanne, c'est l'aider à s'occuper de ses enfants. Ses amies seront contentes si vous les autorisez à le faire.

— Cela, je le comprends, mais je devrais être capable de me débrouiller tout seul. Et, en plus, je n'aime pas confier mes filles à des gens que je ne connais pas. J'ai l'impression que je les abandonne.

— Pourquoi ne pas les amener ici, alors ? Elles joueraient dans le jardin et vous pourriez garder un œil sur elles ! Dans le vieux chêne, il y a une balançoire que j'utilisais quand j'étais petite. D'ici, vous la voyez.

Elle traversa la pièce et vint vers lui. Se penchant au-dessus du bureau, elle pointa l'index en direction de la fenêtre, et il se retrouva enveloppé de son parfum de gardénia. Il se rappela son enfance — une période de sa vie qui n'était pas forcément plus heureuse, mais plus calme. Si seulement il avait pu oublier le présent pendant un moment…

— Elles seraient à la fois occupées, et en sécurité, dit-elle, le ramenant à ses responsabilités.

Il trouva l'idée excellente, jusqu'à ce que les filles arrivent, fatiguées, affamées, et maussades. Et il fallait qu'il reprenne ses consultations ! A ce rythme, il allait devoir travailler jusqu'à minuit, et les filles seraient dix fois plus grognons encore !

Ali apparut sur le seuil de la cuisine du cabinet médical, une moue penaude sur son beau visage.

— Je me demande si mon idée était bonne…

— Bonne, elle l'était, mais moi, mauvais père, j'ai oublié de prévoir un goûter.

— Cela, je peux y remédier.

Elle tira une chaise et s'assit à la table de la cuisine qui servait aussi de salle du personnel.

— Bonjour, Beth. Bonjour, Eliza. Je suis Ali, un des médecins qui travaillent ici. J'ai terminé mon travail de la journée. Si je vous emmenais toutes les deux à la boulangerie ? Vous pourriez choisir quelque chose pour le goûter.

Il fut impressionné. Non seulement elle se souvenait des noms de ses filles, mais en plus, elle attribuait les prénoms sans se tromper !

— Comment vous savez qui est qui ? demanda Beth.

— Votre papa parle tout le temps de vous quand il n'est pas pris par ses malades, et il m'a raconté le jour où tu as demandé à Eliza de te couper les cheveux. Il a beaucoup de travail, nous devrions le laisser finir et aller chercher quelque chose à grignoter.

Ali laissa les filles installer leur goûter sur la table du jardin, près du chêne. L'hiver cédait enfin la place au printemps et il faisait assez doux pour rester dehors. Les premières jonquilles fleurissaient dans les parterres et les filles en avaient cueilli quelques-unes qu'elles avaient mises dans un vieux vase pour décorer la table. Tout le reste était dans différentes nuances de rose — doughnuts roses, biscuits au glaçage rose, et verres de lait-fraise. Le rose, déclarèrent-elles, était leur couleur préférée.

Quand Quinn eut terminé ses consultations, les filles avaient mangé et s'essayaient avec plaisir à la balançoire. Il les rejoignit dans le jardin. Ali prépara deux tasses de thé, et persuada Quinn de s'asseoir pour le boire et laisser les filles jouer encore un moment.

— Cette balançoire a l'air en bon état. Elle est vraiment là depuis votre enfance ? demanda-t-il.

— Qu'est-ce que vous suggérez ? Qu'elle est vieille, ou que *je* suis vieille ?

Elle plaisantait, heureuse de le voir détendu à présent. Puis elle enchaîna :

— Il y a quelques jours, j'ai demandé à George, notre jardinier, de remplacer les cordes, et il a décapé et verni le siège. Je me suis dit que la balançoire pourrait bien servir à brève échéance.

— Vous avez fait ça pour les filles ?

Elle l'avait fait pour lui.

— Je vous l'ai dit, les gens veulent aider. S'il y a des jeux pour occuper les filles ici après l'école, cela facilitera peut-être les choses pour vous tous. George a proposé de replanter le vieux carré de légumes avec elles si ça les intéresse.

— Vous avez passé beaucoup de temps dans ce jardin, quand vous étiez enfant ?

— Oui. C'était notre maison de famille. Maman a commencé à consulter ici à temps partiel quand j'avais deux ans et, adolescente, je travaillais ici pendant les vacances scolaires. Je remplaçais les secrétaires en congé, je mettais les fiches à jour…

— C'est cela qui vous a incitée à devenir médecin ?

— Probablement. En fait, je n'ai rien connu d'autre. Ma mère et mon père sont tous les deux médecins, comme mon frère aîné.

— Où travaillent-ils ?

— Mon père est neurologue en ville. Tomas, lui, vit à Melbourne, il se spécialise en orthopédie.

— Avez-vous envisagé une seule fois de ne *pas* devenir médecin ? demanda-t-il en souriant.

En réaction à ce sourire, le cœur d'Ali bondit dans sa poitrine.

— Non.

— C'était ce qu'on attendait de vous ?

— Non, mais on m'a encouragée. Et j'adore la médecine.

Même si, depuis quelque temps, l'excitation du début s'était atténuée, elle adorait toujours cela, ce qui était une chance. Le métier de généraliste l'avait toujours satisfaite. Elle aimait connaître ses patients et faire partie de leurs vies. A vingt-six ans, elle savait que, sans son métier, elle aurait été très malheureuse. Il fallait qu'elle s'y accroche, car c'était tout ce qu'elle avait.

— Je suis très heureux que vous soyez devenue médecin.

— Ah bon ?

— Parce que autrement, je ne vous aurais pas rencontrée.

Les jumelles quittèrent la balançoire et coururent vers la table, ne laissant pas à Ali le temps de répondre.

— Papa, on pense que, pour ton anniversaire, on devrait organiser une fête l'après-midi, dit Beth.

Eliza s'adressa à Ali.

— C'est dimanche. Vous voulez venir ?

— On mangera du gâteau, ajouta Beth.

— C'est votre anniversaire, Quinn ? demanda Ali.

Il acquiesça et se tourna vers ses filles.

— Mais je croyais qu'il ne devait y avoir que la famille !

Beth lui décocha un regard de reproche.

— Cinq personnes, ce n'est pas une fête !

— Pour votre maman, cela suffirait.

— Mais on devrait faire un goûter, comme on l'a fait avec Ali aujourd'hui. Comme ça, tu n'auras pas besoin de faire la cuisine, dit Eliza.

— Papa fait très mal la cuisine, précisa sa sœur en aparté pour Ali.

— Dans ce cas, nous pourrions acheter de jolies choses roses à manger à la boulangerie, répondit Ali.

— Et un gâteau, fit Quinn.

— Vous ne savez pas faire la cuisine, Quinn ?

— Si, je sais.

— Les barbecues, oui, ça va, dit Beth.

— Vous avez révélé assez de mes secrets pour une journée, vous deux. Encore cinq minutes de balançoire, et nous rentrons à la maison.

Les filles prirent un autre biscuit et retournèrent en courant à la balançoire.

— Qui fait la cuisine, si ce n'est pas vous ? demanda Ali.

— Helen — ma belle-mère. Mais je ne suis pas totalement inutile. Beth avait raison, je sais faire les barbecues, et la vaisselle. Et les amies de Julieanne, les mères de l'école, ont organisé un roulement : deux fois par semaine, l'une d'elles dépose un repas à la maison. C'est très généreux de leur part, mais je me sens un peu coupable. Je sais que les filles veulent fêter mon anniversaire, mais je ne peux pas demander aux amies de Julieanne de me faire un gâteau. De toute façon, je ne suis pas sûr qu'elle soit en état de participer à une fête.

— Qu'est-ce qu'elle en pense ?

— La même chose que les filles, que ce serait bien de fêter un événement heureux.

Elle eut un sourire.

— Donc, vous êtes le seul à émettre des réserves.

Il leva les yeux au ciel.

— Dire qu'avant, je déplorais le manque de femmes dans l'armée ! J'ai oublié à quel point vous êtes fortes, toutes, pour obtenir ce que vous voulez.

— Ce n'est pas ce que je veux. C'est ce que vos filles veulent. Mais est-ce que cela signifie que vous le ferez ?

— Je n'ai personne à inviter.

— Invitez-nous.

— « Nous » ?

— Les gens du cabinet médical. Julieanne pourra rencontrer tout le monde, et elle ne s'inquiétera pas quand les filles viendront ici après l'école. Et ces mères qui aident pour les repas ? Ce sont les mêmes qui prennent les filles à la sortie de l'école ?

— Oui.

— Pourquoi ne les invitez-vous pas, elles aussi ? Julieanne aimerait peut-être les voir, et je parie qu'elles proposeront d'apporter de quoi manger. Nous apporterons toutes quelque chose, et vous ne courrez aucun risque de nous empoisonner.

Elle avait voulu se rendre utile en faisant cette suggestion, mais avait-elle vraiment envie de fréquenter Quinn et ses filles ? Ne compliquait-elle pas les choses pour elle ?

Avait-elle raison de s'impliquer dans leurs vies ?

4.

Ali

Finalement, quand Quinn accepta d'organiser la fête, Ali ne put résister à la tentation. Décliner l'invitation n'aurait pas été poli ! Evidemment, cela n'avait rien à voir avec la curiosité, et encore moins avec l'envie de faire la connaissance de Julieanne. Elle se rendrait à la fête *uniquement* pour aider.

Habituée à être en avance, elle fut la première arrivée. Elle attendit dehors jusqu'à ce que sa montre lui indique 15 heures précises, mais, quand Quinn ouvrit la porte un ballon à demi gonflé dans la main, il fut évident qu'il n'était pas tout à fait prêt à recevoir les invités.

— Je suis vraiment confuse, dit-elle. C'est encore trop tôt, on dirait ? Je vous ai dit que j'avais cette mauvaise habitude.

— Non, c'est parfait, les muscles de mes joues commencent à me faire mal. Vous pourriez prendre le relais pour le gonflage des ballons pendant que j'en attacherai quelques-uns à la haie, devant la maison.

Il affichait un large sourire et elle sentit une douce chaleur l'envahir. Il avait l'air content de la voir.

Elle posa son panier au sol et prit un des ballons des mains de Quinn. Leurs doigts se mêlèrent, et elle sentit une étrange chaleur se loger dans son ventre. Il la fixait et, comme par magie, une bulle se forma autour d'eux, où plus rien n'existait à part eux deux.

Elle n'aurait pu dire combien de temps ils restèrent là, debout et silencieux, mais cela dura assez longtemps pour que le manque d'oxygène lui fasse tourner la tête. Elle fut la première à détourner les yeux. A ce moment-là seulement, elle pensa à respirer de nouveau.

Elle regarda distraitement le ballon pincé entre son pouce et son index. Quinn, lui, tenait toujours une poignée de ballons neufs, et tous roses.

— Il y avait un prix sur les ballons roses ? demanda-t-elle. Ça ne fait pas très viril.

Amusé, il eut un haussement d'épaules.

— Je vis dans une maison pleine de femmes, et…

L'arrivée des jumelles l'interrompit.

— Tu as fini, papa ? demanda Beth.

— Tout fini.

— Bonjour, Ali, dit Eliza. Qu'est-ce qu'il y a dans le panier ?

— Bonjour, les filles.

Ali sortit du panier un saladier couvert et le tendit à Eliza. Il contenait des douzaines de sphères roses.

— J'ai fait des burfis à la noix de coco.

— Ils sont roses ! s'exclama Beth.

— Qu'est-ce que c'est ? demanda Eliza.

— Des bonbons indiens. C'est délicieux. On peut en faire de toutes sortes. Parfois, j'en fais au chocolat, mais j'ai pensé que du rose serait plus approprié. Je ne connais pas la couleur préférée de votre papa, alors j'ai choisi la vôtre.

Les filles rentrèrent dans la maison en emportant le saladier, les laissant de nouveau seuls. Ali fouilla dans son panier et en sortit un cadeau.

— C'est pour vous.

Elle lui tendit le paquet. Quand leurs regards se croisèrent, elle décida que la couleur préférée de Quinn devrait être le bleu, assorti à ses yeux.

Son cadeau était un choix de plantes aromatiques en pot, piment vert, coriandre et menthe. Une enveloppe était posée au milieu des plantes.

— Ouvrez-la, dit-elle.

Il déchira l'enveloppe du pouce et en sortit une feuille de papier.

— Des cours de cuisine ?

— Nous parlions des gens qui veulent se sentir utiles. Je propose de vous apprendre à cuisiner — juste des plats simples que vous pourriez préparer avec les filles.

— Au barbecue ? demanda-t-il, plein d'espoir.

— Peut-être ! répondit-elle, s'esclaffant.

— C'est une superbe idée. J'adore ça, merci.

Il lui sourit et, subjuguée, elle retint de nouveau son souffle.

Cette fois, ce fut l'arrivée des filles du cabinet médical qui rompit le charme. La première pensée d'Ali, quand Tracey et Deb apparurent, fut la déception de ne plus avoir Quinn pour elle seule, mais quand elles entrèrent toutes les trois dans la maison, sa déception se transforma en soulagement. Mieux valait rencontrer Julieanne avec d'autres. Si l'ex-femme de Quinn devinait ce qu'elle éprouvait pour celui-ci, ce serait très embarrassant !

Un poêle réchauffait la pièce décorée de guirlandes de ballons. Au centre de la table poussée contre un mur, trônait un gâteau au chocolat décoré d'éclats de caramel. Ali eut un sourire. C'était peut-être le seul aliment qui n'était pas rose.

Quinn fit les présentations. Julieanne était installée sur un canapé, et elle ne ressemblait pas à ce qu'Ali avait imaginé. Elle était blonde, ce qui n'était pas inattendu étant donné le teint des jumelles, mais petite. Ali avait imaginé quelqu'un d'un peu plus robuste, qui irait bien avec Quinn, sinon par la taille, du moins par l'énergie… Mais soudain, Julieanne sourit, révélant sa force de caractère, et le moral d'Ali descendit en flèche. Si Julieanne était le type de Quinn, il n'y avait guère d'espoir pour elle-même ! Grande, toute en courbes, brune et métisse, elle était pratiquement à l'opposé de cette Américaine typique.

Les jumelles étaient assises sur le canapé de part et d'autre de leur père, et Ali éprouva un pincement d'envie. C'était bizarre d'être jalouse d'une femme malade au stade terminal, mais elle ne pouvait pas s'en empêcher. Elle rêvait d'avoir ce qu'avait Julieanne : des enfants. Même si son mariage n'avait pas duré, elle était mère, et personne ne pouvait le lui enlever. Pour Ali, tous les rêves de maternité avaient volé en éclats. Si elle avait la chance d'avoir une famille un jour, ce serait au prix d'un long et difficile processus. Il lui faudrait trouver quelqu'un qui l'accompagnerait sur cette longue route, car elle ne pourrait pas s'y engager seule.

Elle chercha Quinn du regard. Il accueillait d'autres invitées — les mamans de l'école, probablement. Toutes les femmes présentes avaient connu la maternité, sauf elle, et cette constatation la glaça comme un deuil. Elle avait cru s'être résignée, mais, de toute évidence, elle n'avait fait que mettre le problème entre parenthèses.

Elle sourit, bavarda, et feignit de s'amuser, mais au prix d'un véritable combat intérieur. Seul Quinn la retenait de s'enfuir. Elle se réfugia dans la cuisine en proposant de préparer du thé, mais son répit fut de courte durée.

— Je vais vous remplacer, dit Tracey, entrant dans la pièce. Julieanne voudrait vous parler.

Lui parler ? De quoi ? Elle n'en avait aucune idée, mais ne pouvait guère refuser. Elle regagna donc le salon et s'assit sur un canapé en face de l'ex-épouse de Quinn.

— Je voulais vous remercier d'avoir donné un travail à Quinn, dit Julieanne.

— C'est ma mère qui l'a fait, mais tout le monde est gagnant, il me semble. Quinn est un médecin très compétent.

Ouf. Elle avait réussi à rester sur un terrain strictement professionnel.

— Vous l'aimez, n'est-ce pas.

C'était une affirmation plus qu'une question.

— Je…

Que dire dans ce genre de situation ?

— Tout va bien, reprit Julieanne, rassurante. J'ai vu comment vous le regardez. C'est un homme très attirant, et il va bientôt avoir besoin d'aide — plus qu'il ne le pense. J'espère que je ne me trompe pas sur vous, mais vos sentiments travailleront peut-être en ma faveur.

— Je ne suis pas sûre de bien comprendre.

— Quinn va avoir besoin d'un travail à temps complet. Serait-il envisageable qu'il reste dans votre cabinet médical ?

— Je le pense…

Cette perspective plaisait à Ali et elle savait que sa mère l'espérait également, mais la décision ne lui revenait pas.

— Et l'armée ?

— Son contrat de service arrive à échéance à la fin de l'année, ce qui signifie qu'il pourra quitter l'armée. Il essaie de décider ce qu'il va faire. Moi, je ne veux pas qu'il continue : ce n'est pas bien pour les filles, et il devra les élever seul. Je voudrais qu'il reste ici. Il aura besoin de ma mère et vice versa. Aucun d'eux ne pourra assumer la tâche seul quand je serai…

Elle n'avait pas besoin de terminer sa phrase.

— Je vais voir ce que je peux faire, répondit Ali.

Que pouvait-elle dire d'autre ?

Au grand soulagement d'Ali, Eliza et Beth rassemblèrent les invitées pour chanter « Joyeux anniversaire » à Quinn, ce qui mit un terme à la conversation. Les filles entraînèrent Julieanne vers le bout de la table pour qu'elle s'y tienne près de leur père. Eprouvant le besoin de prendre ses distances, Ali se plaça à l'autre bout de la table. Malheureusement, cela la mit dans la position idéale pour jouer les photographes. Sur l'insistance des filles, elle prit plusieurs photos de Quinn, de ses enfants et de son ex-femme. Observant la famille Daniels à travers l'objectif, elle sentit la tristesse l'envahir. Elle prit plusieurs portraits de famille parfaits, puis une dernière photo de Quinn quand il souffla les bougies avant de découper le gâteau.

Les jumelles firent passer des assiettes aux invitées. Le gâteau avait l'air délicieux, mais Ali n'y prêta aucune attention. Elle voulait rentrer. Même si elle savait que Quinn avait organisé cette fête pour les filles, elle ne pouvait plus supporter ce moment heureux en famille.

Par chance, tout le monde remarqua que Julieanne fatiguait vite, et, quand elle s'excusa pour aller s'allonger, les invitées commencèrent à partir. Ali proposa d'aider Quinn à faire le ménage, mais Helen les chassa de la cuisine.

— C'est l'anniversaire de Quinn, je ferai la vaisselle. Quinn, tu peux raccompagner Ali à sa voiture.

— Je suis venue à pied, ce n'est qu'à quelques rues d'ici, répondit Ali, prenant son panier et son manteau rouge.

— Dans ce cas, je vous raccompagne, dit Quinn. J'ai besoin d'exercice après tout ce sucre… et d'air frais après toutes ces femmes.

— Vous étiez en minorité, c'est vrai !

Ali pouffa, heureuse de l'avoir pour elle seule pendant un court trajet.

Il l'aida à enfiler son manteau. En dégageant ses longs cheveux du col, il lui effleura la nuque, et elle se sentit littéralement fondre. Par chance, il ouvrit la porte d'entrée. Le soleil était bas et la température chutait rapidement. L'air froid calma miraculeusement son pouls affolé et ses joues brûlantes.

Ils tournèrent à l'angle de la rue principale de Stirling. Les réverbères étaient allumés et les vitrines illuminées, mais il n'y avait pratiquement plus personne sur les trottoirs. La plupart des gens étaient au chaud à l'intérieur. Seul le pub était rempli de gens qui dînaient, ou prenaient un verre.

— Vous savez ce que j'aimerais vraiment faire ? demanda Quinn. Que nous terminions ce verre que nous n'avons jamais réussi à boire ensemble.

— Maintenant ?

— Pourquoi pas ? C'est mon anniversaire, je devrais pouvoir le fêter à ma guise, vous ne croyez pas ?

Il sourit, et sous son intense regard bleu, Ali rougit de nouveau.

— Est-ce que vous voulez bien vous joindre à moi ?

Il lui proposa son bras avec un regard qui la mettait presque au défi d'accepter.

Elle prit aussitôt le bras qu'il lui offrait.

— Avec plaisir.

Il commanda un scotch pour lui, du vin rouge pour elle, et parvint à trouver une table un peu à l'écart. Dans la salle presque remplie, il faisait bon. Un feu brûlait dans la cheminée.

Elle ôta son manteau. Elle portait une robe rouge moulante assortie à son rouge à lèvres, et de longues bottes noires.

— Cette robe vous va à la perfection, dit-il.

Elle nota son regard approbateur et se félicita d'avoir ôté son manteau, car elle avait soudain beaucoup trop chaud. Peut-être aimait-il les femmes avec des courbes…

— Je la portais déjà tout à l'heure ! fit-elle, taquine.

— Je sais. Ne pensez pas que je n'aie pas remarqué, mais je n'ai pas eu l'occasion de vous le dire.

Il se laissa aller dans son fauteuil.

— C'est exactement le souhait que j'ai fait quand j'ai coupé le gâteau : passer un moment avec vous, dit-il.

— C'est vrai ? demanda-t-elle, stupéfaite.

— Vous pensez sûrement que j'aurais dû souhaiter un miracle pour Julieanne, mais son état est désespéré. Si je dois ne faire qu'un vœu par an, j'aime autant qu'il ait une petite chance de se réaliser.

— Vous auriez dû vous montrer un peu plus ambitieux : il vous reste trois cent soixante-quatre jours avant que vous en obteniez un autre !

— Je suis un homme simple.

— C'est pour cette raison que vous êtes entré dans l'armée ?

Il rit de bon cœur et son rire résonna en elle, ajoutant à la bouffée de bonheur qu'elle éprouvait déjà.

— Non. La défense nationale offrait la meilleure solution à la situation difficile dans laquelle nous nous trouvions, Julieanne et moi. Quand nous avons découvert qu'elle était enceinte, j'ai fait une demande pour obtenir une bourse d'études. C'est le meilleur moyen que j'aie trouvé pour pouvoir terminer mes études et subvenir aux besoins d'une famille. Mais cela s'est révélé à la fois une chance et une malédiction.

— Comment ça ?

— Pendant mes dernières années d'études, j'assurais des semaines de quatre-vingts heures, vous savez ce que c'est, et, une fois diplômé, j'ai dû terminer ma formation militaire. Comme j'étais engagé, j'ai dû aller où on m'envoyait. J'ai effectué des missions de secours aux victimes de catastrophes en Australie, et occupé différents postes en Australie et à l'étranger, pendant que Julieanne, elle, restait à Brisbane.

— Comment s'est-elle finalement retrouvée ici ?

— Elle est d'Adelaïde. Nous nous sommes rencontrés quand j'étais en cinquième année de médecine à Brisbane. Julieanne était infirmière. Quand elle a obtenu son diplôme, elle a déménagé dans le Queensland pour changer de cadre de vie, pour s'amuser. Moi, j'étais un étudiant en médecine très sérieux et consciencieux, et Julieanne a mis un point d'honneur à me faire sortir. Elle était comme une étoile filante, vive et enjouée, je n'avais jamais rencontré personne comme elle avant. Je suppose que j'avais toujours évité ce genre de fille, conscient que je m'y brûlerais. Puis elle est tombée enceinte.

Il prit une gorgée de scotch et continua son récit.

— Julieanne n'avait jamais eu l'intention de s'installer à Brisbane, et une grossesse ne faisait absolument pas partie de ses projets. Après la naissance des bébés, elle a voulu rentrer chez ses parents, en Australie du Sud, mais j'ai refusé. J'étudiais encore, et j'étais engagé dans l'armée, alors elle est restée quelques années à Brisbane. Elle a essayé de maintenir la cohésion de notre famille, mais nous étions tous les deux épuisés et submergés par le fait d'être parents. Mentalement, nous n'étions pas préparés pour cela. Nous ne nous connaissions pas assez bien nous-mêmes, et à plus forte raison, nous ne nous connaissions pas bien l'un l'autre. Je ne pouvais pas lui accorder l'attention, la compagnie ou l'aide dont elle avait besoin, et elle se sentait seule. Ses parents et la plupart de ses amis se trouvaient à Adelaïde.

Il se passa la main dans les cheveux.

— Elle a cherché de la compagnie, et elle en a trouvé. Nous savions tous les deux que notre couple n'aurait pas duré longtemps si Julieanne n'était pas tombée enceinte. A part les filles, nous n'avions pas grand-chose en commun. Nous avons divorcé, elle est revenue ici, et nous essayons de faire au mieux. Mais parlez-moi plutôt de vous.

— Je n'ai rien vécu dans ce genre.

— J'ai du mal à le croire. Pas de fiançailles rompues, pas d'ex-maris, pas de petits amis jaloux ?

— Non. Deux ex-amis, mais c'est de l'histoire ancienne. Ma vie est incroyablement terne. C'en est même déprimant.

Et si elle lui disait que le rencontrer avait été la chose la plus excitante qui lui soit arrivée depuis longtemps, comment réagirait-il ?

— Je pourrais peut-être pimenter la chose.

— Je n'en doute pas, répondit-elle, amusée, en terminant son verre de vin.

Il consulta sa montre.

— J'aimerais bien vous offrir un autre verre, mais je dois rentrer. Est-ce que je pourrais vous inviter une autre fois ? Une vraie invitation — à dîner ?

Il l'invitait à sortir avec lui ! Elle était ravie.

Elle se leva et il l'aida à enfiler son manteau. Le cœur battant, elle fit de son mieux pour dissimuler son excitation.

— Avec plaisir. Mais êtes-vous sûr que vous avez le temps et l'énergie pour cela ?

— Vous me donnez de l'énergie.

Il lui prit la main et la garda pendant tout le reste du trajet.

— Tout m'use petit à petit, et parfois, j'ai peur de craquer. Mais quand je suis avec vous, j'ai l'impression que tout va s'arranger, dit-il quand ils s'arrêtèrent devant la porte d'entrée. Pourrions-nous fixer le rendez-vous au week-end prochain ?

— Bien volontiers.

De sa main libre, il repoussa une mèche de cheveux derrière l'oreille d'Ali, puis inclina la tête. Allait-il l'embrasser ?

Quand leurs lèvres se joignirent, elle ferma les yeux, et s'abandonna, accueillant son baiser avec ferveur. Il avait un goût de whisky. Les lèvres de Quinn étaient en même temps douces et fermes — et exigeantes, mais elle n'avait aucune objection à cela !

Elle se blottit contre lui, leurs corps s'épousèrent, et elle sentit contre son ventre l'excitation virile de Quinn. Elle glissa les mains derrière sa nuque aux cheveux très courts et incroyablement doux, et il approfondit son baiser.

Alors, elle perdit toute notion du temps, et quand il s'écarta, elle demeura pantelante et frustrée.

Il poussa un soupir et la regarda longuement, les yeux sombres sous le ciel nocturne.

— Il faut vraiment que je m'en aille. Je vous verrai au travail demain, mais n'oubliez pas : nous avons rendez-vous le week-end prochain.

Il n'y avait aucun risque qu'elle l'oublie !

5.

Ali

— Bonjour ! Entrez.

Ali ouvrit la porte. Beth, Eliza et Quinn se tenaient sur le seuil. Celui-ci attendit que les filles se soient éloignées en gambadant pour serrer Ali contre lui et l'embrasser avec une passion qui la bouleversa.

— Ça faisait une semaine que j'attendais ce moment, dit-il quand leurs lèvres se séparèrent.

— Moi aussi, répondit-elle, le cœur battant.

Il lui tendit un bouquet de lys magenta.

— Pour vous.

Elle prit un air étonné.

— Ça alors ! Des fleurs qui ne sont pas rose bonbon !

Quand elle saisit le bouquet, sa main tremblait. Elle avait attendu avec impatience cette visite de Quinn chez elle. Tant pis s'ils n'allaient avoir aucune intimité à deux…

— Je les ai choisies sans les filles. La couleur me rappelait celle de vos lèvres. C'est pour vous remercier de nous recevoir tous les trois…

Une semaine avait passé depuis l'anniversaire de Quinn. Ils s'étaient revus, mais au travail. Très occupés tous les deux, ils n'avaient pu échanger que des sourires et des regards pleins de désir inassouvi.

C'était donc leur premier véritable rendez-vous, mais Quinn avait téléphoné pour dire que ses filles seraient avec lui. Elle avait rapidement modifié ses plans : elle allait lui donner son premier cours de cuisine, les jumelles pourraient facilement se joindre à eux.

— … et pour m'excuser de gâcher notre premier rendez-vous, fit-il.

— Ne dites pas de bêtises, ça ne pose aucun problème.

Elle était déçue car elle avait prévu de l'avoir tout à elle, mais c'était mieux que rien, et elle réserva ses projets lascifs pour — espéra-t-elle — une autre fois.

— Comment va Julieanne ?

Parler avec Quinn de son ex-femme était bizarre, mais elle ne pouvait pas ignorer son existence, ni sa maladie…

— Pas bien. Je m'inquiète pour elle.

Julieanne était tombée deux fois au cours des jours précédents, Ali le savait. Son état se détériorait : à présent, la tumeur affectait même son équilibre.

— Voulez-vous laisser les filles avec moi et rentrer ?

— C'est tout le contraire. J'aimerais tant vous avoir rien que pour moi ! Mais Julieanne aspire à un peu de paix et de tranquillité ; elle a besoin de rester à la maison sans les filles pendant un moment. Helen est avec elle.

— C'est une bonne nouvelle pour moi, alors, dit Ali, s'écartant pour le laisser entrer.

Les filles avaient trouvé le chemin du séjour, à l'arrière de la maison, contigu à la grande cuisine moderne. Là, presque partout dans la pièce, étaient disposés des bibelots en forme d'éléphants.

Beth tenait un éléphant dont la tête était ornée d'une couverture rose.

— Tu adores les éléphants, Ali ? demanda-t-elle.

— Ils appartiennent à ma maman.

— Pourquoi ils sont chez toi alors ?

— Ici, c'est la maison de mes parents, répondit Ali, remplissant d'eau un vase pour y mettre le bouquet de Quinn.

— Ils sont où, tes parents ?

— Loin d'ici, en vacances.

Eliza prit un cadre dans une bibliothèque.

— C'est eux là ?

Beth posa l'index sur l'homme debout près d'Ali sur la photo.

— C'est ton mari, Ali ?

— Non, mon frère. Je n'ai pas de mari.

— Pourquoi ?

Quinn intervint.

— Les filles, arrêtez de poser toutes ces questions. Ali n'est pas obligée d'avoir un mari !

— Bien sûr que si ! répondit Beth. Tu ne veux pas avoir des enfants, Ali ?

— Même si on n'a pas de mari, on peut avoir des enfants, dit Eliza à sa sœur.

— Je le sais mais Maman dit que c'est plus facile si on a un mari.

Ce commentaire avait probablement blessé Quinn. Son mariage avait échoué, et cela pesait sur sa conscience, elle le savait. Serait-il disposé, un jour, à emprunter de nouveau cette voie ? Une fois de plus, elle se demanda si elle ne faisait pas une erreur en se rapprochant de lui, et de ses filles. Mais elle se sentait irrésistiblement attirée.

— Votre maman a peut-être raison, mais seulement si c'est le bon mari, dit-il, pensif, une ombre voilant ses yeux bleu vif.

— Le bon mari, c'est quoi ? demanda Eliza.

— Quelqu'un qui n'a pas peur des araignées, répondit Beth.

— Quelqu'un qui arrive à ouvrir les pots de confiture de fraise ! fit Eliza.

Et elles pouffèrent en même temps.

Leurs commentaires avaient amusé Ali et Quinn.

— Et peut-être, aussi, quelqu'un qui sait faire la cuisine, non ?

La suggestion d'Ali fit redoubler d'intensité les rires.

— Papa ne sait pas faire la cuisine ! dit Beth.

— Je crois que c'est justement pour ça que nous sommes

ici, fit-il, léger. Si Ali vous apprend à cuisiner, je n'aurai plus besoin d'apprendre.

— Vous allez *tous* m'aider, dit celle-ci.

— Comment ça ? demandèrent les jumelles.

— J'ai choisi des plats délicieux que j'aidais ma maman à préparer quand j'étais beaucoup plus jeune que vous. Ils sont si faciles que même votre papa y arrivera ! répondit-elle, provoquant un nouvel accès d'hilarité chez les jumelles.

Elle avait passé la matinée à décider ce qu'elle allait préparer, et à réunir les ingrédients. Il ne fallait pas que ce soit trop difficile, que cela effraie Quinn, ou que les filles ne veuillent pas le manger.

— Qu'est-ce qu'on va faire comme plat ?

— Des kebabs de poulet avec une sauce, et du naan — du pain indien —, répondit-elle. J'ai pensé que vous pourriez préparer le pain toutes les deux, et que votre père, lui, pourrait faire griller la viande au barbecue.

— Tu peux nous apprendre à faire ces bonbons que tu as apportés à la fête de Papa ?

— Des burfis ? Bien sûr, mais quand nous aurons préparé tout le reste, d'accord ?

Ali tendit un tablier à chacun et envoya tout ce petit monde se laver les mains. Ensuite, elle installa deux postes de travail, un pour les filles et un pour Quinn. Puis elle sortit les ingrédients du réfrigérateur et donna un paquet de cuisses de poulet et deux saladiers de marinade à Quinn. Enfin, elle mit une poignée de piques en bambou à tremper dans l'eau.

— Vous pouvez couper le poulet en dés, Quinn ? demanda-t-elle. Il faudrait des dés réguliers de trois centimètres de côté environ. Ensuite, vous allez enfiler les morceaux sur les brochettes, et les arroser de marinade avec une cuillère.

— Et si j'achetais des brochettes toutes prêtes ?

Elle secoua la tête, affectant un air désespéré.

— Celles-ci seront bien meilleures, et vous aurez la satisfaction d'avoir fait quelque chose vous-même.

Elle avait prévu de partager une bière avec lui pendant qu'il travaillerait, mais elle dut le laisser effectuer ses tâches pour aider les filles à préparer le naan.

— O.K. Il faut laisser reposer la pâte maintenant. Nous allons la déposer dans un endroit chaud où elle va gonfler. En attendant, je vais vous apprendre à préparer la sauce pour tremper les kebabs.

Elle recouvrit la pâte d'un torchon et déposa le tout sur le comptoir de la cuisine.

— Terminé ! dit Quinn en finissant d'arroser les brochettes avec la marinade.

— Bien. Maintenant, vous pouvez passer à la salade verte, dit-elle en couvrant le plat.

— Quoi ? Je comptais préparer le barbecue !

— Pas encore. La viande doit être mise un moment au réfrigérateur pour que les saveurs de la marinade imprègnent bien le poulet.

Elle plaça les plats dans le réfrigérateur et donna à Quinn tout le nécessaire pour confectionner la salade. S'installant au comptoir, elle supervisa la préparation tout en expliquant également aux filles comment confectionner un raïta de concombre.

Elle avait passé des heures à cet endroit, à regarder sa mère faire la cuisine, et à l'aider. Dans sa famille, cuisiner et partager les repas était un moyen d'exprimer son affection. Pour elle, ce qui se passait là était donc un moyen de montrer ses sentiments. Un instant, elle imagina avoir un mari et des enfants. C'était impossible — elle le savait, mais cela ne suffisait pas à tuer le rêve…

La voix de Quinn interrompit ses pensées.

— Est-ce que c'est présentable ?

Elle inspecta la salade.

— Pas mal. Maintenant, vous pouvez passer au barbecue.

Elle lui fournit les ustensiles dont il avait besoin, lui montra où se trouvaient la terrasse et le coin barbecue, et rentra pour montrer aux jumelles comment rouler le pain indien — une tâche simple qu'elles pouvaient réussir sans supervision.

Elle ressortit donc rejoindre Quinn sur la terrasse avec deux bières glacées. Il faisait griller les premières brochettes, et les parfums épicés du tandoori flottaient déjà dans l'air.

— Ça va ? demanda-t-elle tandis qu'il prenait une grande gorgée de bière. Les commentaires des filles ne vous ont pas démoralisé ?

— Sur ce qu'il faut pour être un bon mari ?

Sirotant sa boisson, elle acquiesça d'un signe de tête.

— Je ne crois pas que cela m'était destiné, mais je dois reconnaître que je n'étais pas un très bon mari.

Il eut un haussement d'épaules avant de poursuivre.

— Mais Julieanne n'était pas une épouse formidable. Nous ne formions pas un couple idéal, et nous n'étions probablement pas faits pour nous marier. D'ailleurs, sans la grossesse, nous ne l'aurions pas fait. Nous pensions, ou en tout cas je pensais, faire ce qu'il fallait, mais c'était une erreur — le mariage, pas la grossesse ! Ces naissances n'étaient pas prévues, mais cela, nous ne l'avons jamais dit aux filles. Je ne voulais pas qu'elles grandissent en pensant qu'elles n'avaient pas été désirées, c'est horrible pour des enfants… J'ai tenu à ce que nous nous mariions parce que, depuis ma petite enfance, mon père m'avait transmis le sens du devoir. Il a épousé ma mère parce qu'elle était enceinte et il n'a jamais caché qu'il l'avait épousée par devoir, alors qu'il n'avait jamais prévu d'avoir des enfants. Moi, j'ai passé ma vie à essayer d'être un fils parfait pour me racheter d'avoir gâché sa vie. Ensuite, quand Julieanne est tombée enceinte, je me suis retrouvé piégé par le devoir, exactement de la même façon que mon père avant moi ! Jusqu'alors, j'avais passé mon temps à essayer de me couler dans le moule du fils parfait, le garçon qu'un père pourrait aimer et dont il pourrait être fier. En fin de compte, j'ai commis les mêmes erreurs que lui.

— Mais il doit quand même être fier de vous ?

— Ça, je ne le saurai jamais. Il ne l'a jamais dit. Mes parents sont morts dans un accident d'avion avant la naissance des jumelles. Les filles portent les prénoms de ma mère. Elle aurait adoré être grand-mère, et devenir grand-père aurait peut-être adouci mon père. Je n'en sais rien. Je ne sais pas s'il a été fier de moi mais je ne pense pas l'avoir déçu. En tout cas, moi, j'avais une idée du genre de père que je serais, mais c'est plus dur que je ne l'imaginais. J'espère simplement que je suis meilleur père que mari.

Cela l'avait-il définitivement dégoûté du mariage ? Malheureusement, il n'y avait pas de manière subtile de poser cette question.

— Si cela peut vous rassurer, Julieanne pense que vous êtes un bon père, dit-elle simplement.

— J'espère qu'elle a raison.

— Vous ne voulez pas l'appeler pour savoir comment elle va ?

— Non. Helen m'appellera en cas de problème. Apprécions les instants que nous avons pour nous. J'ai attendu cela toute la semaine !

Elle sourit. C'était incontestable : cet après-midi frôlait la perfection.

Le dîner fut une véritable réussite. Les filles mangèrent avec appétit les brochettes de poulet cuites au barbecue, et du naan trempé dans le raïta de concombre.

Ali s'apprêtait à débarrasser la table quand le téléphone de Quinn sonna.

Il l'ouvrit, écouta, et elle comprit qu'il s'agissait d'Helen. A en juger par le regard sombre de Quinn, il y avait un problème.

— Les filles, vous iriez vous laver les mains pour préparer les burfis ? dit-elle pour les éloigner.

Dans un souci de discrétion, elle se leva à son tour et prit deux assiettes qu'elle emporta dans la cuisine.

Quand elle revint, Quinn refermait son téléphone, l'air inquiet.

— Que se passe-t-il ? demanda-t-elle.

— Julieanne a fait un malaise. L'ambulance est là, on la transporte à l'hôpital.

— Il faut que vous partiez. Voulez-vous que je vous emmène ?

— Non, mais j'aurais un autre service à vous demander. Pourriez-vous garder les filles ?

— Bien sûr, répondit-elle sans hésiter. Laissez-moi la clé de chez vous. Je les ramènerai dans quelque temps et je les mettrai au lit.

Il garda la clé de sa voiture et donna le reste du trousseau à Ali. Elle se haussa sur la pointe des pieds et l'embrassa sur les lèvres. Ce baiser était censé lui donner du courage et lui dire qu'elle était là pour lui. Elle ne pouvait pas traduire ses sentiments par des mots — pas encore. Elle ne pouvait que les lui montrer qu'en l'aidant.

Quand Quinn rentra chez lui, Ali avait mis les filles au lit et était blottie sur le canapé près du poêle. Elle avait allumé le feu et une douce chaleur régnait dans la pièce. Quand il franchit le seuil de la porte de service, visiblement las, elle se leva et le serra entre ses bras.

— Comment va-t-elle ?

— Le spécialiste a demandé un autre scan. Il y a une seconde tumeur.

— La radiothérapie ne marche pas ?

Il secoua la tête avec tristesse.

— Non, pas du tout, apparemment.

— Vous voulez retourner à l'hôpital ? Je peux rester avec les filles.

— Non. Helen a tenu à rester là-bas, et moi, j'ai besoin

d'une pause : il me faut du temps pour réfléchir à tout ça, répondit-il d'une voix atone.

Il était épuisé. Que pouvait-elle faire pour l'aider ?

— Vous voulez que je m'en aille ? Vous préférez rester seul ?

— Non. Restez… Je me concentre mieux quand vous êtes près de moi. Je respire, j'ai les idées plus claires.

Le cœur d'Ali dansa dans sa poitrine. Quinn avait besoin d'elle !

— Bien sûr.

— Merci.

Les bras de Quinn retombèrent, et il traversa la pièce pour se diriger vers la cuisine. Sur le comptoir, une bouteille de cabernet sauvignon était débouchée. Il sortit un verre du placard et le remplit de vin.

— Est-ce que je pourrais prendre une douche en vitesse ? Je ne supporte plus l'odeur de l'hôpital sur moi, dit-il en lui tendant le verre de vin rouge, qu'elle prit.

— Voulez-vous que je vous frotte le dos ? demanda-t-elle, ne plaisantant qu'à moitié.

Après tout, ne lui avait-il pas demandé de rester ? Il avait besoin d'elle…

Il sourit et son regard bleu retrouva sa vivacité.

— La proposition m'intéresse, mais si les filles se réveillent et me cherchent, qu'est-ce que je vais leur dire ?

— C'est vrai. Je comprends, dit-elle.

De toute façon, ce n'était pas le moment idéal pour commencer une histoire. Pour lui, elle était sûrement un bon dérivatif, un élément agréable dans un moment difficile — et peut-être rien de plus… Mais après tout, était-ce grave ?

Au fond, que voulait-elle vraiment ?

Il quitta la pièce et elle demeura songeuse. Sans rêver d'un beau chevalier, elle était romantique et croyait aux histoires qui se finissent bien. Elle voulait être aimée. Choyée. Adorée. Mais Quinn voulait-il la même chose ? Il avait connu le mariage et la paternité, et une fois encore, elle se demanda si elle n'était pas en train de se fourvoyer. Avait-il vraiment de la place pour elle dans sa vie et dans son cœur ?

Le temps le dirait ; elle était prête à attendre pour obtenir la réponse à cette question.

En attendant que Quinn revienne, elle feuilleta un magazine, mais sans lire les articles et sans même regarder les photos. Son esprit vagabondait. Elle sirota son vin, doux et fruité — mais sans le déguster vraiment.

Quinn revint bientôt. Après sa douche, il avait enfilé un jean taille basse et un vieux T-shirt bleu. Sur n'importe quel autre homme, la tenue aurait paru négligée, mais le T-shirt moulait son torse et ses bras comme une seconde peau, et les contours de son corps musclé ressortaient avec netteté. Il était divin, et elle sentit le désir l'envahir.

Il se versa un verre de whisky et remplit de nouveau de vin le verre d'Ali avant de la rejoindre sur le canapé. Il s'assit à côté d'elle, si près que leurs cuisses se touchaient, et l'attira contre lui en passant le bras autour de ses épaules. Il joua avec ses longs cheveux noirs, enroulant une mèche autour de ses doigts, puis la libérant pour qu'elle retombe.

Ce contact électrisait Ali et lui faisait palpiter le cœur.

De quoi avait-il besoin ? D'une longue conversation ? D'une compagnie silencieuse ? D'un réconfort physique ?

Elle l'entendit soupirer. Comme elle aurait aimé calmer son inquiétude…

— Est-ce que l'oncologue a une idée de traitement ? demanda-t-elle.

— Il a programmé d'autres examens pour demain, nous en saurons davantage à ce moment-là. Julieanne a tout essayé en association avec la radiothérapie : la vitamine D3, les fruits et légumes frais, les fruits de mer en plus grande quantité, le thé vert. Tout. Il ne reste pas grand-chose à tenter.

— Et l'Avastin ? demanda-t-elle.

Les traitements du cancer n'étaient pas sa spécialité ; son expérience en la matière se limitait aux malades qu'elle suivait, mais elle avait effectué quelques recherches, afin de comprendre ce que Julieanne et, par contrecoup, Quinn, devaient affronter.

— J'en parlerai demain à l'oncologue, mais j'ai bien peur qu'il ne soit trop tard… Pour l'instant, je ne veux pas parler de Julieanne. Je veux juste être là avec vous, comme si je contrôlais les événements. Je m'inquiéterai demain.

Il termina son whisky, posa le verre sur la table basse, puis, au lieu de se lever, s'allongea sur le dos, la tête sur les genoux d'Ali. Sa position donnait une curieuse impression d'intimité et de familiarité. Son T-shirt était remonté, révélant une étroite bande de peau au-dessus de sa taille. Une mince toison blonde descendait du nombril pour disparaître sous la ceinture de son jean, et Ali fut stupéfaite d'être aussi affolée par cette vision anodine.

Elle posa la main sur la hanche nue de Quinn. Il avait la peau encore chaude de la douche, et, du pouce, elle dessina lentement des cercles sur ses abdominaux.

Il ferma les yeux. S'enhardissant, elle glissa la main sous le T-shirt et remonta pour sentir la fermeté des muscles.

Julieanne, Beth et Eliza étaient oubliées… Son large torse était couvert d'une fine toison dans le creux du sternum. La main d'Ali se déplaça, et elle sentit les tétons de Quinn durcir quand elle les effleura du bout des doigts.

Il ouvrit les yeux et rajusta son pantalon. Ce geste attira l'attention d'Ali, qui avisa alors la proéminence sous l'étoffe du jean. Si elle avait osé déplacer sa main vers le bas…

— Je crois que nous avons deux options : soit je retourne prendre une douche — glacée, cette fois —, soit nous filons dans mon lit, dit-il, la voix enrouée par le désir.

Elle savait ce qui arriverait dans la seconde hypothèse, mais son corps réclamait les caresses de Quinn. Cela faisait des mois qu'elle n'avait plus fait l'amour, qu'elle n'avait même pas pensé au sexe. En ce moment précis, elle en mourait d'envie, il fallait qu'elle apaise cette tension presque douloureuse.

Il bascula sur le côté et fut bientôt debout devant elle, son érection juste devant ses yeux. Elle imagina ce qu'elle ressentirait quand il se glisserait entre ses jambes. Elle ne résisterait pas…

Levant les yeux, elle s'aperçut qu'il lui tendait la main.

Il l'aida à se remettre debout, puis la serra contre lui. Leurs corps s'emboîtaient, et elle sentit à travers ses vêtements à quel point il la désirait. Ses genoux flageolèrent, et une vague de chaleur se propagea dans son ventre.

L'instant d'après, il l'embrassa. C'était un baiser vorace, passionné et exigeant.

Elle ferma les yeux, s'abandonna, et il approfondit son baiser, savourant et explorant. Elle s'accrocha à lui, excitée par la chaleur de ses lèvres et le goût du whisky sur sa langue.

Deux mains larges et chaudes se glissèrent sous son chandail.

— Puis-je en conclure que vous restez ? lui murmura-t-il à l'oreille avant de déposer un baiser sur le lobe de son oreille.

— Encore un peu, répondit-elle avec effort. De toute façon, je ne suis pas sûre de pouvoir marcher.

Pour toute réponse, il la souleva dans ses bras. Elle noua les jambes autour de lui et il la porta dans le bureau où il dormait. La pièce était juste à côté du séjour, il n'eut que quelques pas à faire pour étendre Ali sur le canapé. Alors il s'allongea sur elle, les hanches entre ses cuisses. La position était envoûtante mais ils étaient encore trop couverts. Passant le T-shirt de Quinn au-dessus de sa tête, elle le jeta au sol.

Il se déplaça, libérant les jambes d'Ali pour défaire son jean. Elle le fit glisser en soulevant les hanches, et l'envoya rejoindre ses chaussures sur le parquet.

Elle sentit la main de Quinn remonter le long de sa cuisse, l'électrisant, et se mordit la lèvre pour ne pas crier quand sa large paume recouvrit son sexe, par-dessus la fine dentelle rouge de son sous-vêtement — dernier rempart bien dérisoire contre la chaleur excitante d'une main masculine.

Il revint se placer entre ses cuisses, glissa les mains sous le chandail en cachemire, qu'il remonta jusqu'aux épaules, et dévora de baisers sa peau dénudée. Bientôt, elle creusa les reins et leva les bras pour qu'il la libère de son haut.

Alors il écarta la dentelle du soutien-gorge pour dévoiler un sein, dont il taquina la pointe avec la langue. Quand il caressa l'autre sein, elle ne put retenir un soupir de plaisir.

Ensuite, elle sentit une main dans son dos, et un geste expert dégrafer son soutien-gorge. De nouveau, il taquina ses seins d'une langue experte, et elle ouvrit les genoux, s'offrant à lui, consumée par ses baisers et ses caresses. Elle ondula lentement des hanches, faisant glisser l'érection de Quinn entre ses cuisses, qui poussa un soupir rauque.

Il glissa la main sous le triangle de dentelle, et elle se raidit imperceptiblement, soudain en proie à une légère appréhension. Mais quand, trouvant le point le plus sensible, il le caressa du pouce, elle n'éprouva qu'un intense plaisir qui la fit frissonner. Près d'une année avait passé depuis l'intervention chirurgicale, elle n'avait pas refait l'amour depuis, et son corps fonctionnait toujours. Quel soulagement ! Elle n'avait perdu ni le désir ni la capacité de faire l'amour.

A présent, elle était presque nue, mais pas Quinn. Elle glissa la main sous la ceinture du jean. Il ne portait rien dessous ! En quelques secondes, il se débarrassa de ses derniers vêtements, ne laissant entre eux que la petite culotte en dentelle d'Ali. Mais pas pour longtemps…

Il écarta le petit morceau de dentelle. Quand sa langue trouva son point sensible, elle arqua le dos et ne fut plus que désir.

Mais elle voulait Quinn tout entier.

Physiquement, elle se savait guérie, à la fois à l'intérieur et à l'extérieur. Ses cicatrices ne se voyaient plus. Quinn ne les remarquerait jamais. Elle était prête.

Qu'en était-il émotionnellement ?

C'était maintenant ou jamais.

Elle lui saisit les bras, et sentit sous ses doigts les muscles tendus, durs comme de la pierre — de la pierre chaude.

— Je veux te sentir en moi, dit-elle.

6.

Quinn

Les yeux bleu azur de Quinn fixèrent Ali avec intensité, l'interrogeant en silence. Etait-elle certaine ?

Elle hocha la tête. Elle n'avait jamais été plus sûre d'elle. Elle n'allait pas s'arrêter maintenant, de toute façon, ce n'était plus possible ! Elle était au bord de l'orgasme.

Il fouilla dans le tiroir à côté du canapé-lit et en sortit un préservatif dont il ouvrit l'emballage avec les dents. Elle prit le préservatif et le mit en place, puis guida Quinn.

Et elle se détendit. Son corps l'avait trahie dans le passé mais quand Quinn plongea profondément en elle, elle sut qu'elle était faite pour cela. Pour lui. Elle accorda ses mouvements avec ceux de Quinn, et pressa les lèvres contre son épaule. Il sentait le savon mais sa peau avait un goût salé qu'elle goûta avec délectation, enfonçant les ongles dans ses hanches musclées.

De nouveau, une pluie de baisers s'abattit sur ses seins, et le désir l'aiguillonna, si fort qu'elle n'y tint plus.

— Maintenant, murmura-t-elle.

Presque aussitôt, ils atteignirent l'orgasme ensemble.

Epuisés, bouleversés, ils attendirent de reprendre leur souffle.

Alors Quinn s'écarta, roula sur le dos, et attira Ali contre lui. Elle ferma les yeux, heureuse d'être simplement blottie contre son épaule. Comme elle se sentait bien ! Soulagée, détendue et comblée.

Quelques minutes passèrent, et elle se souleva sur un

coude pour regarder le visage de Quinn. Les lignes de tension avaient disparu de son front. Les paupières closes, il avait l'air complètement serein et respirait d'une manière égale et profonde — il s'était endormi.

L'amour physique l'avait manifestement aidé à oublier ses problèmes, même si ce n'était que temporaire. Il allait peut-être dormir profondément et se réveiller reposé, prêt à affronter les événements du lendemain.

Mieux valait s'en aller pour ne pas être prise en flagrant délit avec lui. Pourtant, elle ne put résister à l'envie de l'admirer dans son sommeil. Avec son corps ferme et ses muscles sculptés, il ressemblait à un apollon vivant, ou à une statue de la Renaissance. Il ne lui manquait que le profil romain.

Elle résista à la tentation de toucher son nez. Avant l'entraînement de boxe qu'il avait un jour évoqué, était-il aquilin ? A présent, l'arête était légèrement aplatie et un peu déviée, mais cela lui était égal ; elle adorait ce nez. De plus, cette imperfection soulignait son physique un peu rude, c'était même un de ses traits les plus séduisants — après ses yeux incroyables, bien sûr.

Le regard d'Ali descendit plus bas, sur le torse et l'abdomen, puis s'arrêta sur la toison blonde, en partie cachée par le drap qui reposait sur ses hanches. Comme elle avait envie de le réveiller ! Elle était loin d'être inexpérimentée, pourtant elle n'avait jamais pris autant de plaisir à faire l'amour. Il lui tardait de renouveler cette merveilleuse expérience.

Une bombe aurait pu exploser sans le réveiller, mais elle quitta le lit avec d'infinies précautions.

Posément, elle se rhabilla. Puis elle trouva du papier et griffonna un message. Il comprendrait sûrement pourquoi elle ne pouvait pas rester, mais elle ne voulait pas qu'il se réveille et s'aperçoive qu'elle était partie sans un mot.

Elle opta pour la simplicité.

« Merci, dors bien. »

Une fois la feuille pliée et posée bien en évidence sur

la table de chevet, Ali ouvrit la porte et passa la tête dans l'entrebâillement. Pourvu qu'Helen soit bien restée à l'hôpital, comme prévu : elle n'avait aucune envie de la croiser sur le pas de la pièce où dormait Quinn, à cette heure tardive.

Il n'y avait personne, et la maison était silencieuse. Ali prit donc quelques instants pour effacer les traces de son passage. Elle remit la bouteille de vin sur le comptoir de la cuisine, puis lava, sécha, et rangea les verres. Alors elle quitta la maison et regagna sa voiture.

Les pensées se bousculaient dans sa tête. Et si sa rencontre avec Quinn n'était pas un hasard ? Peut-être sa vie était-elle sur le point de prendre un virage. Ils pourraient s'aider l'un l'autre. Quinn pouvait-il l'aider à guérir ? Ce n'était pas impossible !

Peut-être était-il l'homme qu'il lui fallait… Il lui semblait qu'elle l'avait attendu toute sa vie. Elle pourrait bien tomber amoureuse de lui. C'était peut-être déjà fait, d'ailleurs.

Il avait déjà des enfants, il n'en voudrait peut-être pas d'autres… Mais elle ne le saurait pas avant qu'ils en aient parlé. Elle devait lui dire la vérité pour connaître ses sentiments, mais, pour l'instant, elle ne pouvait pas se résoudre à lui apprendre qu'elle ne pouvait pas avoir d'enfants.

Les cicatrices extérieures avaient disparu, mais émotionnellement, c'était une autre histoire, et elle n'était pas prête à en parler. Pas encore.

Pendant toute la semaine, Quinn avait tenu avec le minimum de sommeil, comme à l'époque où il était interne. Après son travail au cabinet médical, il prenait les filles à l'école et les emmenait voir leur mère à l'hôpital. De retour à la maison, il les faisait manger et prendre le bain et leur racontait une histoire au coucher, afin de maintenir une certaine routine. Helen passait la plus grande partie de la journée à l'hôpital avec Julieanne. C'était son choix, Quinn ne lui en voulait pas. Mais il était assez conscient de ses limites pour savoir qu'il ne s'en serait pas sorti sans l'aide d'Ali et des collègues du cabinet médical. Elles étaient devenues des baby-sitters bénévoles, et leur aide s'ajoutait à celle des mamans de l'école.

Les parents d'Ali étaient rentrés de voyage, Malika devait reprendre son travail au cabinet médical au début de la semaine suivante. Elle avait proposé de rentrer plus tôt pour laisser Quinn libre de passer ses journées à l'hôpital, mais Julieanne dormait vingt et une heures par jour, et les filles étaient à l'école. S'il n'était pas allé au cabinet médical, il n'aurait rien eu à faire pendant une grande partie de la journée. Il remercia donc Malika, mais déclina sa proposition : il préférait être occupé.

Mais cela ne lui laissait pratiquement pas de temps pour Ali. Le soir, il était épuisé et s'écroulait dans son lit. Avec elle, il aurait mieux dormi, mais ce n'était pas possible, d'autant qu'il y avait les filles : elles voyaient toujours leurs parents comme un couple marié. Ali et lui prenaient donc soin d'éviter tout geste d'affection devant Beth et Eliza — il n'était pas question de créer un nouveau problème !

Avec son emploi du temps, il n'apercevait Ali qu'entre deux patients au cabinet médical. Ils n'avaient pas eu de moment d'intimité depuis qu'ils avaient partagé son canapé-lit.

Le souvenir de cette nuit-là l'aidait à tenir. Cela ne durerait pas éternellement, mais comment organiser un nouveau rendez-vous ? Cela s'annonçait difficile.

Juste avant sa pause-déjeuner, il remplissait le dossier de son dernier malade quand son téléphone lui signala un message. Redoutant le pire, il se souvint que l'hôpital n'annonçait pas les mauvaises nouvelles de cette manière-là…

« Restes de curry d'agneau. Si ça te tente… A. »

Un éclair rouge attira son attention, et il leva la tête. La fenêtre du bureau donnait sur le jardin. Ali, enveloppée comme un cadeau de Noël dans son manteau rouge, était assise dehors à la table, deux bols fumants posés devant elle. Elle lui sourit, agitant la main, et pointa l'index en direction des bols.

Il se leva aussitôt et, attrapant son vêtement derrière la porte, la rejoignit à la hâte. Cela faisait cinq jours qu'ils ne s'étaient pas retrouvés seuls, depuis qu'à son réveil, il avait trouvé le bref message près du lit.

Incapable de réprimer un sourire béat, il s'assit face à elle. Il aurait adoré la prendre entre ses bras et l'embrasser à en perdre la tête, mais tous les bureaux, y compris celui de l'infirmière, donnaient sur le jardin. Quelqu'un les regardait peut-être…

— Nous sommes sur le même rythme, dit-il.

Elle rougit. Elle pensait à leur samedi soir… Il en fut tout émoustillé.

— Je parlais du déjeuner, dit-il, taquin.

— Ah.

Elle sourit, mais ses joues rosirent encore davantage.

— Il a suffi d'un peu d'organisation. Il y a trois jours, j'ai étudié mon emploi du temps pour coordonner nos pauses-déjeuner. A ma grande surprise, ça a marché !

Il en fut touché. Elle avait modifié son emploi du temps simplement pour pouvoir passer du temps avec lui. Avant qu'elle n'entre dans sa vie, cela faisait longtemps que personne n'avait rien fait pour lui, et il s'était habitué à vivre en solitaire. Plus récemment, il s'était consacré à Julieanne et aux filles… Avec tout cela, il avait oublié à quel point recevoir des attentions était agréable. Décidément, sa vie avait un avant et un après : avant Ali, et après Ali.

— Merci, dit-il.

Merci ? C'était tellement dérisoire par rapport à la gratitude qu'il ressentait ! Peut-être pourrait-il l'exprimer plus tard et d'autres manières ? La prochaine fois qu'il aurait un moment libre, peut-être. Quand ? Comment savoir ?

Renonçant à regret à se pencher par-dessus la table pour embrasser Ali, il huma son bol et saisit sa fourchette.

— Ça sent merveilleusement bon. Je ne me souviens pas de la dernière fois où je me suis assis pour manger.

— C'en est à ce point-là ?

Tout à sa dégustation de son curry d'agneau, il acquiesça d'un signe de tête, et il savoura la viande tendre avant de répondre.

— Oui. C'est de la folie en ce moment. J'ai un profond respect, assez nouveau je l'avoue, pour les mères qui travaillent et les parents célibataires.

— Comment va Julieanne ? demanda Ali. Qu'a dit le spécialiste au sujet de l'Avastin ?

— Elle est en sursis ; il n'y a plus rien à tenter. Etre couchée dans un lit d'hôpital et dormir pendant quatre-vingt-dix pour cent du temps, ce n'est plus vraiment vivre.

— Alors c'est la fin ? demanda-t-elle doucement.

— Elle ne reviendra plus chez elle. Chaque fois que le téléphone sonne, je m'attends à une mauvaise nouvelle.

— Et toi ? Comment est-ce que tu fais face ?

— A dire vrai, je n'en sais rien. Je fais ce que je dois faire pour les filles, et en même temps je me sens vraiment coupable.

— Coupable ? De quoi ?

— De tout. Je devrais faire plus mais je ne sais pas quoi. Passer plus de temps à l'hôpital ou plus soutenir Helen, sûrement, même si, sur le fond, ça ne changerait rien.

— Veux-tu qu'on te remplace ici ? Je suis sûre que Maman accepterait de reprendre avant la date prévue — de toute façon, elle doit revenir la semaine prochaine.

— Elle me l'a déjà proposé, mais, avec les filles à l'école et Julieanne qui dort sans arrêt, je ne sais pas vraiment ce que je ferais de mes journées. Le problème, ce n'est pas le manque de temps — c'est que je n'ai pas l'habitude de jongler avec plusieurs emplois du temps. En ce moment, je dois combiner les besoins de beaucoup de gens, et cela devient très difficile. J'ai le sentiment de ne rien maîtriser, de laisser tomber tout le monde.

Par-dessus la table, elle lui serra la main.

— Je te trouve très dur envers toi-même. Tu dois établir

des priorités. Actuellement, le travail pourrait passer en fin de liste. Ne te sens pas obligé de tout faire.

Il eut un sourire.

— Je le sais, mais j'aime avoir le sentiment que je réussis au moins quelque chose dans la journée. C'est pour cela que je viens travailler avec plaisir.

— Mais tu as besoin de prendre aussi du temps pour toi ! Si tu en fais trop, tu vas tomber malade, c'est la dernière chose que tu puisses te permettre en ce moment. Je suppose que, ce soir, tu vas aller directement à l'hôpital en sortant d'ici ?

— Oui. Je prends les filles à l'école pour les emmener là-bas. J'aimerais avoir du temps pour moi — enfin, pas vraiment pour moi. Pour être franc, j'adorerais rentrer à la maison avec toi, mais je ne vois pas comment ce serait possible.

Le désir le taraudait, mais, pour l'instant, il devrait se contenter de souvenirs. Le contraste du sous-vêtement de dentelle rouge vif d'Ali avec la couleur chocolat au lait de sa peau s'était gravé dans sa mémoire. La fermeté de ses cuisses quand elle l'avait emprisonné entre ses jambes, la courbe de ses hanches sous ses mains et le goût sucré de sa peau, la tension de son dos cambré pendant l'orgasme et les caresses audacieuses qu'elle lui avait données, tout cela demeurait incrusté dans son esprit d'une manière indélébile… mais il n'avait pas le temps de s'adonner aux plaisirs de la chair, surtout en ce moment !

— Je ne parlais pas de cela, répondit-elle avec un large sourire. Oh ! ce n'est pas l'envie qui me manque… mais je comprends. Je peux attendre.

Le samedi après-midi, Quinn quittait l'hôpital avec les jumelles quand son téléphone sonna. Le numéro qui s'était affiché lui était inconnu. Il n'avait quitté Julieanne que dix minutes plus tôt, mais sa première réaction fut l'inquiétude.

Le manque de sommeil, ajouté au stress permanent, mettait ses nerfs à rude épreuve.

Rebecca, une des mamans de l'école, proposait de prendre les filles pour une nuit. Elle s'excusait d'appeler si tard, mais il s'en moquait bien. Il ne pensa qu'à une chose : cela allait lui permettre de passer quelques heures avec Ali.

Cela faisait-il de lui un mauvais père ? Non. Il avait besoin d'un peu de temps à lui pour remettre de l'ordre dans ses idées, et Ali l'y aidait toujours. En plus, passer du temps chez des amis, comme aimaient le faire tous les enfants, ferait du bien aux filles. C'était une chance pour elles autant que pour lui.

Il appela Ali et lui proposa de l'emmener dîner. Mais, quand elle apprit qu'Helen profitait de cette soirée sans les filles pour rentrer enfin s'occuper de sa propre maison, elle insista pour rester chez Julieanne. Ce serait plus relaxant, et l'occasion d'avoir un peu d'intimité, dit-elle. Ils trouvèrent donc un compromis : se faire livrer de quoi dîner et manger chez Julieanne, devant le feu.

Quinn s'étira et passa le bras autour d'Ali, ravi de sentir la chaleur de son corps blotti contre lui. Il sourit au souvenir de sa nervosité avant qu'elle n'arrive. Il avait arpenté la pièce de long en large, dans la maison trop silencieuse.

Mais dès l'instant où elle avait franchi la porte, son appréhension s'était envolée, balayée par les turbulences du désir. Elle était somptueuse. Ses cheveux bruns retombaient sur ses épaules et un maquillage savant agrandissait ses yeux gris sous ses épais cils noirs. Mais, comme toujours, c'étaient ses lèvres rouges qui promettaient toutes sortes de plaisirs, et lui faisaient battre le cœur.

Il avait proposé de prendre son manteau rouge, mais elle avait tenu à le garder jusqu'à ce qu'ils soient près du feu. A ce moment-là seulement elle l'avait ôté, révélant qu'elle portait très peu de choses dessous, et il avait aussitôt oublié le dîner, et tout le reste, pour elle.

— Je suppose que c'est trop tard pour faire livrer deux repas maintenant ? demanda-t-elle quand l'estomac de Quinn se manifesta bruyamment.

— Il doit y avoir des restes dans le réfrigérateur. Les amies de Julieanne nous approvisionnent en quantité. Je vais faire réchauffer quelque chose… dans une minute, quand j'arriverai à m'arracher à toi.

Il n'était pas pressé de quitter le lit. Dans la maison paisible, la présence d'Ali était ce qu'il lui fallait pour que le calme s'installe en lui. Et le sexe, merveilleux, l'apaisait aussi.

Comme il s'habituerait facilement à cela ! Il se sentait bien avec elle. Il avait ressenti cela dès leur première rencontre. Il était libre, ou pratiquement et, pour une seule nuit, il allait oublier responsabilité et devoir. Pour une nuit, il allait faire comme si son avenir se résumait à cela.

Il enfonça son dos dans les oreillers et Ali s'éloigna légèrement de lui.

Dans ce mouvement, la lumière fit ressortir une petite cicatrice pâle à gauche juste au-dessous de son nombril. Il ne l'avait jamais remarquée auparavant… Elle paraissait récente. Pas très récente, mais suffisamment pour ne pas avoir complètement disparu. C'était une cicatrice de laparoscopie.

Du bout de l'index, il en suivit le dessin, et sentit Ali se raidir.

— Qu'est-ce que c'est ?

Elle s'était contractée quand le doigt de Quinn s'était posé sur sa cicatrice. Ce n'était pourtant pas douloureux.

— Une intervention gynécologique, dit-elle d'un ton faussement enjoué.

— Rien de grave, j'espère ?

Il ne pouvait pas imaginer l'histoire de cette cicatrice. Supporterait-il la vérité ? Devait-elle tout lui dire ? Le moment était idéal, mais elle n'était pas prête pour cette conversation-là. Il fallait la prévoir, et réfléchir à la meilleure façon de lui annoncer la vérité.

Mais comment révéler qu'elle était une femme abîmée ?

Elle en était à ce point de ses réflexions quand le téléphone de Quinn vibra, la faisant sursauter.

La vibration se prolongea. Ce n'était pas un message, il s'agissait d'un appel.

A 22 h 30 ? Ce n'était sûrement pas une bonne nouvelle, mais cela fournirait une diversion et permettrait de gagner du temps. Elle prit le téléphone et le passa à Quinn.

Il se redressa dans le lit et elle observa son torse nu qui se soulevait au rythme de sa respiration pendant qu'il parlait. D'après ce qu'il disait, il s'agissait des jumelles. Au moins, il n'était rien arrivé à Julieanne.

— C'était Rebecca, dit-il en raccrochant. Eliza n'arrive pas à s'endormir et elle veut rentrer à la maison. Il faut que j'aille la chercher.

Elle savait ce que cela signifiait : il faudrait qu'elle rentre elle aussi. Elle avait caressé l'idée de rester toute la nuit — s'il le lui avait demandé. Elle ne le saurait jamais.

Machinalement, elle chercha ses vêtements du regard, puis se souvint qu'elle n'en avait pratiquement pas, et enfila ses dessous.

— Je suis vraiment désolé, dit-il. Ce n'était pas ainsi que j'avais imaginé notre fin de soirée.

— Ce n'est pas grave. Les filles sont ta priorité. Je comprends bien.

Déçue mais résignée, elle enfila son manteau rouge sans regarder Quinn.

Quelques instants plus tard, elle montait dans sa voiture et s'éloignait dans la rue, laissant Quinn terriblement seul.

Comment avait-il pu croire qu'il pourrait avoir un moment pour lui, un moment avec Ali, sans être interrompu ?

Responsabilité et devoir. Ces deux mots tournaient en boucle dans sa tête. Il n'avait pas l'intention de les négliger, mais intégrer d'autres choses dans sa vie d'une manière régulière lui aurait fait le plus grand bien. A commencer par des moments agréables avec Ali…

Restait simplement à espérer qu'elle l'attendrait.

Chaque fois que Quinn arrivait à l'hôpital, son appréhension augmentait. A quel point l'état de Julieanne se serait-il détérioré depuis sa dernière visite ? Depuis quelques jours, on notait une dégradation rapide. C'était le début de la fin, et personne ne pouvait dire combien de temps cela durerait.

Quand il arriva avec les jumelles, Helen l'attendait.

— Julieanne te demande, dit-elle.

— Elle est réveillée ?

— Oui.

Elle prit ses petites-filles par la main.

— Venez. Nous allons chercher un goûter. Ensuite, je vous emmènerai voir Maman.

Il poussa la porte de la chambre de Julieanne. Les volets étaient mi-clos, et les lumières, tamisées. Julieanne, adossée aux oreillers, semblait épuisée malgré ses longues heures de sommeil. Elle avait les yeux fatigués et le teint grisâtre. Et comme elle était maigre — encore plus que la veille !

Il l'embrassa sur la joue.

— Tu as la migraine ? demanda-t-il.

— Tout le temps.

— Veux-tu que je demande un antalgique ?

Elle refusa de la tête, et ce mouvement la fit grimacer.

— Non. Ça me rend somnolente et je ne veux pas dormir — pas encore, dit-elle d'une voix douce. Je voulais te parler, pour m'excuser.

— Mais pour quoi donc ?

— De te laisser te débattre avec tout ça.

Il s'assit dans le fauteuil près du lit. Il prit la main de

Julieanne, froide et fragile contre sa paume, et la pressa doucement en un geste rassurant.

— Je ne pense pas que tu aies fait tout ça exprès.

— Non, répondit-elle avec un demi-sourire.

— Nous n'avons pas besoin de parler de cela maintenant si tu es fatiguée. Ça peut attendre demain.

Elle secoua faiblement la tête.

— Je n'ai pas terminé. Je regrette aussi de ne pas avoir été une meilleure épouse.

Il porta sa main à ses lèvres et déposa un baiser sur les doigts trop fins.

— Tu avais autant de défauts comme épouse que moi comme mari. Nous avions tous les deux nos faiblesses. Nous n'étions pas prêts à nous marier et à fonder une famille, mais je te suis reconnaissant tous les jours d'avoir décidé de garder les bébés. Nos filles sont la plus belle chose qui me soit arrivée.

— Plus belle que de sauver des vies ?

— Ça, beaucoup de gens savent le faire. Mais seuls toi et moi pouvions créer Beth et Eliza.

— J'ai toujours été contente que ce soit toi le père. Tu t'occuperas de nos trésors, n'est-ce pas ?

— Je te promets de prendre soin d'elles. Je les aime de tout mon cœur.

Cette fois, elle eut un vrai sourire, mais des larmes brillaient dans ses yeux.

— Qu'y a-t-il ? demanda-t-il.

— J'aurais aimé que tu dises ces mots-là à propos de moi. C'est pour cette raison que j'ai demandé le divorce. J'espérais que ça t'amènerait à dire que tu m'aimais, que tu ne voulais pas vivre sans moi. Et que tu me pardonnerais mes liaisons.

— Jul, je t'ai pardonné ! Je sais que tu étais seule. Il y a des quantités de choses que nous regrettons d'avoir faites de cette façon, mais cessons de nous le reprocher : cela ne va pas changer le passé. Nous avons toujours été davantage amis que mari et femme, mais nous avons fait de très belles filles et tu les as magnifiquement élevées. Tu es une super maman et c'est une chose que j'adore chez toi.

— Merci. Tu es un homme bien, Quinn. Je veux que tu sois heureux. Les filles ont besoin de bonheur.

A bout de souffle, elle se tut pendant quelques instants pour reprendre sa respiration.

— Est-ce que je peux te poser une question ? reprit-elle.

— Bien sûr.

— Y a-t-il quelqu'un dans ta vie ?

— Pourquoi ?

— Je pensais que peut-être tu éprouvais quelque chose pour Ali.

Ils avaient pourtant été discrets. Quelqu'un avait-il vu ou dit quelque chose ?

— Qu'est-ce qui t'a donné cette idée ?

— Ta manière de la regarder. Je ne crois pas que tu m'aies jamais regardée comme cela, même au début.

— Comment, « comme cela » ?

— Comme si elle était ta raison de vivre.

— Et elle ? Comment est-ce qu'elle me regarde ?

— De la même façon. Ecoute, je voudrais que tu sois heureux. C'est très délicat, mais… ce serait bien pour toi d'avoir quelqu'un. Ali pourrait être la bonne personne, les filles ont l'air de l'apprécier… Tu y penseras ?

Il acquiesça en silence. Il avait déjà fait plus qu'y penser. Beaucoup plus, même.

— Tu peux faire entrer les filles maintenant ? demanda-t-elle. Je veux dire au revoir.

— Bonne nuit, tu veux dire.

— Non. Au revoir. Le moment est venu. Je suis trop fatiguée. Je veux ma famille autour de moi.

Il sentit son cœur chavirer, comme alourdi par la tristesse. Cela allait être terrible pour les filles.

Il appela les jumelles et, quand Helen les fit entrer, il les vit avec étonnement s'installer sur le lit à côté de leur mère. Il allait protester, car Julieanne ne semblait pas en état de supporter la moindre bousculade, mais elle le fixa avec intensité, le dissuadant d'intervenir.

— Peux-tu prendre une photo, Quinn ? De nous trois, puis de chaque fille seule avec moi ? demanda-t-elle.

Il sortit son téléphone de sa poche et prit les trois photos, puis tendit le téléphone à Beth et Eliza pour avoir leur approbation.

— Quand vous regarderez ces photos, je veux que vous vous rappeliez que je vous aime, mes anges, dit Julieanne. Plus que tout au monde.

Elle avait du mal à parler et ses yeux se fermaient. Elle avait besoin de dormir et Quinn se dit qu'il allait appeler le spécialiste. La fin était proche.

— C'est le moment de dire « Bonne nuit », les filles, embrassez Maman, dit-il aux jumelles, la gorge serrée par l'émotion.

— Laisse-les avec moi, s'il te plaît, demanda Julieanne. Je veux que vous restiez tous.

Helen embrassa sa fille et lui caressa la joue. Ensuite, elle s'assit près du lit, détournant obstinément la tête, et Quinn comprit qu'elle pleurait.

Julieanne serra les jumelles contre elle et les embrassa tour à tour.

— Bonne nuit, mes chéries. Je vous aime.

Elle ferma les yeux et leur caressa les cheveux, sur un rythme lent et régulier, apaisant pour elle comme pour Beth et Eliza.

Il s'assit en face d'Helen, de l'autre côté du lit. Il voulait appeler le médecin mais craignait de quitter la pièce, il restait si peu de temps…

Il choisit de rester.

Il pressa néanmoins le bouton d'appel des infirmières, et

s'assit, le regard fixé sur la poitrine de Julieanne qui se levait et s'abaissait.

— Jusqu'à ce que cela s'arrête.

Elle était partie.

7.

Quinn

Quinn errait sans but dans les rues. Les filles étaient au lit avec Helen, elles dormaient. Engourdi par la fatigue, il les avait ramenées en voiture à la maison, et couchées. Il aurait dû trouver une autre solution que de prendre le volant, mais il avait voulu les éloigner au plus vite de l'hôpital.

Comment allait-il affronter leurs questions ? Il n'avait pas de réponses, il n'avait pas les mots pour leur dire que leur mère était morte.

Demain, pourtant, il faudrait bien qu'il le leur explique — mais pas ce soir. Il était épuisé. Ils l'étaient tous. Les jumelles dormaient, mais lui savait que le sommeil allait le fuir. Trop fatigué pour penser, mais incapable de dormir, il était sorti marcher.

Les rues étaient sombres et pratiquement désertes. Il avait plu dans la soirée et les gens étaient restés chez eux. Les trottoirs étaient humides et glissants, il faisait froid, mais Quinn ne prêtait aucune attention à ce qui l'entourait. Il allait au hasard, la tête vide.

Il avait espéré que l'air frais lui ferait du bien, mais il avait oublié ce à quoi il voulait réfléchir. Il allait marcher un moment puis rentrer chez Julieanne. Le froid qui avait traversé ses vêtements lui rendit un peu de lucidité. Il s'arrêta pour s'orienter et s'aperçut alors qu'il ne se trouvait qu'à quelques rues de chez lui — et devant la porte d'Ali.

Pendant combien de temps avait-il marché ? Il était

peut-être trop tard pour s'inviter… Il allait regarder l'heure quand il s'aperçut que le porche était éclairé. Etait-ce le signe qu'il n'était pas trop tard pour une visite ? Sans doute avait-il inconsciemment décidé de venir chez Ali. Elle allait l'aider à remettre les événements de la journée en perspective.

Il frappa à la porte. Comment allait-il expliquer sa présence, lui qui se sentait incapable ne fût-ce que de parler ?

Mais il n'en eut pas besoin.

Ali poussa la porte, le regarda, et lui ouvrit les bras. Il n'eut qu'un pas à faire ; elle les referma autour de lui et il enfouit le visage dans ses cheveux.

Un sentiment de paix l'envahit. Ses pensées s'éclaircirent peu à peu, et les événements des dernières heures se réunirent pour former un scénario cohérent.

— Julieanne ? demanda Ali.

Il répondit d'un hochement de tête, et les bras d'Ali se resserrèrent encore autour de lui. Il était inutile d'expliquer. Elle avait tout compris.

Quand il releva la tête, il aperçut Malika qui les regardait en silence depuis le couloir. Il avait oublié que les parents d'Ali étaient rentrés. Peut-être avait-il eu tort de venir sans s'annoncer. Ne se faisait-il pas des idées sur sa relation avec Ali ? Elle était généreuse, lui offrait de son temps et le réconfortait, mais lui, que lui avait-il donné en échange ?

Ali le lâcha et, soudain, il se sentit glacé jusqu'aux os. Il n'était peut-être pas le bienvenu…

— Les filles sont avec Helen ? demanda-t-elle.

— Oui.

— Ne reste pas dehors.

Soulagé, il entra, incapable de décliner l'invitation. Il avait l'impression de se débattre dans une mer démontée, seule Ali pouvait le sauver. Il avait besoin de la sentir près de lui.

Elle referma la porte derrière eux, lui prit la main et l'entraîna dans le salon.

Malika les regarda s'éloigner sans un mot…

Un feu brûlait dans la cheminée, plusieurs lampes répandaient leur lumière douce dans toute la pièce. Deux grands canapés garnis de coussins rebondis se faisaient face de part et d'autre de la cheminée, mais Ali le conduisit à un fauteuil près du foyer. Il s'y laissa tomber, épuisé et tremblant sous l'effet de l'adrénaline. Glacé et engourdi, il tenta de se concentrer sur sa respiration et de laisser le feu le réchauffer.

De sa démarche gracieuse et si légère, Ali se dirigea vers un buffet. Elle en sortit un verre qu'elle remplit à l'aide d'une carafe. Puis elle tendit le verre à Quinn.

Le parfum du liquide ambré monta jusqu'à ses narines. C'était un whisky hors d'âge.

— Bois ça, dit-elle. Je reviens.

Elle resta absente assez longtemps pour qu'il sirote tout le contenu du verre, et revint avec un plateau. Elle referma la porte avec le pied et posa le plateau sur une petite table près de lui. Il y avait un bol de soupe, une assiette de fromage, et quelques fines tranches de pain.

— Tu n'as pas besoin de me nourrir !

— Je suis sûre que si. De toute façon, dans ma famille, c'est ainsi que nous réagissons à tous les événements importants. Nous mangeons quand nous fêtons quelque chose, et aussi quand nous pleurons quelqu'un…

Elle lui tendit le bol de soupe parfumée, et un sourire naquit sur ses lèvres cerise.

— Mon père est danois. C'est une recette de sa mère. Ça change de la cuisine indienne, et je te garantis que tu n'y résisteras pas.

Il voulut parler, mais elle l'interrompit d'un geste.

— Mange d'abord. Nous parlerons après.

Elle lui donna une cuillère, puis s'installa à côté de lui, dans un fauteuil plus petit qu'elle avait tiré. Et elle attendit patiemment qu'il termine la soupe.

Elle avait dit vrai : c'était délicieux. Le potage bien chaud, combiné au whisky et au feu, commença à chasser le froid qui l'enveloppait, mais c'était surtout sa présence à elle qui le réchauffait et lui donnait le sentiment qu'il s'en sortirait.

Elle se leva pour prendre le bol vide et le remettre sur le plateau.

— Ça va mieux ?

— Beaucoup mieux, répondit-il, se laissant aller en arrière dans le fauteuil.

Il n'avait pas l'intention de la laisser s'occuper de lui, mais il n'était pas sûr que ses jambes le portent. Il lui fallait encore un peu de temps pour que l'énergie et le calme d'Ali le régénèrent.

— Ça doit être très dur pour toi, dit-elle.

— Elle a renoncé.

En fait, c'était cela qui le contrariait ; il savait que Julieanne était en train de mourir, mais il ne s'attendait pas à ce qu'elle parte si tôt, et si vite.

Il n'était pas dévasté par le chagrin, mais triste pour ses filles et, surtout, choqué.

— Je pensais qu'elle se battrait davantage et, ce soir, elle a baissé les bras.

Ali avait empilé la vaisselle sur le plateau et se tenait maintenant devant lui. Il la prit par la main pour l'asseoir sur ses genoux, passa un bras autour de sa taille. Elle se blottit contre lui. En lui, le désir commençait à remplacer l'état de choc. Elle sentait le gardénia. C'était exactement ce qu'il fallait après l'odeur chimique de l'hôpital.

— Pour quoi voulais-tu qu'elle se batte ? demanda-t-elle. Pour qui ? Toi ?

Il glissa la main sous son chemisier. Elle avait la peau chaude et douce…

— Non. Pas pour moi. Pour les filles.

— Son état était désespéré, dit-elle doucement. Elle était fatiguée, alors peu importe le moment où elle a choisi de partir, tu ne crois pas ? C'était inévitable.

— Je le sais, mais je n'étais pas prêt.

— Pas prêt pour quoi ?

— Pour le dire aux filles.

— Elles ne sont pas au courant ?

Elle leva la tête, et il lut la surprise dans ses grands yeux gris.

— Non. Nous étions tous là-bas — Helen, moi et les jumelles. Julieanne a pu dire au revoir, mais Beth et Eliza ont cru qu'elle s'endormait. Je le leur dirai demain, mais ce soir je n'ai pas pu. Je n'ai pas trouvé les mots.

— Elles savaient que cela allait arriver.

— Oui, mais elles ne savaient pas quand. Aucun de nous ne le savait et je sais que je ne suis pas prêt à affronter ça.

— Dis-leur juste qu'elle est morte pendant son sommeil, après leur départ. Emmène-les dehors quand il fera nuit et dis-leur de regarder les étoiles, refais cela la nuit d'après et demande-leur de trouver une nouvelle étoile, une étoile qui n'était pas là la nuit précédente. Et dis-leur que cette étoile-là, c'est leur mère qui va au ciel.

— Elles vont sûrement se disputer pour savoir quelle étoile, dit-il en souriant.

— Crois-moi, cela va les aider, mais surtout, cela leur rappellera l'amour que leur mère leur portait. C'est cela qu'elles ont besoin d'entendre.

Il eut un soupir pensif.

— Mon Dieu, comment vais-je m'en sortir ? Il faudra que je sois à la fois leur père et leur mère… Parfois, j'ai déjà tellement de mal à assumer le rôle paternel…

Elle leva la tête et le fixa droit dans les yeux.

— Tu es capable d'y arriver, et tu y arriveras, dit-elle avec conviction. Et pas seulement parce que tu y es obligé.

Elle posa doucement la main sur la joue de Quinn, qui ne s'était pas rasé ce jour-là, et sa mâchoire contractée se détendit imperceptiblement sous sa paume.

Le voile qui assombrissait son regard quand il était arrivé venait de disparaître, ses yeux avaient retrouvé leur vif azur.

— Je crois que Julieanne a tenu aussi longtemps qu'elle

le pouvait, dit-elle. Elle sait que tu peux t'en sortir. Elle te fait confiance pour t'occuper des filles. Elle n'avait aucun doute. Tu vas y arriver, nous allons tous t'aider… Ecoute, je ne te mets pas dehors, mais tu devrais y aller. Les filles risquent de te demander, et Helen aura peut-être besoin de compagnie elle aussi.

— Je ne veux pas te quitter.

— Et moi, je n'ai pas envie que tu t'en ailles. Je regrette de ne pas pouvoir t'accompagner. Mais je ne peux pas. C'est trop tôt.

Elle prit sa nuque pour le rapprocher d'elle, et l'embrassa avec force, espérant lui donner assez d'énergie pour affronter ce qui allait venir.

— Je ne demande qu'à t'aider, mais tes filles ont besoin de toi.

Après le départ de Quinn, comme chaque fois qu'il s'en allait, Ali eut l'impression qu'il avait emporté une partie d'elle-même. Le secret pour combler le manque était de s'activer. Elle mit de l'ordre dans le salon et porta le plateau dans la cuisine, où Malika finissait de laver la vaisselle du dîner. Ali croyait sa mère au lit depuis longtemps, et comprit qu'elle l'attendait.

— Je ne m'étais pas rendu compte que vous étiez si proches, tous les deux.

Ali plaça les assiettes vides de Quinn dans le lave-vaisselle.

— Comment cela ?

— Je ne pensais pas que tu serais la première personne qu'il viendrait voir à la mort de sa femme.

— Son ex-femme.

— Je ne t'accuse pas de mal te comporter, bien que, tu dois le reconnaître, les choses soient un peu floues. Je suis seulement étonnée. Est-ce sérieux entre vous ?

— Ça pourrait l'être. Cela en prend le chemin. Tout est simple, avec Quinn.

Ali continua de déplacer les objets dans le lave-vaisselle pour éviter le regard de sa mère, qui avait tout deviné, c'était évident…

— Je dirais plutôt que c'est loin de l'être, surtout en ce moment.

— C'est l'homme que j'attendais. J'ai envie d'être avec lui.

— Assez pour accepter qu'il ne sera jamais complètement libre, complètement à toi ?

— Qu'il soit libre ou pas n'est pas la question. Je sais que ses filles passent avant tout, mais c'est peut-être la seule chance que j'aurai d'avoir une sorte de famille à moi.

— Alisha. Tu es une incurable romantique, tu vois tout en rose. Mais, même si cela fonctionne avec Quinn, une famille ne naît pas en un claquement de doigts. C'est cela qui t'attire chez lui ?

Ali le savait, cette conversation pouvait s'éterniser. Elle ferma le lave-vaisselle et s'assit devant le comptoir de la cuisine. Mieux valait épuiser le sujet sur-le-champ.

— Les filles sont adorables, mais elles ne sont qu'un bonheur de plus, pas ma motivation première. Il y a eu quelque chose entre Quinn et moi dès l'instant de notre rencontre, avant que je sache qu'il avait des enfants, ou même quoi que ce soit à son sujet.

— Mais es-tu sûre d'être prête pour ça ? La situation a l'air très compliquée, et il aura un grand besoin d'être soutenu.

— Oui, et il est venu vers moi ce soir. Il se sent mieux quand il est avec moi.

— C'est en partie cela qui m'inquiète : la période difficile qui s'annonce. Julieanne n'est même pas encore enterrée.

— Ils avaient divorcé. Leur relation était terminée depuis longtemps, et Quinn est prêt pour autre chose.

— En es-tu sûre ? Il va avoir beaucoup de choses à régler. Ça m'étonnerait qu'il ait la moindre idée de ce qu'il va faire, et de la manière dont il affrontera la situation. Sa vie va changer radicalement. As-tu l'énergie nécessaire pour le soutenir ?

— Je n'en sais rien, maman, mais je pense que nous trouverons un moyen. Je ne vais pas prendre mes distances au moment où il a besoin de moi !

— Et que se passera-t-il quand il n'aura plus besoin de ton aide ? demanda Malika. Un jour, il émergera de ce drame ! Toi aussi tu as besoin d'être épaulée. Une relation n'est pas à sens unique ! Tu as vécu une année difficile et tu n'es pas encore remise de tout ce qui t'est arrivé. Je crains que tu ne sois pas encore assez solide pour soutenir Quinn s'il est incapable de donner lui aussi.

— Je vais bien.

— Ma chérie, il y a neuf mois tu as subi une grave intervention. Physiquement, tu es rétablie, mais moralement, tu as beaucoup souffert. Il te faut quelqu'un qui puisse prendre soin de toi, et qui te laisse le temps et l'espace pour refaire tes réserves d'énergie. L'opération a laissé un vide dans ta vie. Je ne voudrais pas que tu essaies de le combler avec Quinn, et qu'il ne soit pas la bonne personne.

— Moi, je pense que si. Il est celui que j'attendais.

— Ne sacrifie pas tout pour lui. Tu l'as fait pour Scott, et quand tu as eu besoin de son aide, il t'a abandonnée, il t'a laissée te débrouiller avec ta peine.

Sur ce point, sa mère avait raison. Son désir d'avoir des enfants avait été anéanti, et Scott lui avait assené le coup de grâce. Il était parti, emportant ses rêves de se marier et de fonder une famille.

Mais avec Quinn, les choses pourraient être différentes, elle en était sûre. Scott ne l'avait pas voulue assez fort. Il n'avait pas pu, ou pas souhaité, la placer en tête de ses rêves et de ses désirs. Quinn, lui, avait tout laissé tomber pour être présent auprès de son ex-femme. Pour Ali, cela en disait long sur le genre d'homme qu'il était.

— Quinn n'est pas Scott, dit-elle doucement.

L'enterrement de Julieanne eut lieu par un beau mercredi de printemps. Le ciel était bleu et clair, et l'air chargé de parfums de fleurs. Elle aurait aimé cette belle journée…

Dans l'église, Quinn se tenait debout au premier rang, le dos trop droit. Helen et les jumelles étaient assises à sa gauche, mais il était trop tendu pour s'asseoir près d'elles. Ce moment inéluctable était arrivé trop vite ! Il s'était chargé seul d'organiser les obsèques. Il n'y avait personne d'autre pour le faire, et surtout pas Helen. Ce n'était pas un travail pour une mère. Souvent, il s'était demandé comment il arriverait à tout régler et avait donc été très soulagé de trouver les instructions détaillées que Julieanne avait laissées chez son avocat pour l'organisation des obsèques. C'était peut-être un des très rares points positifs à se savoir condamné. Julieanne avait eu le temps de se préparer.

Lui-même aurait aimé un délai avant de devoir faire face. Malgré tout ce que Julieanne avait anticipé, il restait beaucoup à faire, et il n'avait pas l'impression de s'en sortir très bien. D'ordinaire, il se considérait pourtant comme une personne efficace ! La vie militaire était en grande partie faite de routine, et d'anticipation. Mais, en ce moment, il ne pouvait se reposer sur aucune routine, et organiser sa vie de famille était bien compliqué.

Pendant des années, il n'avait eu à se soucier que de lui-même. Même après le divorce et pendant sa maladie, Julieanne avait tout planifié pour les filles, lui n'avait eu qu'à suivre ses instructions. Comme cela concernait les filles, il n'avait vu aucun inconvénient à s'y conformer. Mais c'était désormais à lui de prendre les initiatives. Ce jour était le dernier où il pourrait compter sur l'aide de Julieanne. Pour eux, l'heure était venue de se dire vraiment au revoir.

Le cercueil était au bord de son champ de vision. Il essayait de l'éviter, mais le moindre coup d'œil lui rappelait instantanément ses échecs en tant que mari et médecin. Il aurait dû prêter davantage attention aux migraines de Julieanne, et insister pour qu'elle consulte. Une intervention plus précoce ne lui aurait peut-être pas sauvé la vie, mais cela leur aurait donné du temps. Il avait fait de son mieux comme mari mais cela n'avait pas non plus été très concluant. Désormais, il espérait seulement ne pas échouer également en tant que père. D'après Ali, Julieanne avait confiance en lui, d'ailleurs elle-même le lui avait dit, mais pouvait-il les croire ?

Il jeta un coup d'œil à sa gauche, vers l'allée et la porte. L'église était presque pleine, remplie de gens qu'il ne connaissait pas. Jul avait demandé que l'assistance porte une couleur vive, de préférence du rose, sa couleur favorite. Pour elle, il était insupportable que ses obsèques soient une affaire triste et sombre. La foule colorée transformait l'église en serre fleurie !

Un éclat rouge attira le regard de Quinn. Plus sombre, plus théâtral, il tranchait sur les différents roses, fraise et fuchsia.

Ali.

La voir en rouge lui remontait le moral. Cela lui rappelait le soir où ils s'étaient rencontrés au cocktail de la conférence. L'éclat rouge contrastant avec les gris et les noirs avait attiré son attention. Aujourd'hui, les autres couleurs étaient plus vives, mais c'était toujours elle qui retenait son regard.

Elle se dirigea vers un banc près du fond. Elle le regarda juste avant de s'asseoir, lui sourit. Soudain, il se sentit mieux. Il s'en sortirait…

Il s'assit à côté de ses filles. Heureusement, pendant l'office, il put, sans attirer l'attention, jeter des coups d'œil en direction d'Ali.

Elle le croyait fort, mais, les derniers temps, c'était d'elle qu'il avait tiré une grande partie de son énergie. Il était assez solide pour affronter la mort de Julieanne, mais pas certain de l'être assez pour aider les filles à traverser l'épreuve elles aussi. Ali lui avait dit qu'elles compteraient sur lui pour les guider. Encore faudrait-il qu'il soit assez fort pour tous les trois…

Son attention fut attirée par une photo de Beth et Eliza. Sur un écran au milieu du chœur, un diaporama était projeté. Des images de la vie de Julieanne. Les photos étaient accompagnées de musique. Les chansons favorites de Jul, probablement. Pour la plupart, les photos représentaient des moments qu'il n'avait pas partagés avec elle. C'étaient des événements et des souvenirs qu'elle avait vécus avec les jumelles, et que lui avait manqués.

Comment remplirait-il le vide que la mort de Julieanne allait laisser dans la vie de ses filles ?

Quand Ali était arrivée, l'église était presque pleine. Elle connaissait beaucoup des visages présents, mais c'était pour Quinn qu'elle était venue.

Il portait son uniforme. Elle avait presque oublié cette partie de sa vie, et comme occulté qu'il appartenait encore à l'armée. Son pantalon kaki et sa chemise étaient impeccablement repassés, ses chaussures noires cirées avec soin. Plusieurs médailles ornaient son torse.

Qu'allait-il faire maintenant ? La conversation qu'elle avait eue avec Julieanne lui revint à la mémoire. Son ex-femme ne voulait pas qu'il reste dans l'armée. Avait-elle fait part de ce souhait à Quinn lui-même ?

De l'autre côté de l'église, au deuxième rang, il y avait une demi-douzaine d'autres hommes en uniforme militaire. Des amis de Quinn, sans doute. Cette idée plut à Ali. Elle n'était pas la seule à être venue pour lui.

D'aussi loin, tout ce qu'elle pouvait faire, c'était de lui sourire. Il regardait l'assistance avec attention, adressant un signe de tête aux gens qui croisaient son regard. Quand il la fixa, elle vit, même à distance, briller ses yeux azur, et cela suffit à la rasséréner. Pourvu que cet échange de regards ait eu le même effet sur lui.

Quand le service débuta, il prit place au premier rang avec ses filles. Beth et Eliza, assises entre lui et Helen, étaient vêtues de robes identiques rose pâle, comme des demoiselles d'honneur à un mariage, mais Ali ne put regarder longtemps ces pauvres enfants sans mère ; c'était trop triste. Elle reporta son attention sur Quinn.

Il avait l'air fort et calme, mais elle décelait la tension dans ses épaules : il faisait des efforts pour ne pas s'effondrer. Que se passait-il dans sa tête ? Déplorait-il les années perdues ? S'inquiétait-il pour l'avenir ? Se demandait-il comment être à la fois un père et une mère ? Elle n'en avait aucune idée.

Quand le pasteur se tut, Quinn se tourna et embrassa ses filles avant de se lever et de se diriger vers le pupitre. Il regarda avec attention les gens réunis sur les bancs, puis il parla d'une voix pleine et grave.

— Julieanne sourirait si elle était là où je me trouve en cet instant. Vous formez un groupe coloré et je vous remercie d'avoir fait l'effort de porter des couleurs vives, comme elle l'a demandé. Vous le savez, elle aimait les gens, et les deux êtres qu'elle aimait le plus sur cette terre sont nos filles, Beth et Eliza. Elle aimait aussi les grands rassemblements, et elle serait navrée de n'être là que par l'esprit. Mais, dans le plus pur style Julieanne, elle a tout organisé en nous laissant des instructions détaillées, à Helen, sa mère, et à moi. Nous les avons respectées de notre mieux. Elle a également laissé un message qu'elle m'a demandé de lire.

« Je sais que c'est la dernière fois que j'aurai toute votre attention. Je veux vous remercier tous pour votre affection et votre soutien, et pour l'aide que vous avez apportée à ma famille dans cette cruelle épreuve. Je n'aurais pas pu souhaiter de meilleurs amis. S'il vous plaît, parlez de moi et rappelez mon souvenir à mes filles. Aimez, et riez, et profitez de chaque jour qui passe. Nous nous reverrons. »

Quinn marqua une pause.

Bouleversée, Ali se demanda comment il arrivait encore à lire. Autour d'elle, les gens reniflaient et cherchaient des mouchoirs pour essuyer les larmes qui coulaient sur leurs joues.

Il se remit à lire.

« Merci, Maman, et merci, Quinn. Je sais que vous prendrez soin de mes bébés. Beth et Eliza, souvenez-vous toujours que Maman vous aime. »

Il replia la feuille et la remit dans sa poche, puis il adressa un signe de tête aux hommes en uniforme. D'un seul mouvement, ceux-ci se levèrent.

— La dernière volonté de Julieanne, reprit-il, était de reposer près de son père, derrière l'église. Mais au lieu de suivre son cercueil, tout le monde se rassemblera sur les marches, à l'entrée. C'est ce qu'elle a demandé.

Les amis de Quinn s'avancèrent. Il rejoignit ses filles et les prit par la main pendant que les hommes en uniforme soulevaient le cercueil, et, d'un pas réglé avec une précision militaire, le portaient jusqu'au bout de l'allée centrale.

Helen suivait le cercueil de sa fille. Elle s'appuyait sur le bras d'une autre femme d'un certain âge, qui lui ressemblait beaucoup — sa sœur, conclut Ali. Quinn et les jumelles marchaient derrière elles, et le reste de l'assistance forma un cortège pour sortir.

Quand la foule se rassembla sur les marches, Ali comprit. Julieanne avait fait en sorte que les jumelles ne voient pas sa mise en terre. Elles pourraient venir voir sa tombe plus tard, quand l'herbe aurait poussé. Pour l'instant, la réalité, l'irrévocabilité de la mort leur seraient épargnées.

Deux femmes attendaient devant l'église, de part et d'autre de la porte. Ali les reconnut pour les avoir vues à l'anniversaire de Quinn. C'étaient deux des mamans de l'école, des amies de Julieanne, qui avaient chacune un gros bouquet de ballons roses à la main. Quinn prit deux ballons et en donna un à chacune de ses filles. En même temps, Beth et Eliza les lâchèrent et les regardèrent s'envoler. Le ciel de printemps était presque de la couleur des yeux de Quinn et les ballons ressortaient sur ce bleu vif.

Ils montaient vers le ciel, poussés par le vent léger, et Ali sut que tout le monde se souvenait de Julieanne. Malika avait peut-être raison, finalement. Comment allait-elle rivaliser avec une épouse morte — même une ex-épouse ? Julieanne avait souhaité qu'on se souvienne d'elle, et c'était légitime, mais cela laissait-il de la place pour elle, Ali, dans la vie de Quinn et de sa famille ?

Elle n'en était pas sûre. Pourtant, c'était ce qu'elle désirait : être aimée non seulement par lui mais aussi par ses filles. Pour la première fois depuis le jour de leur rencontre, elle douta. Peut-être espérait-elle trop.

Au même instant, elle sentit un mouvement près d'elle, et sut qu'il était là.

— Je suis content que tu ne portes pas de rose. Le rouge, c'est vraiment ta couleur.

Quinn murmurait pour elle seule, et sa voix grave la fit frissonner. N'était-ce pas indécent d'éprouver du désir dans un moment pareil ? Mais elle ne pouvait contrôler ses sentiments, et lui sourit.

— Bonjour. Comment te sens-tu ?

— Mieux, parce que tu es là.

Il la regardait comme s'il n'y avait plus qu'elle devant l'église. Elle eut envie de poser la tête sur son épaule, mais se souvint juste à temps de l'endroit où ils se trouvaient.

— Veux-tu venir à la maison manger quelque chose ? S'il te plaît.

« A la maison » ? Jamais il n'avait utilisé cette expression auparavant. Un jour, il lui avait dit qu'il avait acheté cette maison pour Julieanne et les filles, mais qu'elle était au nom de Julieanne et que, dans son esprit, elle n'avait aucun rapport avec lui.

Ali avait caressé l'espoir de passer un moment avec lui, mais, bien sûr, la maison était pleine de monde, et lui très occupé. Ils n'eurent donc pas un seul instant en tête à tête. Malgré tout, elle était positive.

Un chapitre se refermait. Maintenant, Quinn allait être

vraiment libre de poursuivre sa vie, et elle espérait qu'il choisirait de le faire avec elle. Il lui faudrait peut-être se montrer patiente, mais elle était prête à attendre. Quinn en valait la peine.

8.

Ali

Ali avait dormi d'un sommeil agité, peuplé de rêves étranges et hantés par l'image de Quinn. Elle ne l'avait pas revu depuis l'enterrement de Julieanne, trois jours plus tôt. Sans doute était-il très pris par ses filles et ses amis de l'armée. Mais il apparaissait régulièrement dans ses rêves, dans des situations bizarres où ils se trouvaient ensemble, nus, dans des endroits insolites. Le dernier rêve en date était aussi fou que les précédents.

Elle se tourna et se retourna pendant un moment. Puis, trop agitée pour se rendormir, elle se leva et descendit au rez-de-chaussée pour se livrer à son activité habituelle quand elle était énervée — la cuisine.

Elle empilait les derniers pancakes dans une assiette quand on frappa doucement à la porte d'entrée. Ses parents étaient sortis faire leur promenade matinale. Peut-être avaient-ils oublié leur clé ? Mais, quand elle ouvrit la porte, elle découvrit Quinn, et ses filles.

Son apparence laissait à désirer. Il ne s'était pas rasé et ses yeux étaient cachés derrière des lunettes de soleil, mais le cœur d'Ali battit plus vite. Il était plus pâle que d'habitude et il y avait peut-être quelques nouvelles rides sur son visage, mais il était debout devant elle ! Sa large carrure remplissait presque l'ouverture de la porte, là, à portée de sa main. L'idée qu'elle pourrait le toucher après trois jours sans lui la fit frissonner.

Il la détailla de la tête aux pieds. Elle était pieds nus,

et portait un pantalon de yoga, un T-shirt rouge et pas de soutien-gorge.

La déshabillait-il mentalement ?

Des images du rêve de la nuit lui revinrent… Elle sentit une vague de chaleur l'envahir, et les pointes de ses seins durcirent sous son T-shirt. Heureusement, les filles étaient trop jeunes pour remarquer sa réaction au regard scrutateur de leur père. Par précaution, elle croisa pourtant les bras sur sa poitrine.

— Nous t'avons réveillée ? demanda-t-il.

— Non, répondit-elle, le souffle court.

Elle s'éclaircit la voix.

— Tu t'es levé bien plus tôt que d'habitude, on dirait. Tu t'es couché tard ?

Les derniers de ses amis devaient partir dans la journée, et elle supposa qu'il était sorti une dernière fois avec eux.

— Oui, répondit-il. Et je me suis levé tôt, grâce aux filles qui ont bien besoin de se dépenser !

— Vous voulez entrer ?

Il répondit d'un hochement de tête prudent. Devait-elle aller lui chercher du paracétamol ?

— Nous allons à la plage, dit-il. J'ai besoin de prendre l'air et j'ai pensé que ce serait une bonne manière de passer la journée ; nous nous sommes dit que tu voudrais peut-être venir avec nous. As-tu une journée chargée ?

— Non, des choses qui peuvent attendre. Une journée à la plage, c'est tentant. Pourquoi n'entrez-vous pas pendant que je me change ? J'ai fait des pancakes. Si quelqu'un a faim…

— Des pancakes ! dit Beth.

— On adore ça, fit Eliza.

Et elles se précipitèrent vers la cuisine.

Il ôta ses lunettes de soleil, et Ali vit qu'il avait les yeux rougis.

— Veux-tu que je garde les filles ce matin, pour que tu rentres dormir ?

— Dormir… Proposition tentante, mais pas forcément dans le sens où tu l'entends, répondit-il avec un large sourire.

Il entra et l'embrassa. En elle, le désir monta d'un cran. Et si elle le prenait au mot ? Mais ce n'était ni l'heure, ni l'endroit. Malheureusement, elle n'avait pas souvent l'occasion d'avoir Quinn pour elle… Et maintenant, il était parent unique, ce qui leur donnerait encore moins d'occasions d'être seuls.

— Si tu as de l'énergie pour *ça*, alors tu peux assumer une journée seul avec les filles, répondit-elle, taquine.

— Je préférerais que tu viennes avec moi, répondit-il, tendant la main sur le T-shirt d'Ali.

Du pouce, il caressa le bout tendu d'un sein à travers l'étoffe, avant de prendre Ali par les hanches pour la plaquer contre lui. Il était très excité lui aussi. Elle aurait adoré l'entraîner à l'étage, dans sa chambre, pour le déshabiller et faire l'amour, mais il faudrait attendre.

Le souffle court, elle s'écarta pour fuir la tentation.

— Arrête ! Ce n'est pas du jeu.

— Désolé, répondit-il, l'air nullement contrit.

— Si je viens à la plage, tu me promets de bien te conduire ?

— Tout ce que tu voudras.

Il déposa un autre baiser sur ses lèvres, puis passa devant elle d'un air dégagé pour gagner la cuisine.

Elle le suivit du regard, le détaillant sans retenue, avant de lui emboîter le pas.

Elle installa les trois visiteurs dans la cuisine avec les pancakes, le sirop d'érable, du citron, du sucre et des fraises, avant d'aller se changer.

Elle se vêtit avec soin. Il ferait trop froid pour se baigner mais un bain de soleil serait possible. Elle opta donc pour un Bikini rouge, un T-shirt et un jean. Elle enfila des chaussures rouges à lacets, et fourra dans un sac une veste, un chapeau et une serviette.

Quand elle redescendit, Quinn avait rangé la cuisine. Ils étaient prêts à partir. Elle envoya les filles se débarbouiller dans la salle de bains, ce qui la laissa un moment seule avec Quinn.

— Qui a eu l'idée de la plage ? demanda-t-elle.

— Moi. Les filles ont besoin de s'activer, et moi, je ne tiens pas en place. J'ai grandi au bord de l'océan sur la Sunshine Coast. Un moment au bord de l'eau, ou avec toi, me ferait du bien. Si je peux avoir les deux, c'est encore mieux.

— A quelle plage penses-tu ?

— C'est toi qui es du coin, à toi de choisir. Tout ce qu'il me faut, c'est l'air de la mer, et peut-être une vague ou deux.

Elle décida de les emmener à Victor Harbor, via Port Elliot. La destination remplissait tous les critères, et les prévisions météorologiques étaient parfaites. Les températures étaient encore fraîches, ce qui était normal en cette période de l'année, mais il n'y aurait pas de vent, ce qui rendrait une journée à la plage encore plus agréable. Et si le temps se gâtait, de nombreuses activités n'incluant pas la plage étaient possibles.

Elle proposa de conduire, ce qui permit à Quinn de rattraper un peu de sommeil.

Le coin de plage préféré d'Ali était presque désert, à part quelques promeneurs de fin de matinée et leurs chiens. Quinn et les filles ne perdirent pas de temps. Ils plongèrent dans les vagues, puis insistèrent pour qu'Ali les rejoigne. Courageusement, elle roula ses jeans et se trempa les orteils, mais, malgré le soleil, l'eau était encore beaucoup trop froide pour elle.

Elle déplia donc son drap de bain et s'assit sur la plage pour regarder les jumelles jouer avec leur père. Il les portait tour à tour sur ses épaules, et depuis ce plongeoir improvisé, elles sautaient dans l'eau avec de petits cris ravis. Elle aurait pu rester là pendant des heures, à admirer le physique de Quinn. Des gouttes d'eau brillaient sur sa peau et ses muscles saillaient agréablement.

Les jumelles nagèrent un peu, puis se lancèrent dans l'édification d'un château de sable, pendant que Quinn effectuait des allers-retours en crawl le long de la plage.

L'air s'était réchauffé et Ali eut envie de quitter son pantalon. Elle enfila un short blanc très court et longea le rivage, à la recherche de trésors marins avec lesquels les filles pourraient décorer leur château. Elle était en train de leur proposer plusieurs jolis coquillages et deux galets polis par la mer quand Quinn sortit de l'eau.

Elle s'allongea sur son drap de bain pour le regarder remonter le rivage dans sa direction. C'était à son tour de se cacher derrière des lunettes de soleil pour l'admirer. Humide, son corps musclé brillait au soleil. Il ramassa une serviette-éponge et leva les bras pour se sécher les cheveux, ce qui offrit à Ali une vue très plaisante d'abdominaux sculptés, avec une mince ligne de toison blonde qui plongeait dans le short de surf. Si elle avait pu la suivre du bout des doigts…

Il étala sa serviette sur le sable à côté d'elle. Allongé sur le ventre, il se releva sur les coudes, ce qui fit saillir ses biceps.

— Ça va mieux ? demanda-t-elle.

Il tourna la tête pour la regarder. Elle était étendue sur le dos, ses seins ronds et fermes bien en évidence sous son T-shirt serré, son petit short dévoilant le haut de ses hanches. Il l'imagina dans la même pose, mais nue, et sentit l'excitation monter en lui. Comme il aurait aimé glisser la main sous ce T-shirt…

— Beaucoup mieux, répondit-il.

Elle roula sur le côté et tendit une jambe en direction de Quinn, exposant sa cuisse longue et mince. Même après un hiver long et froid, sa peau avait l'air bronzée, grâce à ses origines indiennes. Le soleil, l'air et la baignade avaient apaisé Quinn, mais la vision d'Ali allongée tout près accéléra son rythme cardiaque, et il rêva de lui ôter son minuscule short pour lui faire l'amour…

— Arrête de me regarder comme ça, dit-elle, interrompant son rêve éveillé.

— Comment, « comme ça » ?

— Comme si tu n'avais pas mangé depuis une semaine.

— La baignade me donne toujours faim, mais je me contenterais bien de goûter tes lèvres.

Il fut content de voir les joues d'Ali rosir et ses yeux verts s'assombrir légèrement tandis qu'il la dévorait du regard.

— Pour ça, malheureusement, il faudra que tu attendes, mais je peux t'emmener à la boulangerie si tu as faim.

— C'est tout ce que tu me proposes ?

— Oui, malheureusement.

— Entendu, mais tu me dois un baiser.

Il appela les filles et regarda Ali fourrer les draps de bain dans son sac de plage, lui offrant une vue de ses courbes séduisantes sous son short blanc. Il dut ajuster son maillot de surf avant de prendre le sac et de le porter dans la voiture.

Ali les emmena déjeuner à la boulangerie de Port Elliot. Puis ils partirent pour Victor Harbor et elle reprit son rôle de guide touristique. Se garant sur le front de mer, elle leur proposa de prendre le tram jusqu'à Granite Island, une petite île située tout près du continent. Les filles l'avaient déjà fait, mais pour Quinn, c'était nouveau. Le tram était en fait une vieille calèche de bois rénovée, à étage, avec un toit ouvert. Elle suivait des rails mais était tirée par un cheval, un clydesdale très placide. Les filles offrirent une pomme au cheval, puis gravirent en courant l'escalier incurvé qui menait à l'impériale, pour s'asseoir en plein air. Quand le cheval entreprit son trajet lent et régulier sur la route qui menait à l'île, elles s'amusèrent à se pencher au-dessus de la rambarde pour saluer les piétons qui marchaient en contrebas.

Ali trouva les jumelles adorables. On aurait pu croire qu'elles n'avaient aucun souci. Le vent léger faisait voler leurs cheveux blonds et, avec la ville en arrière-plan, elles ressemblaient à une jolie publicité touristique.

Quinn leur offrit une glace à condition qu'elles marchent jusqu'au belvédère, et que le retour sur le continent se fasse à pied, pour brûler un peu d'énergie.

De fait, elles gambadèrent tout le chemin, largement en avance sur les adultes. Quinn prit la main d'Ali et la glissa sous son bras.

— Que fais-tu ? demanda-t-elle, surprise.

— Je m'assure que tu ne te sauveras pas.

— Et les filles ? demanda-t-elle.

Elles ignoraient tout de la relation qu'elle avait avec leur père !

— Elles sont bien trop occupées à s'amuser pour remarquer ça, et moi, je ne vais quand même pas me sentir coupable d'aimer ta compagnie !

Mais elle n'était pas à l'aise. Ils risquaient de rencontrer quelqu'un qui avait connu Julieanne et qui jugerait leur attitude déplacée… Elle vérifia du regard que personne ne les regardait.

— Détends-toi, dit-il. Ici, personne ne nous connaît. J'adore cet endroit, nous sommes loin de la ville, et je peux être vraiment moi-même, au lieu de me comporter en fonction de ce qu'on attend de moi.

— Comment cela ?

— Tout le monde à Stirling me traite comme un veuf éploré. Là-bas, pas question de me promener main dans la main avec toi — pas encore, car tout le monde trouverait ça scandaleux. Mais les gens oublient que nous étions divorcés, Julieanne et moi !

— Tu dois les comprendre. Et puis il y a Helen et les filles. Ce serait peut-être trop tôt pour se montrer en public.

— Je le comprends très bien, mais je ne suis pas obligé d'aimer ça. Je sais qu'elles sont en plein deuil. Moi aussi j'ai de la peine, mais c'est avant tout pour mes filles. Je respecte leurs sentiments et la mémoire de Julieanne, mais je ne veux pas me priver de toi : je pense sans arrêt à toi. J'ai suffisamment culpabilisé de ne pas être un assez bon père et mari, je refuse de me sentir coupable d'avoir envie de passer du temps en ta compagnie. Julieanne était mon ex-femme. Je ne vais pas mettre ma vie entre parenthèses par une sorte de loyauté injustifiée à son égard. J'ai toujours fait ce qu'il fallait — est-ce que je ne mérite pas d'être récompensé ?

— Je suis ta récompense ? demanda Ali.

Il eut un sourire qui fit scintiller ses yeux comme la mer toute proche.

— Ça me plairait de voir les choses sous cet angle.

Elle passa le reste de l'après-midi à brider son imagination pour ne pas rêver d'amour éternel. Mais savoir que Quinn la désirait lui fit passer ce temps dans une bulle d'euphorie, qui dura pendant une partie de minigolf, un dîner de fish-and-chips et le trajet de retour.

A peine avaient-ils pris la route que les filles s'endormaient profondément à l'arrière, épuisées par les activités de la journée. Le soleil s'était couché, et la berline allemande noire s'enfonça tranquillement dans la nuit. Il n'y avait pas d'autres voitures sur la route, pas de réverbères, simplement un croissant de lune. L'obscurité était complète et, sur cette route de campagne, ils auraient pu être seuls au monde.

Pendant que Quinn négociait les nombreux virages, Ali se laissa aller contre l'appuie-tête et se tourna vers lui. Dans la lumière du tableau de bord, son profil se dessinait avec netteté. Il sentit son regard. Jetant un coup d'œil dans sa direction, il posa la main sur sa cuisse. Elle avait remis son jean mais la chaleur de sa paume traversait le denim.

— J'ai passé une journée merveilleuse, merci, dit-il.

Du pouce, il caressa l'intérieur de sa cuisse. Elle éprouva un frisson délicieux, et ferma les yeux.

Les doigts remontèrent encore, et à regret, elle stoppa sa main. Malheureusement, ce n'était ni l'heure ni l'endroit pour céder au désir.

Elle rouvrit les yeux. Les phares de la voiture illuminaient un panneau signalant une chambre d'hôte.

— Ce serait un endroit parfait pour finir cette journée, dit-il quand ils passèrent devant le cottage en pierre. Si nous pouvions simplement louer une chambre pour la nuit…

Elle sourit.

— Tu oublies les deux petites créatures sur la banquette arrière ?

— Non, mais on peut rêver, n'est-ce pas ? Ce sera pour une autre fois.

— Tu devras quand même trouver quelqu'un pour garder les filles — sauf si Helen a l'intention de t'aider.

— Je ne connais pas ses projets. Je ne crois pas qu'elle sache ce qu'elle va faire. Elle tient le choc mais elle est terriblement triste, elle n'a pas l'énergie de s'occuper de Beth et Eliza. Cela va prendre du temps. Mais de nombreuses amies de Julieanne ont proposé de prendre les filles pour une nuit, si j'ai besoin d'aide.

Dans la pénombre, elle devina une lueur malicieuse dans ses yeux bleus.

— Je ne suis pas sûre que leur générosité irait jusqu'à prendre soin de tes filles pendant que tu m'emmènerais pour un week-end crapuleux !

— Non, sûrement pas, hélas. Alors, vu que je ne pourrai jamais te donner rendez-vous — du moins dans un futur proche —, nous devons nous organiser autrement.

Avec un sourire désarmant, il fit glisser sa main plus haut et la nicha entre les cuisses.

Elle eut l'impression de fondre.

— Tu essaies de me convaincre ? demanda-t-elle.

— Oui — avec les moyens dont je dispose.

— Ecoute, je pourrais peut-être trouver une baby-sitter, dit-elle.

— Intéressant. Et tu pourrais faire cela avant que je ne me consume complètement ?

— *Toi*, tu vas te consumer ? Et moi, à ton avis, avec ce que tu es en train de me faire ?

— Veux-tu que je me range sur le bas-côté pour éviter la catastrophe ? demanda-t-il, joueur.

— C'est très tentant, mais nous devrions nous contrôler. Et pour nos soirées de rendez-vous, visons la qualité plutôt que la quantité.

Pourtant, les nerfs d'Ali vibraient à la perspective de passer du temps en tête à tête avec Quinn ; elle en rêvait autant que lui. Peut-être Tracey, la secrétaire du cabinet médical, accepterait-elle de garder les filles ? Elle le lui demanderait le lendemain.

— Surtout, dis bien aux baby-sitters potentielles que les jumelles sont de vrais petits anges. Impressionnées par de si charmantes enfants, elles ne se demanderont peut-être pas ce que nous allons faire pendant la nuit.

— Je ferai le maximum.

Il jeta un coup d'œil en direction des jumelles endormies.

— C'est incroyable. Je recommencerais bien tout cela.

— Quoi donc ?

— Avoir d'autres enfants. Mais, déjà, j'aurai de la chance si j'arrive à sortir un soir, alors d'autres enfants, c'est un rêve lointain.

— Tu es sérieux ?

— Oui. J'adorerais ça. Les filles sont la meilleure chose qui me soit arrivée, mais j'étais si stressé, paniqué même, par la nécessité de terminer mes études et de nourrir une femme et deux enfants, que je n'ai pas eu le temps d'apprécier l'aventure. J'ai raté une grande partie de la grossesse de Julieanne, et de la vie des filles jusqu'à aujourd'hui. J'ai toujours juré que je ne serais jamais comme mon père, mais j'ai quand même été plutôt absent. Et je regrette que Julieanne et moi n'ayons pas réussi notre mariage. Si un jour j'ai la chance de recommencer, je ferai ce qu'il faut.

Cette déclaration fit exploser la petite bulle d'euphorie qui avait entouré Ali toute la journée. Elle n'aurait jamais imaginé qu'il soit prêt à renouveler l'aventure d'avoir un bébé, ni même qu'il le souhaite. C'était incroyable. Pourquoi ne pouvait-il pas se satisfaire de ce qu'il avait déjà ? Il aurait pu se contenter d'être un excellent père pour les jumelles ! Pourquoi avait-il besoin de tout recommencer ?

Peu importaient les raisons. Tout ce qui comptait, c'était qu'il ne pourrait jamais vivre cela avec elle. S'il voulait faire de nouveau l'expérience d'une compagne enceinte, ce n'était pas elle qu'il choisirait, évidemment !

Il disait qu'il voulait passer du temps avec elle, l'emmener en week-end… mais jamais qu'il la voulait comme mère de ses futurs bébés !

La journée avait été si merveilleuse, avant que tout ne s'effondre, et que la réalité ne prenne ce tour horrible ! Envolé, le rêve d'un avenir avec Quinn ! Elle n'allait pas attendre que leur relation devienne plus sérieuse. Il fallait partir — tout de suite.

9.

Ali

Bien décidée à s'activer en permanence, Ali décida de se noyer dans le travail. Ainsi, elle n'aurait pas le temps de songer à Quinn et aux rêves qu'il faisait pour l'avenir — des rêves dont elle ne pourrait jamais faire partie…

Les filles avaient repris l'école, mais il n'était pas revenu au cabinet médical. La sœur d'Helen était rentrée à Hong Kong, et Quinn et Helen passaient le plus clair de leur temps à régler les affaires de Julieanne.

Ali se disait débordée, mais elle s'était portée volontaire pour prendre en charge le supplément de travail. Ainsi, sa mère gardait un peu de temps libre, et elle-même était sûre de rester occupée en permanence.

Quand Quinn l'interrogea sur leur projet de sortie, elle répondit qu'elle n'avait pas encore trouvé de baby-sitter. Heureusement, elle ne lui avait pas dit que Tracey accepterait peut-être de garder les filles : cela lui donnait une bonne excuse pour qu'ils ne puissent pas se voir.

Cette activité débordante donna d'excellents résultats : pendant trois jours, elle résista à l'envie d'appeler Quinn. Mais le quatrième jour, le travail ne suffit plus à le lui faire oublier. Aussi, de retour chez elle, se mit-elle à faire la cuisine. Elle prépara divers plats — samosas, tourtes au poulet et à la coriandre, agneau rogan joṣh. En les conditionnant pour les ranger dans le réfrigérateur, elle résista à l'envie de porter tout de suite cette nourriture à Quinn. Peut-être, si elle parvenait à résister un jour de plus, cette envie lui passerait-elle…

Mais, le lendemain, elle repensa sans arrêt aux boîtes stockées dans le réfrigérateur de sa mère. Ses parents et elle ne mangeraient jamais toute cette nourriture ! Il faudrait qu'elle la congèle, ou qu'elle la donne à Quinn, sinon, tout serait honteusement gaspillé ! Elle décida donc de tout porter chez Quinn après le travail.

Elle allait éteindre son ordinateur quand Deb passa la tête dans l'ouverture de la porte.

— Ali, est-ce que vous auriez une seconde ?

— Oui, bien sûr. Que se passe-t-il ?

— La belle-mère de Quinn est là avec les jumelles. Une des deux — Beth, je crois — se plaint de douleurs au ventre. Vous pouvez voir ça ?

C'était pour le moins inattendu, mais elle était médecin avant tout !

Elle acquiesça d'un hochement de tête, et Deb poussa le battant pour faire entrer Helen et les jumelles.

— Bonjour, Helen, bonjour, les filles. Comment s'est passée l'école aujourd'hui ?

— On n'y est pas allées, répondit Eliza.

— Beth a commencé de se plaindre de douleurs au ventre après le petit déjeuner, alors je les ai gardées toutes les deux à la maison, expliqua Helen. J'ai pensé que c'était peut-être psychologique, mais elle a vomi son petit déjeuner et la douleur a l'air d'augmenter.

— Où est Quinn ? demanda Ali.

Pourquoi n'avait-il pas pris le problème en charge ?

— Il avait des rendez-vous en ville. Il ne sait pas que les filles sont à la maison. Il fallait qu'il voie l'avocat et le comptable de Julieanne, plus le banquier et le conseiller financier. Ça devait prendre la plus grande partie de la journée, et ça n'aurait pas dû poser de problème, mais maintenant, je suis très ennuyée. J'ai appelé le pédiatre, mais il n'avait pas le temps de nous recevoir. Je regrette de débarquer comme ça sans prévenir, mais je ne savais plus quoi faire.

— Vous avez bien fait, répondit Ali d'un ton rassurant. Je vais regarder cela. Pas de problème.

Il était évident que Beth ne faisait pas semblant d'être malade. Elle était pâle et son regard était sombre. Comme ceux de leur père, les yeux des jumelles reflétaient leurs sentiments.

— Tu peux me montrer où tu as mal, Beth ?

Elle passa la main sur son nombril.

— Par là, mais ça fait un peu mal par là, autour.

— Monte sur la table. Je vais voir ce que je peux faire. Helen, à votre connaissance, est-elle allée à la selle aujourd'hui ?

— Pas depuis hier.

— A-t-elle de la fièvre ?

— Elle n'en avait pas quand j'ai vérifié ce matin, mais il y a une heure, elle en avait un peu, répondit Helen.

— Allonge-toi, mon ange, je vais juste prendre encore une fois ta température.

Ali utilisa un thermomètre auriculaire, qui donna un résultat normal.

Elle glissa un petit coussin sous les genoux de Beth pour l'aider à détendre ses muscles abdominaux.

— Plie bien les genoux… voilà. Montre-moi ton ventre.

Beth remonta son T-shirt et descendit la ceinture de son legging. La peau ne présentait aucun signe extérieur — hématome, gonflement, ou marque quelconque.

Ali prit son stéthoscope.

— Je vais juste écouter ton ventre. Tu vas respirer doucement et profondément pour que j'entende bien, tu peux faire ça ?… C'est bien.

Les bruits intestinaux étaient présents et normaux. Ali passa donc à la palpation. Elle appuya doucement sur l'abdomen, en commençant par le côté gauche, juste au-dessous des côtes.

— Dis-moi si ça te fait mal.

Beth secoua la tête. Tout allait bien. Ali descendit le long du côté, puis elle testa le quadrant inférieur gauche à la recherche du signe de Rovsing sans noter de réaction particulière. Mais cela se passa tout autrement du côté droit : quand elle ôta la main du quadrant inférieur, Beth grimaça.

— Ça fait mal ? demanda Ali.

Beth acquiesça de la tête, les yeux brillants de larmes.

— Je pense qu'il s'agit d'une appendicite.

— C'est très grave ? demanda Eliza.

— Oui, parce que ça fait très mal, lui répondit sa sœur.

Ali eut un sourire.

— Tu as raison : c'est douloureux.

Elle désigna la planche d'anatomie suspendue au mur.

— Tu vois cette toute petite chose qui ressemble un peu à une mini-saucisse, Beth ? C'est ton appendice. Il fait partie de ton intestin, l'endroit où tu digères tes repas. Personne ne sait vraiment ce que cet appendice fait là parce qu'il ne sert à rien, mais parfois il s'infecte.

— Et alors qu'est-ce qui se passe ?

— Un docteur l'enlève et tout va de nouveau bien. Mais il faut aller à l'hôpital.

— Non.

C'était la voix d'Eliza, calme mais déterminée. Ali se retourna.

— Eliza ?

— Je ne veux pas que Beth aille à l'hôpital. Je ne veux pas.

— Pourquoi ?

— Parce que Maman est allée à l'hôpital et elle n'est pas revenue à la maison.

Un sanglot brisa sa voix.

— Je ne veux pas que Beth meure, dit-elle.

Helen se mit à genoux et prit sa petite-fille dans ses bras.

— Liza, dit Ali, Beth va guérir. Les docteurs savent réparer ça.

— Non. Ils n'ont pas guéri Maman. Ils sont nuls.

— Ta maman avait une maladie qu'on ne pouvait pas

opérer. Mais Beth, ils peuvent la guérir. Je connais les médecins de l'hôpital des enfants, ils font très souvent ce genre d'opération. Tu connais sûrement des enfants à qui on a enlevé l'appendice ?

— Non.

— Si, Liza, dit Beth. Sophie Abbott, on lui a enlevé son appendice, et elle est guérie.

— Que faisons-nous ? demanda Helen.

— Il faut appeler Quinn, le mettre au courant, et emmener Beth à l'hôpital, au service pédiatrique. J'ai terminé mes consultations de la journée et je connais quelques-uns des chirurgiens, je peux retrouver Quinn là-bas et parler aux médecins, pendant que vous ramènerez Eliza à la maison. Je suis pratiquement sûre que l'opération sera nécessaire. Eliza pourra voir sa sœur après l'intervention.

Ali et Helen firent monter la petite malade dans la voiture d'Ali. Celle-ci attendit que son téléphone se connecte au système mains-libres, puis chercha les coordonnées de Scott. Elle n'avait pas dit à Helen qu'un des chirurgiens qu'elle connaissait était son ex-ami. Helen se moquait bien de le savoir. Dans les moments difficiles, il ne fallait reculer devant rien, et Ali se félicita de ne pas avoir effacé les coordonnées de Scott.

Comme il était toujours difficile à joindre, elle composa le numéro de sa secrétaire, qui décrocha aussitôt.

— Sonia, c'est Ali Jansson. Est-ce que Scott est là ? J'ai besoin d'un service, c'est pour une urgence.

— Il est à l'hôpital, mais ne quittez pas, je vais essayer de vous le trouver.

Le ton de Sonia était toujours aussi amical. Si elle connaissait les détails de la rupture, elle n'en laissait rien paraître.

Ali emprunta l'autoroute pour rejoindre la ville, tout en gardant un œil sur Beth.

— Ali ?

— Scott, j'ai besoin d'un service.

Elle n'avait pas de temps pour les amabilités, et elle était sûre qu'il n'en attendait pas de sa part. Après tout ce qui s'était passé entre eux, il lui devait bien un service.

— Je suis en route pour l'hôpital. J'ai avec moi une jeune amie de neuf ans avec une suspicion d'appendicite. Tu pourrais la voir ?

Avoir un ex-chirurgien en pédiatrie était pratique, même si elle avait juré de ne jamais plus avoir affaire à lui.

— Dans combien de temps arrives-tu à l'hôpital ?

— Entre dix minutes et un quart d'heure.

— Il me faudra une autorisation parentale.

— Son père nous retrouve là-bas — Quinn Daniels, médecin militaire, basé au Queensland. Je lui dirai de te demander.

— O.K.

Elle poussa un soupir de soulagement. Pourquoi s'était-elle inquiétée ? Scott était médecin, comme elle, et les malades passaient toujours avant tout le reste. Simplement, c'était une chance qu'il ne soit pas au bloc, en train d'opérer.

— Merci, Scott, dit-elle avant de raccrocher.

Quand elle appela Quinn, il avait déjà été prévenu par Helen et était en route pour l'hôpital. En entrant dans le sas des ambulances, elle le vit qui faisait les cent pas devant les portes automatiques.

Quand il vit la voiture, il se détendit visiblement et parut moins inquiet. Ali oublia sa résolution de garder ses distances. Elle ne pensait plus qu'à sortir en hâte de la voiture et à le prendre dans ses bras pour le tranquilliser.

Mais dès qu'elle eut arrêté la voiture, il ouvrit la portière de Beth.

— Bonjour ma beauté, dit-il avant de défaire la ceinture de sécurité… Merci, Ali. Tu viens avec nous ?

— Oui. Je vais me garer, je vous rejoins à l'intérieur. Demande bien Scott Devereaux, dit-elle, laconique.

Scott était un excellent chirurgien et, pour Quinn, c'était tout ce qui comptait.

Quand elle entra aux urgences, quelques minutes plus

tard, Quinn se tenait près de Beth, que l'on préparait déjà pour l'intervention. Ali ne s'était manifestement pas trompée dans son diagnostic, et Scott ne perdait jamais de temps. Tant mieux. Beth allait être bien prise en charge, et elle-même n'aurait même pas besoin de voir son ex.

— Pourras-tu attendre avec moi ? demanda Quinn.

Il allait accompagner sa fille jusqu'à la porte du bloc opératoire, mais il devrait ensuite attendre seul. Ali accepta. Elle ne le laisserait pas avant d'être sûre que tout allait bien pour Beth

— Je ne peux pas le croire, dit-il quand il revint dans la salle d'attente. Le premier jour où je les laisse seules depuis la mort de leur mère !

Ali essaya de le rassurer.

— Tu ne les as pas laissées seules ! Tu les as laissées avec Helen. Ce n'est pas ta faute. Beth va s'en sortir, Scott sait ce qu'il fait.

— J'espère que tu as raison.

Elle lui prit la main.

— *J'ai* raison ! Tout ira bien pour Beth, mais il faut que je te parle d'Eliza.

— Eliza ?

— Oui. Elle a eu très peur. Demande à Helen de l'amener voir Beth dès que les visites seront autorisées. Tes filles ne seront pas rassurées tant qu'elles ne se seront pas vues.

Les épaules de Quinn retombèrent.

— Dire que j'envisageais de reprendre le travail ! Comment font les gens qui élèvent seuls leurs enfants ? Comment vais-je faire pour travailler et élever les filles s'il arrive d'autres choses de ce genre ? C'est incompatible avec la vie militaire !

— Tu restes dans l'armée ? demanda-t-elle.

Après avoir parlé avec Julieanne, à la fête d'anniversaire, elle avait supposé qu'il allait démissionner…

— Je n'en sais rien. J'ignore ce que je vais faire — dans tous les domaines. Julieanne et moi prenions des décisions en fonction de ce qui serait le mieux pour les filles, mais en sachant que Jul serait là pour elles. Cela m'a permis de mener ma carrière de manière totalement égoïste. Je me disais que je subvenais à leurs besoins et que personne ne souffrait. Mais maintenant, je dois tout faire. Il va me falloir du temps pour tout ajuster.

— Quoi que tu décides, ne crois pas que tu pourras le faire seul. Tu vas avoir besoin d'aide. En as-tu parlé avec Helen ?

— Oui, un peu, mais elle ne va pas très bien. Elle a décidé d'aller passer quelque temps chez sa sœur à Hong Kong, loin de chez elle. Elle reviendra, mais nous n'avons pas parlé de ce qu'elle fera à ce moment-là. Elever mes filles n'est pas de sa responsabilité. Il faudra que je trouve comment me débrouiller sans elle. Ou au moins, que j'envisage cette éventualité.

Elle allait opiner quand elle fut distraite par une silhouette connue, qui venait d'apparaître derrière Quinn. Scott s'avançait dans leur direction.

Il n'avait pas changé. Il était légèrement plus grand et plus mince que Quinn. Bâti en coureur de fond, il avait des yeux verts et un visage à la mâchoire virile, surmonté par d'épais cheveux bruns. Mais il était froid, fermé et égocentrique, alors que Quinn était chaleureux, ouvert et généreux. Et Quinn faisait battre son cœur et s'enflammer son corps comme Scott ne l'avait jamais fait.

A son grand étonnement, la colère avait disparu, même si la blessure demeurait. Scott pouvait en penser ce qu'il voulait, c'était dur de savoir qu'elle ne lui avait pas suffi.

Quinn se leva, lâchant la main d'Ali. Scott, après un simple signe de tête en direction de son ex-amie, s'adressa exclusivement à lui.

Elle se reprocha son pincement de contrariété. Etre pratiquement ignorée, et traitée comme une inconnue, la heurtait, mais pourquoi ? Elle n'aurait pas dû être surprise. Neuf mois auparavant, elle ne comptait déjà plus guère pour Scott, alors pourquoi sa froideur la blessait-elle encore ?

Scott n'était qu'un homme. Qui ne l'avait ni soutenue ni écoutée, et n'avait pas essayé de comprendre sa douleur. Bien au contraire, il s'était servi de sa féminité fragilisée comme prétexte pour rompre... Elle avait beaucoup souffert à l'époque, alors il n'allait pas la démoraliser davantage. Elle ne perdrait plus une seconde à se morfondre à cause de lui.

Elle redressa les épaules et se leva.

— Tout s'est bien passé, disait Scott. L'appendice était enflammé, mais pas éclaté. La petite est en salle de réveil. Vous pouvez aller la voir.

— Enfin, je te trouve ! Tu as fini ?

Une femme mince et blonde, lourdement maquillée, venait vers eux juchée sur de hauts talons et moulée dans un pantalon noir, une veste pliée sur l'avant-bras.

— J'arrive tout de suite, lui répondit Scott.

Ali remarqua que la jeune femme portait un badge de l'hôpital ; elle était infirmière, mais ne s'adressait pas à Scott comme à un médecin, ni même un collègue. Etait-ce sa nouvelle amie ?

— Nous sommes attendus pour dîner dans vingt minutes, dit l'inconnue en regardant sa montre.

Dans le mouvement qu'elle fit, l'éclat d'une énorme bague en diamant attira l'attention d'Ali. Une bague de fiançailles toute neuve ornait son annulaire.

Ali se sentit nauséeuse.

— Il faut juste que je me change, répondit Scott.

Il se tourna vers Quinn, évitant de croiser le regard d'Ali.

— Je verrai votre fille dans le courant de la matinée. L'hôpital m'appellera en cas de besoin, mais il ne devrait pas y avoir de problème.

— C'est très gentil. Je vous remercie, répondit Quinn.

Scott prit l'inconnue par la main et s'éloigna avec elle.

Ali sentait son cœur battre douloureusement dans sa poitrine. Scott était fiancé. Il avait trouvé quelqu'un d'autre. Quelqu'un qui lui donnerait les enfants qu'il voulait.

Peu à peu, elle reprit conscience que Quinn était toujours là. Elle avait oublié sa présence, supposant qu'il était parti voir Beth en salle de réveil. Et il l'observait avec acuité.

— C'était bizarre, dit-il. Je croyais que tu connaissais ce Scott ?

— Je le connais... le connaissais.

— Et ?

— Quoi donc ?

— Pourquoi étiez-vous si tendus tous les deux ?

— Tendue ? Moi ? Pas du tout, fit-elle d'une voix mal assurée. C'est simplement que... j'ignorais qu'il était fiancé. J'étais surprise, c'est tout.

— Oui, mais ça ne devait pas être une surprise pour lui, et pourtant, il était aussi mal à l'aise que toi.

Après tout, si Quinn interrogeait n'importe qui à l'hôpital, en cinq minutes il saurait tout de sa relation avec Scott !

— Nous sommes sortis ensemble, dit-elle, se décidant.

— Quand ?

— Notre rupture remonte à neuf mois.

— Rupture difficile ?

— Non, ce n'est pas ça...

Il semblait de plus en plus intrigué, perplexe même.

— Mais... il a tourné la page, apparemment. Toi aussi, non ?

Si, bien sûr. Elle avait toujours le numéro de Scott mais elle ne lui avait pas parlé une seule fois en neuf mois.

Alors pourquoi était-elle jalouse de sa fiancée ?

Parce que la vie de cette jeune femme était riche de potentialités dont la sienne était privée.

Revoir Scott lui avait rappelé tout ce qu'elle ne pourrait jamais avoir, et la raison pour laquelle personne ne voudrait d'elle.

Quinn la fixait toujours avec intensité.

— Il faut que je me sauve. Je dois aller voir Beth, dit-il brusquement avant de s'éloigner.

Elle faillit le rappeler... Que devait-il penser ? C'était lui qu'elle aimait — pas Scott. Mais il voulait des enfants, et elle ne pouvait pas lui raconter ce qui lui était arrivé. Comment supporterait-elle d'être rejetée, encore une fois — par lui ?

Alors, elle le laissa partir.

10.

Ali

Il fallait qu'Ali sorte de cet hôpital pour ne pas s'effondrer en public ! Elle avait cru s'être résignée à ne jamais avoir d'enfants, mais le vide douloureux qui lui broyait le ventre prouvait le contraire.

Elle parvint à retenir ses larmes jusqu'à être arrivée à destination. Soulagée de se retrouver dans la pénombre de maison, elle se dévêtit et se glissa sous la douche. Dans l'intimité de la salle de bains, ses larmes coulèrent enfin. Elle ne voulait pas de Scott, mais elle était jalouse de la vie que lui et sa fiancée allaient avoir — la vie qu'elle-même aurait voulue. Ils allaient se marier et fonder une famille pendant qu'elle vieillirait, seule et sans enfants !

L'eau ruisselait sur son corps, emportant ses rêves…

Ali venait de regagner sa chambre quand Malika frappa à sa porte.

— Entre, maman.

— Je voulais juste savoir comment va Beth, dit Malika.

Ali n'avait aucune envie de parler, mais sa mère avait le droit de savoir. Elle resserra donc la ceinture de son peignoir et prit un ton léger et enjoué.

— Bien. C'était une appendicite. On l'a opérée.

— Qui l'a opérée ?

— Scott.

— Scott ? Tu l'as revu ?

— Mm.

— Ça va ?

Sa mère avait deviné qu'elle avait pleuré. Ses yeux étaient encore rouges, et de toute façon, les mères devinaient ce genre de chose.

— Pas vraiment, mais il n'y est pour rien.

— Ah bon ?

— Oui… C'est Quinn. Lui et moi, c'est fini.

— Qu'est-ce qui s'est passé ?

Malika s'assit au bord du lit.

Ali prit sa brosse à cheveux et entreprit de démêler ses longues mèches en évitant le regard de sa mère.

— Revoir Scott m'a rappelé ce qui a mal tourné. J'ai tout revécu : le chagrin, la perte, le rejet… Il me considérait comme une femme diminuée. Je n'étais plus assez bien pour lui. Quinn ressent peut-être la même chose…

— Mais… tu ne sais pas ce qu'il pense ?

— Non. Je ne lui ai rien dit, et je n'ai pas l'intention de le faire.

— Et pourquoi ?

— Il ne voudra plus de moi, alors je préfère ne pas lui en parler.

— Et le quitter ?

Ali cessa de se brosser les cheveux et se retourna vers sa mère.

— Lui dire ne servirait à rien.

— Qu'est-ce que tu en sais ?

— Il veut d'autres enfants, maman !

— Tu as d'autres solutions que la conception naturelle.

— Je le sais, mais il n'en voudra peut-être pas. Et puis ni l'adoption ni la gestation pour autrui ne sont des solutions faciles, il pourrait partir en cas de difficulté. Il a bien divorcé, après tout !

Ali savait qu'elle se montrait injuste : Julieanne l'avait poussé au divorce.

— Mais il est revenu pour aider son ex-femme quand elle en a eu besoin, répondit Malika. J'imagine que les derniers mois ont dû être extrêmement difficiles pour lui, mais il a fait ce qu'il fallait. Il doit déjà subir beaucoup de stress, ce n'est peut-être pas le bon moment pour avoir cette discussion avec lui, mais il a le droit de savoir.

Ali secoua tristement la tête. Qu'est-ce qu'une discussion changerait ? Quinn voulait d'autres enfants, vivre une nouvelle grossesse. Il ne voudrait pas d'elle.

— Est-ce que tu l'aimes ? demanda sa mère.

— Oui.

— Dans ce cas, tu lui dois la vérité. Laisse-le décider.

Mais s'il la rejetait ? Elle était déjà éprouvée par l'idée des bébés qu'elle n'aurait jamais, elle ne supporterait pas de perdre Quinn. Cela lui briserait le cœur.

— Liza, regarde ça, dit Beth, tendant un petit flacon à sa sœur. C'est mon appendice.

— Beurk. C'est dégoûtant !

— Non.

— Si. Pourquoi tu gardes ça ?

— Pour le montrer à l'école.

— Beurk. Tu es dégoûtante.

— Non !

— Si !

— Ça suffit, les filles.

Depuis qu'Helen avait amené Eliza en visite, elles n'avaient pas cessé de se disputer, et cela exaspérait Quinn.

Pourtant, elles continuèrent de se quereller.

— Quinn, je pourrais te dire un mot ? demanda Helen.

D'un léger signe de tête, elle indiqua qu'elle souhaitait le voir sans témoins.

Il la suivit dans le couloir, reconnaissant d'avoir une excuse pour laisser les filles un instant. Il les adorait, mais elles étaient parfois épuisantes.

— Est-ce que je peux faire une suggestion ? demanda Helen.

— Oui, bien sûr.

— Beth se languit d'Eliza. Elle s'ennuie avec moi à la maison, et a l'impression que sa sœur capte toute l'attention. C'est ça qui la rend querelleuse ; c'est une façon de se faire remarquer.

— Je ne vois pas ce que je peux y faire : Beth a très peur de rester toute seule ici.

Il avait promis à Beth qu'il ne la quitterait pas, et dormi à l'hôpital les deux nuits précédentes.

— Je comprends bien, mais pourquoi n'emmènes-tu pas Eliza au parc ou au moins au café en bas, pour lui offrir un milk-shake ? Moi, je resterai ici avec Beth et toi, tu pourras passer deux heures avec Liza.

Il était épuisé. Sur un lit pliant dans un hôpital pour enfants, il ne récupérait pas. Ce dont il avait vraiment envie, c'était de passer deux heures à dormir, ou, mieux encore, à faire l'amour avec Ali. Cela lui aurait redonné vie ! Mais ses filles étaient sa priorité absolue.

Il n'avait pas revu Ali depuis l'opération, et elle n'était pas revenue voir Beth. Quand il l'avait appelée, elle avait prétexté un mauvais rhume : elle ne voulait pas exposer Beth à la contagion. Cela n'avait pas ôté à Quinn l'envie de la voir. Il voulait lui parler de Scott, car il avait quelques idées sur ce qu'elle éprouvait pour son ex… A la réflexion, il aurait dû attendre qu'elle s'explique, mais, dans un accès de jalousie, il était parti sans lui en laisser la moindre chance. Pour cela, il lui devait des excuses. Mais une chose était certaine, il la voulait pour lui tout seul. Pas question de la partager.

Fatigué et maussade, il en voulait à Julieanne d'être morte en le laissant se débrouiller avec les filles. Et à Helen de partir pour Hong Kong en les abandonnant. Et à Ali d'avoir peut-être encore des sentiments pour son ex. Et aux filles de se disputer, en particulier à Eliza, qui cherchait à attirer son attention.

Mais sa colère n'était pas forte au point de l'aveugler : il se rendait bien compte qu'il se montrait injuste. Personne n'essayait délibérément de le blesser. La colère était une des étapes du chagrin, Helen et les filles souffraient elles aussi !

Il s'en sortirait. Il avait seulement besoin de respirer et de se calmer. Mais Ali était la meilleure personne pour l'aider à rester calme, et les circonstances l'empêchaient de la voir… Raison de plus pour être en colère.

Assez ! Ruminer ne servait à rien. Il fallait traiter d'abord les choses les plus urgentes, celles qu'il pouvait contrôler. Ali, ses bras autour de lui, ses délicieuses lèvres rouges, tout cela devrait attendre. Il avait promis à Beth de rester avec elle, alors la seule manière de passer un moment avec Eliza, c'était de confier la petite opérée à Helen, comme celle-ci le lui avait proposé. Elle allait partir pour Hong Kong dans quelques jours, il allait accepter son aide tant que cela était encore possible.

Ali se sentait nerveuse. Elle avait les paumes moites, et son cœur battait trop vite. Elle se lava les mains, posa ses paumes fraîches sur ses joues et inspira profondément. Plus qu'une malade à voir en tant que médecin référent et la journée serait finie. Cela n'aurait pas dû poser de problème, mais il s'agissait de Beth, qui avait rendez-vous pour sa visite postopératoire. Eliza, et surtout Quinn, l'accompagneraient… Elle allait le revoir pour la première fois depuis une semaine.

Quand elle sortit de son bureau pour les appeler, elle entendit une voix dont le timbre grave la fit frissonner délicieusement. Elle passa la tête dans la salle d'attente. Appuyé contre le comptoir de l'accueil, Quinn, dans une tenue décontractée, bavardait avec Tracey. Il portait un jean ajusté, et le chandail qu'Ali préférait, ce chandail bleu qui faisait ressortir la couleur de ses yeux.

— Alors ? Quand allez-vous reprendre ? demandait Tracey.

Un instant, Ali arrêta de respirer. A sa connaissance, il n'avait pas fixé de date de retour.

— Je n'ai encore rien décidé. Il faut justement que j'en parle avec Malika. Si elle a un moment, elle pourra peut-être me recevoir quand nous aurons terminé avec Ali.

— Je vais lui dire que vous êtes là.

Ali jugea le moment venu de les interrompre.

De retour dans son bureau, elle commença l'examen de Beth et tenta de se concentrer, mais c'était difficile avec Quinn assis tout près d'elle, si près qu'elle sentait le parfum de son gel douche.

— Comment te sens-tu ? demanda-t-il pendant qu'elle prenait la température auriculaire de Beth. Ton rhume est-il guéri ? Tu as l'air d'aller bien mieux.

— Oui, ça va mieux, répondit-elle, évitant son regard.

Elle demanda à l'enfant de s'allonger sur la table d'examen. Depuis que sa sœur était sortie de l'hôpital, Eliza était parfaitement rassurée sur son sort, et elle dessinait tranquillement sur le bureau d'Ali sans prêter attention à la consultation.

— J'ai l'intention d'emmener les filles en vacances, si tu donnes la permission à Beth, dit Quinn.

— Des vacances ?

— Oui. Je crois que nous avons tous besoin d'une pause. J'emmène les filles dans le Queensland. J'ai réservé des billets d'avion pour après-demain.

Les cicatrices de la laparoscopie de Beth guérissaient bien, et son système digestif fonctionnait parfaitement. L'avion ne poserait pas de problème.

— Tu peux partir en voyage, déclara Ali en l'aidant à descendre de la table d'examen.

— Super, répondit Quinn à la place de sa fille. Il faut que je parle à Malika, mais j'aimerais te voir toi aussi. Je crois que

Beth est ton dernier rendez-vous — pourrais-tu me consacrer quelques instants ?

Il la fixait avec ses superbes yeux bleus et elle eut l'impression qu'il était nerveux… Pour quelle raison ?

Malgré sa résolution de prendre ses distances, elle se demanda avec appréhension ce qu'il avait à lui dire.

— Je t'attendrai dans le jardin, avec les filles.

Elle donna à chacune une boisson et un morceau de gâteau pris dans la cuisine, et prépara une théière qu'elle emporta au jardin. Les dernières jonquilles dressaient leurs têtes dans les parterres de fleurs, mais même l'éclosion de jaune sous le soleil du printemps ne suffit pas à la rasséréner. Quinn sortait peu à peu de sa vie, et cela lui déchirait le cœur.

Il apparut dans le jardin au moment où elle versait le thé au jasmin. Elle le regarda s'avancer dans sa direction, devinant ses cuisses musclées sous le denim de son jean pendant qu'il traversait la pelouse. Elle se concentra afin de graver chaque instant dans sa mémoire, car elle ne le reverrait pas de sitôt. A chaque pas qu'il faisait dans sa direction, elle sentait son cœur chavirer davantage…

Elle posa une tasse de thé de l'autre côté de la table pour qu'il s'assoie en face d'elle. Cela lui permettrait de le regarder pendant que les filles s'amusaient sur la balançoire.

— Je suis content de te voir, dit-il en prenant la tasse. Tu m'as manqué.

— Je m'excuse de ne pas être allée voir Beth après sa sortie de l'hôpital. J'étais débordée. Un de nos médecins a des urgences familiales… qui nous laissent un peu à court de personnel, dit-elle avec un sourire forcé.

— Tu as l'air fatiguée.

Fatiguée ? C'était une manière polie de lui dire qu'elle avait l'air épuisée. Mais c'étaient les nuits d'insomnie qui en étaient la cause, et non un excès de travail. A quoi bon le lui dire ? Mieux valait changer de sujet.

— Comment cela s'est-il passé avec ma mère ?

Il prit la tasse de ses mains aux longs doigts minces, et huma le thé parfumé.

— Elle voulait savoir si j'avais pris une décision sur mon retour au travail. Elle a accepté de me laisser encore deux semaines.

— Seras-tu rentré du Queensland à ce moment-là ?

— Mm.

Cette réponse laconique l'alerta, et elle eut un nouveau pincement de tristesse. Il lui cachait quelque chose. Avait-il déjà pris sa décision ? Il n'y avait qu'une façon de le savoir.

— As-tu pris une décision pour la suite ? demanda-t-elle.

Le regard bleu s'assombrit. Elle avait vu juste : quelque chose n'allait pas.

— Non, répondit-il, et c'est une des raisons de ce voyage. Tout le monde a du mal à vivre dans cette maison sans Julieanne. Helen est partie chez sa sœur à Hong Kong, je pense que nous avons tous besoin d'une pause. Je dois prendre des décisions importantes, j'en suis bien conscient mais je ne suis pas dans le bon environnement pour le faire. Il faut que je prenne du recul pour réfléchir à la meilleure solution pour ma famille.

— Je te comprends.

— Vraiment ?

— Oui. Il faut que tu t'éloignes de tes souvenirs et de toute cette histoire. C'est tout à fait judicieux. Tu as besoin de trouver un endroit où être heureux.

Comme ces mots-là étaient difficiles à dire…

— Mais j'aimerais que tu viennes aussi.

— Pourquoi ?

— Je suis heureux quand je suis avec toi, et j'aimerais voir où notre relation peut nous mener. Dans le Queensland, personne ne nous connaît. Ne pourrais-tu pas te libérer une semaine ?

Il semblait oublier que ses filles seraient là aussi ! Elles auraient des attentes envers lui…

Mais peut-être s'inquiétait-il d'avoir à élever ses filles seul.

Craignait-il de ne pas s'en sortir ? Plusieurs fois, il avait exprimé des doutes à ce sujet. La voyait-il comme une nounou avec des à-côtés sexuels, ou comme davantage que cela ? Tout ce qu'elle savait, c'était qu'elle ne pouvait pas l'accompagner au Queensland, car ce serait le faire revenir dans sa vie.

— C'est impossible. Le cabinet médical est déjà à court de personnel.

— Si tu le voulais, tu pourrais appeler un remplaçant.

C'était vrai, mais il fallait qu'elle se montre forte.

— Ces derniers temps, nos patients ont eu des médecins qui allaient et venaient, et notre remplaçant habituel va partir en vacances… Où vais-je en trouver un autre du jour au lendemain ?

Quinn eut la bonne grâce d'afficher l'air penaud de celui qui fait faux bond.

— Tu me promets au moins d'y songer ? Si tu trouvais un remplaçant, tu pourrais me rejoindre dans une semaine.

S'il lui avait fait une autre proposition, s'il lui avait dit qu'il l'aimait et qu'il ne pouvait pas vivre sans elle, elle aurait sauté dans le premier avion pour le Queensland. Mais il n'y avait aucune déclaration de ce genre. Aucune promesse d'amour et de bonheur.

Renversé dans le fauteuil, il semblait détendu, mais soudain il la fixa avec intensité, et elle se sentit mal à l'aise.

— Ça a un rapport avec Scott ? demanda-t-il. Parce que si c'est le cas, je veux m'excuser pour mon attitude. Je me suis conduit comme un crétin. Ce qui s'est passé entre vous ne me regarde pas.

Elle se força à le regarder droit dans les yeux.

— Non. Ça n'a rien à voir avec lui. Scott, c'est de l'histoire ancienne.

Ce qui la faisait souffrir, c'étaient les bébés qu'elle ne mettrait pas au monde, et la vie qu'elle n'aurait jamais avec Quinn. Comparé à cela, le rejet de Scott n'était rien.

— Alors c'est lié à moi ?

Et si elle lui exposait le problème ? C'était l'occasion rêvée...

Mais il allait la voir autrement, comprendre qu'elle était comme amputée. Elle refusait de voir cette image d'elle dans son regard bleu. Elle opta donc pour l'esquive, et resta silencieuse, ne lui offrant qu'un hochement de tête pour toute réponse.

— O.K. C'est important que je le sache, dit-il.

Puis il se leva et appela ses filles.

Ali le regarda s'en aller, sans savoir quand elle le reverrait, ni même si elle le reverrait. Il partit sans un regard, sans un au revoir... Cette fois, c'était la fin. Elle eut l'impression que son cœur volait en éclats.

Quinn était parti depuis une semaine. Ali avait tenté de travailler sans relâche, mais cela ne lui avait pas fourni la diversion habituelle. Son frère et sa belle-sœur étaient venus en visite de Melbourne pour le week-end, et elle avait espéré pouvoir enfin penser à autre chose. Mais c'était sans compter avec les nouvelles qu'ils apportaient.

Ali regarda son frère, abasourdie. Avait-elle bien entendu ? C'était pour cela qu'il était venu ? Pour lui annoncer qu'ils attendaient leur premier enfant ? Elle qui pensait que sa semaine ne pouvait pas être pire, elle s'était manifestement trompée !

— Ali, ça me gêne vraiment, disait Tomas. Nous ne savions pas comment te l'annoncer. Kim a préféré que ce soit moi qui te le dise. Elle a pensé que ce serait moins violent.

Tomas s'était levé tôt pour la coincer dans la cuisine. « Coincer » était vraiment un mot excessif, mais c'était ce qu'elle avait ressenti. Pourtant, ils avaient toujours été proches. Depuis l'enfance, Tomas, son aîné de dix-huit mois, s'était montré protecteur avec elle, la situation devait être difficile à vivre pour lui aussi. Elle n'allait pas aggraver les choses.

— Ne sois pas stupide. Je suis heureuse pour vous, vraiment. Félicitations.

Elle s'avança et le prit dans ses bras. Lui et Kim feraient de merveilleux parents. Il était inévitable qu'ils fondent une famille, et elle devrait s'habituer aux annonces de grossesse.

Mais tout de même, pourquoi avait-il fallu que cette grossesse survienne maintenant ? Quel choc ! Elle croyait pourtant avoir atteint le fond, après ce que Quinn venait de lui infliger !

Son téléphone, posé sur le comptoir de la cuisine, sonna, et le nom de Quinn s'inscrivit sur l'écran. Que pouvait-il bien vouloir ? En tout cas, c'était l'excuse parfaite pour ne pas prolonger la conversation.

— Il faut que je réponde, Tom, mais dis à Kim que j'irai la féliciter dès que j'aurai terminé. C'est une très bonne nouvelle. Vous allez faire de merveilleux parents.

Elle décrocha en montant l'escalier. Craignant de s'effondrer d'une minute à l'autre, elle avait besoin de se réfugier dans sa chambre.

— Salut ! Comment vas-tu ? demanda Quinn.

Ce n'était pas une simple formule de politesse mais une vraie question. A bout de résistance, elle fondit en larmes.

— Qu'est-ce qui se passe ? demanda-t-il.

— Ma belle-sœur est enceinte. Je vais avoir un neveu ou une nièce.

— Ce sont des larmes de bonheur, alors ?

— Non ! répondit-elle entre deux sanglots. Je ne veux pas devenir tatie.

— Mais pourquoi donc ?

— Parce que je veux avoir des bébés *moi-même* !

La jalousie la rongeait et, soudain, sa tristesse et ses rêves brisés se déversèrent en un flot impossible à contenir.

— Autour de moi, les gens ont la vie que je désirais. Mon ex va se marier, mon frère va avoir un enfant, toi, tu es parti à la recherche de toi-même ou je ne sais trop quoi, et moi, je suis toujours là, à faire ce que je fais depuis des années et que je ferai pendant tout le reste de ma vie !

— Je t'ai proposé de venir avec moi !

— Je sais bien.

— Et tu as tout le temps de fonder une famille.

— Non ! Pas du tout. Ce n'est pas si simple. Pour moi, il n'y aura jamais de grossesse.

— Comment cela ?

— Je ne peux pas avoir d'enfants.

— Quoi ?

— J'ai subi une hystérectomie.

— Mais… quand ? Et pourquoi ?

— Au début de l'année.

Un silence. Un long silence. Elle allait demander si Quinn était toujours là quand il parla de nouveau.

— Qu'est-ce que tu avais ?

— Des fibromes.

— Mais… pourquoi une ablation totale ? Une myomectomie aurait suffi !

— J'ai tenté cela en premier mais les fibromes ont récidivé et j'avais fait des ménorragies trop importantes. Un embryon n'aurait plus pu s'implanter. L'ablation totale a été une décision terrible à prendre, mais j'ai toujours mes ovaires. Je me suis dit que, même sans possibilité de grossesse, cela me laisserait quand même d'autres options pour devenir mère — ce que je désirais depuis toujours.

— Pourquoi ne m'en as-tu jamais parlé ?

Elle connaissait la réponse… A cause de Scott, elle ne voulait pas lire le rejet dans ses yeux à lui, et préférait lui révéler la vérité par téléphone. Mais cela, elle ne pouvait pas le lui avouer.

— Je n'ai jamais trouvé le bon moment, et je ne savais pas si nous avions ce genre de relation.

— Quel genre ?

— Le genre de relation où je pourrais te révéler une chose aussi grave.

— C'est le genre de relation que je pensais avoir avec toi ! Tu connais tous les détails intimes de ma vie, et moi, j'ai l'impression de ne rien savoir sur toi. Je ne demande qu'à t'aider !

Elle garda le silence. Elle n'entrerait pas maintenant dans une longue discussion. Elle avait partagé assez de secrets pour la journée. Il allait digérer l'information et, ensuite, elle verrait comment il réagirait. A ce moment-là, elle saurait vraiment quel genre d'homme il était.

— Il faut que je te laisse maintenant. Je dois aller féliciter ma belle-sœur, dit-elle avant de raccrocher.

Le lendemain, Ali passait en voiture devant la maison de Julieanne quand une pancarte attira son attention.

C'était un panneau « A vendre ».

Quinn avait sûrement décidé de ne pas revenir…

C'était le coup de grâce.

11.

Ali et Quinn

Les pires angoisses d'Ali étaient devenues réalité. Quinn connaissait désormais la vérité et tout était fini.

Cela faisait deux semaines qu'il était parti pour le Queensland avec les filles, son coup de fil remontait à six jours et, depuis cinq jours, la maison de Julieanne était en vente. Dans un monde parfait, il serait rentré et il lui aurait déclaré son amour éternel malgré ce qu'elle lui avait avoué. Mais, apparemment, le monde dans lequel elle vivait n'était pas parfait — loin de là.

Pourtant, elle ne put résister à l'envie de passer devant la maison de Julieanne. En fait, elle passait tous les jours devant, avec l'espoir que Quinn aurait peut-être décidé de rentrer. L'idée qu'elle ne le reverrait peut-être plus jamais était tellement pire que de savoir qu'elle ne serait jamais enceinte ! Il était l'amour de sa vie. Il y avait plusieurs façons de devenir mère, mais il n'y avait qu'un seul Quinn — l'homme de sa vie.

Mais, comme les autres jours, la maison était vide et sombre. Aucun signe de vie, ni de *lui*.

La voiture avait atteint la maison voisine quand Ali prit conscience que quelque chose avait changé. Elle passa la marche arrière pour mieux regarder.

Le panneau « A vendre » était barré d'un gros autocollant « Vendu ».

Cette fois, tout était fini.

Il ne reviendrait pas.

— Alisha, quelqu'un te demande !

Depuis sa chambre, Ali entendit Malika l'appeler, et en descendant l'escalier, elle la vit remonter le couloir, suivie de Beth et Eliza.

— Venez, les filles, je suis en train de préparer un gâteau, disait-elle. Vous allez m'aider.

Les jumelles ? Que faisaient-elles là ?

En arrivant au bas de l'escalier, Ali comprit. Il n'y avait qu'une seule explication possible à leur présence. Tremblante, elle regarda en direction de la porte.

Quinn était là, sur le seuil.

Avec ses larges épaules, il était magnifique, depuis ses cheveux blonds jusqu'à ses cuisses sculpturales. Un polo bleu clair faisait paraître plus sombre le bleu vif de ses yeux. Ses bras étaient légèrement bronzés et on devinait son torse musclé sous son polo.

Le cœur d'Ali s'emballa, la laissant avec le souffle court et un léger vertige. Ses mains tremblaient et ses genoux avaient faibli.

Il était revenu.

— Que fais-tu là ? demanda-t-elle d'une voix atone.

— Je voulais te voir. Il faut que nous parlions.

— Nous n'avons plus rien à nous dire.

— Au contraire, c'est tout l'inverse.

En parlant, il avait franchi le seuil, et elle résista à grand-peine à l'envie de se jeter dans ses bras.

— Entre, dit-elle, reculant pour remettre de la distance entre eux.

Elle le conduisit dans le salon, la pièce où ils s'étaient assis le soir de la mort de Julieanne. Cette fois, il s'assit sur un canapé.

— Je peux… t'offrir quelque chose ? Un thé ?

— Non. Merci.

Il avait répondu trop vite. Peut-être était-il troublé lui aussi ?

Un peu réconfortée par cette idée, elle s'assit sur le même canapé que lui, mais à l'extrémité opposée.

— Je serais bien rentré plus tôt, mais je n'arrivais pas à trouver trois places sur le même vol.

— Plus tôt ? demanda-t-elle avec difficulté.

— Oui. J'avais besoin de te parler autrement qu'au téléphone. Certaines choses doivent se dire face à face. C'est mieux.

Non. Elle ne voulait pas avoir cette conversation-là. Elle lui avait déjà dit tout ce qu'il avait besoin de savoir, et elle avait vu sa réaction. A peine avait-elle raccroché le téléphone que le panneau « A vendre » était déjà cloué sur la maison de Julieanne !

— Tu as vendu la maison. Ce n'était pas la peine de venir me dire que tu ne reviendrais pas !

— Tu imagines que notre conversation m'a incité à vendre ?

— Ce n'est pas le cas ?

— Non. Ce jour-là, je t'ai appelée pour te dire que j'allais vendre la maison, mais j'ai oublié, tellement ta révélation m'a perturbé. Je n'en revenais pas, que tu m'apprennes cela de cette manière. Mais ce n'est pas ce qui m'a incité à vendre la maison. Je l'avais achetée pour Julieanne et les enfants. Je ne veux pas vivre là-bas. Je ne m'y suis jamais senti chez moi, et rien à l'intérieur ne m'appartient, alors il ne restait qu'à la vendre. J'ai signé aujourd'hui.

— Tu vas acheter quelque chose d'autre ?

L'espoir renaissait en elle. Peut-être projetait-il de rester...

— Tu prends le poste au cabinet médical ?

Deux semaines avaient passé depuis qu'il avait promis une réponse à Malika...

Mais il secoua la tête, et les espoirs d'Ali s'envolèrent.

— Non. La médecine générale, ce n'est pas pour moi. L'excitation de la médecine militaire, l'autonomie qu'on y a, me manquent. On m'a proposé un poste permanent dans l'armée.

— Ici ?

— Non — à Brisbane.

Donc, rien n'avait changé. Il ne reviendrait pas.

— C'était Julieanne qui avait sa vie ici. Moi, je ne venais ici que pour les filles, et elles sont heureuses à Brisbane. Nous avons besoin de changer de décor, de prendre un nouveau départ. La seule raison que j'aie de revenir, la seule raison qui me ferait rester s'il le fallait, ce serait toi.

— *Moi ?*

Sidérée, elle ne protesta pas quand il se rapprocha d'elle sur le canapé pour lui prendre les mains.

— Je ne veux pas reprendre ma vie d'avant. Je veux une nouvelle vie, avec toi. Responsabilité et devoir ont toujours régi ma vie. Cela a commencé quand j'ai essayé d'être le fils parfait, d'obtenir désespérément l'approbation de mon père. Cela a monté en flèche quand Julieanne est tombée enceinte. Je serai toujours responsable de Beth et Eliza, mais j'ai fait mon devoir vis-à-vis de Julieanne. Maintenant, le moment est venu de prendre un nouveau départ. Je veux emmener les filles dans le Queensland, mais je veux que tu viennes avec nous.

— Mais ma vie est ici !

— Pas obligatoirement.

Elle retira ses mains. Quand il la touchait, elle n'arrivait plus à penser clairement.

— Tu veux que je quitte ma vie ici pour aller vivre dans le Queensland avec toi ?… En tant que quoi ? Amie ? Nourrice avec avantages en nature ?

— Non. Avoir un poste permanent dans l'armée signifie pas de missions à l'étranger, et pas de mutations. Je rentrerai à la maison tous les soirs. Et je n'ai pas besoin d'une petite amie ni d'une nourrice… même si l'idée des avantages en nature m'intéresse beaucoup.

Il ponctua sa phrase d'un sourire, et le cœur d'Ali battit à coups redoublés.

— Quand je t'ai rencontrée, ma vie s'est divisée en deux : avant Ali et après Ali. Mais je ne veux pas qu'« après Ali » soit synonyme de « après la fin de notre relation ». Je veux que cela signifie : après que tu es entrée dans ma vie et que tu y es restée. Cela doit vouloir dire « avec toi ». J'ai besoin de toi. Je veux une partenaire, une maîtresse, une âme sœur, une amie, une épouse.

Il marqua une pause, reprit les mains d'Ali, et, cette fois, elle ne fit rien pour résister.

— Je t'aime, dit-il.

— Vraiment ?

— Bien sûr. Le jour où je t'ai rencontrée, j'ai su que tu étais celle avec qui je voulais passer le reste de ma vie. Epouse-moi.

— Tu es sérieux ?

— Oui. Mais il y a une condition : que nous n'ayons pas de secrets l'un pour l'autre. Ne te cache plus derrière des conversations à distance. Il faut que tu me fasses confiance.

— Je n'ai pas d'autres secrets à partager, mais je ne peux pas t'épouser.

— Tu n'es pas déjà mariée, au moins ?

Elle secoua la tête.

— Eh bien, dans ce cas, où est le problème ? Je sais que je te demande beaucoup, abandonner ta vie ici pour t'installer avec moi, mais je promets de te rendre heureuse.

— Ce n'est pas ça.

— Tu trouves encore que c'est trop tôt ? Je suis divorcé, pas veuf. Et divorcé depuis longtemps. Ce que diront les gens m'est bien égal. Julieanne nous a même donné sa bénédiction, alors seules les filles ont le droit de s'y opposer, mais elles ne le feront pas : elles t'adorent.

— Julieanne savait, pour nous ?

— Elle se doutait que j'avais des sentiments pour toi, et elle m'a encouragé à suivre mon cœur. Elle voulait que je sois heureux. Il faut que tu m'épouses.

— Je ne peux pas, répondit-elle, consternée. J'ai toujours pensé que je grandirais, que j'aurais un métier, que je me marierais et que je conjuguerais maternité et travail. J'ai toujours rêvé de devenir mère un jour. J'ai bien eu le travail, mais jamais je n'ai imaginé que je resterais célibataire sans enfants. Pourtant, c'est bien ce qui est arrivé. Ensuite, je t'ai rencontré et j'ai compris que je t'avais attendu toute ma vie. Pour toi, j'abandonnerais tout ce que j'ai et je renoncerais à tous mes rêves. Je t'aime. Mais je ne peux pas t'épouser.

— Mais pourquoi, puisque tu m'aimes ?

— Précisément, c'est *parce que* je t'aime, répondit-elle. Tu veux d'autres enfants et je ne peux pas te les donner. L'idée que je ne pourrai jamais avoir d'enfants est une souffrance. Ton amour pourra peut-être l'apaiser, mais je ne pourrai jamais te donner ce que tu veux !

Elle eut un soupir déchirant.

— Je me souviens encore de Scott quand il m'a annoncé qu'il me quittait : il voulait devenir père, mais de la manière traditionnelle, que son épouse tombe enceinte. Je ne veux pas qu'un jour, tu me regardes comme lui, avec des yeux qui diraient que je suis comme amputée. Pour moi, tu renoncerais à avoir un enfant, et je ne veux pas que tu le regrettes ensuite. Je sais que je ne te suffirais pas.

Les doigts de Quinn lui caressèrent la joue. Elle sentit soudain qu'elle avait la peau humide, et prit conscience qu'elle pleurait. Il s'inclina vers elle pour sécher ses larmes d'un baiser. Il avait les lèvres chaudes et douces, et elle regretta que les choses ne soient pas différentes. Il se rapprocha encore, déposa un baiser très doux sur ses lèvres, et elle sentit le goût salé de ses propres larmes. Puis il la prit entre ses bras — l'endroit dont elle rêvait. Quinn était l'amour de sa vie…

— Je sais ce que je fais, murmura-t-il. Rien ne compte davantage que mes filles et toi, et je veux que tu partages ma vie. Je veux tout recommencer de zéro, et je sais que je ferai mieux la seconde fois, avec toi. Tu es l'amour de ma vie — ma moitié. Je n'abandonne rien pour vivre avec toi — au contraire ! Tu n'auras pas besoin d'abandonner tes rêves car je veux t'aider à les réaliser. Nous devons nous marier parce que nous nous aimons. Et si nous décidons d'agrandir notre famille, ce sera d'un commun accord. Nous pourrions adopter, par exemple.

— Tu ferais cela pour moi ?

— Pour toi, je ferais n'importe quoi.

— Je ne suis pas une femme diminuée ?

— Pour moi, tu es parfaite. Une femme ne se résume pas à son anatomie. L'opération n'a rien changé au fait que tu es superbe, gentille, intelligente et loyale. Ton seul problème, juste là, maintenant, c'est ta difficulté à prendre la bonne décision, et c'est insupportable. Je t'aime, je veux faire ma vie avec toi, nous sommes faits l'un pour l'autre. Alors s'il te plaît, dis-moi que tu veux m'épouser.

Elle eut l'impression que les paroles de Quinn réparaient son cœur brisé et, soudain, tout sembla clair et simple.

— Oui, dit-elle. Oui, je t'aime et je veux t'épouser.

— Je te promets d'être le meilleur mari que tu puisses imaginer. Toujours.

BLANCHE

HARLEQUIN

Retrouvez prochainement, dans votre collection BLANCHE

Miraculeuse rencontre, de Charlotte Hawkes - N°1576

SÉRIE : NOËL ROYAL À L'HÔPITAL - 3/4

Infirmière urgentiste au Seattle General, Kat rêvait autrefois d'avoir une grande famille. Un rêve auquel elle a renoncé depuis. Toutefois, sa rencontre avec Logan Connors, un garde du corps aux yeux de braise, vient soudain raviver l'espoir en elle. Cet apollon est d'autant plus attirant qu'il est un père attentionné. Se pourrait-il qu'il soit celui qu'elle attendait ? En cette veille de Noël, Kat a envie de croire aux miracles...

Le docteur et la princesse, de Louisa George

SÉRIE : NOËL ROYAL À L'HÔPITAL - 4/4

La princesse Giada, favorite des journaux à scandale, n'a rien de commun avec le très sérieux Dr Lucas Beaufort. Et pourtant tous deux sont follement attirés l'un par l'autre. Au point qu'à la faveur d'un week-end en tête à tête ils succombent à la passion. Or cette liaison inoubliable pourrait bien les lier à jamais, car Giada se découvre enceinte...

Le Noël d'un médecin écossais, d'Annie O'Neil - N°1577

Un nouveau poste, une nouvelle maison, une nouvelle vie. Voilà le défi que s'apprête à relever Audrey, tandis qu'elle accoste sur une île perdue d'Écosse, en cette veille de Noël. Embauchée comme infirmière, elle rencontre bientôt Cooper MacAskill, le médecin avec lequel elle va devoir travailler... et cohabiter ! Une perspective qui trouble Audrey car, si elle ne doute pas des talents de Coop, elle redoute de passer ses jours et ses nuits avec cet homme envoûtant...

Un fils pour secret, de Rachel Dove

Le monde autour d'Annabel vacille, tandis qu'elle reconnaît Harry Carter qui intervient comme elle sur une urgence médicale. Huit ans plus tôt, cet homme la quittait, la laissant le cœur brisé – et enceinte ! Alors qu'elle a toujours pris soin seule de son petit Aidan, elle sait que le destin lui donne aujourd'hui la possibilité d'offrir à son fils ce qu'il lui réclame depuis toujours : le père qu'il n'a jamais connu...

Leur mission : sauver des vies.
Leur destin : trouver l'amour.

BLANCHE

Séduction à la maternité, de Kate Hardy - N°1578

Rebecca a deux passions : sa fille, Jasmine, et son métier d'obstétricienne – et guère de temps pour nouer une relation sentimentale. Alors, même si la solitude lui pèse parfois, elle garde les hommes à distance. Mais sa rencontre avec Nathaniel Jones fait vaciller son monde. Sage-femme à la maternité, Nathaniel est aussi professionnel que séduisant. Au point que Rebecca envisage bientôt de lui ouvrir son cœur…

Les fiancés de Noël, d'Allie Kincheloe

Se faire passer pour la fiancée du Dr Dexter Henry, le soir de Noël ? Lena accepte la folle proposition du chirurgien, à la condition qu'il lui rende la pareille en étant son cavalier du nouvel an. Après tout, il ne s'agira que d'une mise en scène innocente leur permettant d'échapper aux tentatives de leurs familles respectives de les marier. Du moins c'est ce que Lena croit car, quand la passion s'en mêle, la comédie devient soudain difficile à jouer…

Un patron si attirant, de Scarlet Wilson - N°1579

SÉRIE : UN HIVER À LA MATERNITÉ - 1/4

Après une première matinée de travail désastreuse, Bonnie est désemparée : pourquoi a-t-il fallu qu'elle remette à sa place son chef de service ? Il faut dire que jamais, au cours de sa carrière de sage-femme, elle ne s'était heurtée à un patron aussi arrogant que Jacob Layton ! Malgré tout, elle va désormais devoir s'excuser. Mais, alors qu'elle se tient face à lui, elle se sent soudain extrêmement désirable… et désirée.

La surprise d'une sage-femme, de Robin Gianna

SÉRIE : UN HIVER À LA MATERNITÉ - 2/4

Aaron Cartwright… Voilà trois ans que Hope s'efforce d'éviter, au sein de l'hôpital, le séduisant médecin à la réputation de play-boy. De nombreuses femmes rêvent peut-être de passer une nuit entre ses bras, mais pas elle ! Pourtant, lorsque, au cours du gala de charité de fin d'année, Aaron l'invite à danser un slow langoureux, Hope est bouleversée. Et elle ne souhaite plus qu'une chose… que cet instant ne finisse jamais.

HARLEQUIN

Leur mission : sauver des vies.
Leur destin : trouver l'amour.

HARLEQUIN
www.harlequin.fr

BLANCHE

Sentiments interdits, de Susan Carlisle - N°1580

Tandis que le Dr Dalton Reynolds s'avance vers elle, Melanie reste pétrifiée. En allant chercher à l'aéroport l'un des chirurgiens orthopédistes les plus réputés des États-Unis, elle ne s'attendait pas à découvrir un sex-symbol ! Pourtant, elle se reprend : en tant que médecin de l'équipe de football des Niagara Falls, elle va devoir collaborer avec Dalton, venu examiner leur joueur star. Et leurs rapports resteront professionnels...

Une danse avec le Dr MacDowell, de Caro Carson

Lorsqu'elle reçoit une invitation pour le prestigieux gala de charité du West Central Hospital, Diana est folle de joie. Élégance, romantisme, passion... L'atmosphère raffinée et envoûtante du bal est le cadre idéal pour vivre les plus belles histoires d'amour ! Aussi, quand elle remarque que le ténébreux Dr Quinn MacDowell, assis seul près de la piste de danse, est l'unique personne qui ne semble pas profiter pleinement de la soirée, Diana décide-t-elle de l'aborder...

HARLEQUIN

Leur mission : sauver des vies.
Leur destin : trouver l'amour.

HARLEQUIN
www.harlequin.fr

OFFRE DÉCOUVERTE !

Vous souhaitez découvrir nos collections ? Recevez **votre 1er colis gratuit*** **avec 1 cadeau surprise !** Une fois votre colis de bienvenue reçu, si vous souhaitez continuer à recevoir nos livres, cela se fera automatiquement. Vous recevrez alors vos livres inédits** en avant-première.

Vous n'avez aucune obligation d'achat et cette offre est sans engagement de durée !

*1 livre offert + 1 cadeau / 2 livres offerts pour la collection Azur + 1 cadeau.
Pour la collection Intrigues : 1er colis à 17,25€ avec 2 livres + 1 cadeau.
**Les livres Ispahan, Sagas, Gentlemen et Hors-Série sont des réédités.

☛ COCHEZ la collection choisie et renvoyez cette page au
Service Lectrices Harlequin – CS 20008 – 59718 Lille Cedex 9 – France

Collections	Références	Prix colis
❑ **AZUR**	Z1ZFA6	6 livres par mois 29,99€
❑ **BLANCHE**	B1ZFA3	3 livres par mois 24,45€
❑ **LES HISTORIQUES**	H1ZFA2	2 livres par mois 17,09€
❑ **ISPAHAN**	Y1ZFA3	3 livres tous les 2 mois 23,85€
❑ **PASSIONS**	R1ZFA3	3 livres par mois 25,89€
❑ **SAGAS**	N1ZFA3	3 livres tous les 2 mois 28,86€
❑ **BLACK ROSE**	I1ZFA3	3 livres par mois 26,19€
❑ **VICTORIA**	V1ZFA3	3 livres tous les 2 mois 26,19€
❑ **GENTLEMEN**	G1ZFA2	2 livres tous les 2 mois 17,35€
❑ **HARMONY**	O1DFA3	3 livres tous les mois 20,16€
❑ **ALIÉNOR**	A1ZFA2	2 livres tous les 2 mois 17,75€
❑ **HORS-SÉRIE**	C1ZFA2	2 livres tous les 2 mois 18,25€
❑ **INTRIGUES**	T1ZFA2	2 livres tous les 2 mois 17,25€

N° d'abonnée Harlequin (si vous en avez un) |_|_|_|_|_|_|_|_|_|

Mme ❑ Mlle ❑ Nom : ____________________

Prénom : ____________________ Adresse : ____________________

____

Code Postal : |_|_|_|_|_| Ville : ____________________

Pays : ____________________ Tél. : |_|_|_|_|_|_|_|_|_|_|

E-mail : ____________________

Date de naissance : ____________________

Date limite : 31 décembre 2021. Vous recevrez votre colis environ 20 jours après réception de ce bon. Offre soumise à acceptation et réservée aux personnes majeures, résidant en France métropolitaine, dans la limite des stocks disponibles. Prix susceptibles de modification en cours d'année. Vous pouvez demander à accéder à vos données personnelles, à les rectifier ou à les effacer. Il vous suffit de nous écrire en nous indiquant vos nom, prénom et adresse à : Service Lectrices Harlequin CS 20008 59718 LILLE Cedex 9.
Service Lectrices disponible du lundi au vendredi de 9h à 17h : 01 45 82 47 47.